延安与日本

——发生在延安时期日本工农学校的故事

苏　铁　◎著

陕西新华出版

三秦出版社

图书在版编目（CIP）数据

延安与日本 / 苏铁著. — 西安：三秦出版社，
2024.12. — ISBN 978-7-5518-3302-8

Ⅰ. I25

中国国家版本馆CIP数据核字第2024UV8698号

延安与日本

苏 铁 著

责任编辑 甄仕优

责任校对 雷梦雯 张 萌

出版发行 三秦出版社

社　　址 西安市雁塔区曲江新区登高路1388号

电　　话 （029）81205236

邮政编码 710061

印　　刷 西安雁展印务有限公司

开　　本 787×1092mm　1/16

印　　张 17.5

字　　数 244千字

版　　次 2025年1月第 1 版
　　　　　 2025年1月第1次印刷

标准书号 ISBN 978-7-5518-3302-8

定　　价 69.00元

网　　址 http://www.sqcbs.cn

引　言

　　为了弘扬延安精神，讲好老前辈在延安时期革命斗争的故事，近几年来笔者翻阅了大量史料，本着大事不虚、小事不拘的写作原则，先后出版了《延安与美国》《延安与苏联》两本纪实性文学，讲的都是这一时期的轶事。本书《延安与日本》也是以纪实文学的表现手法，将史料和文学相结合，讲述了抗战时期发生在延安的故事，与前两部的写作手法基本相同，形成系列丛书。

　　1979年7月30日，一架客机绕过宝塔山降落在延安新修的机场，舱门打开，走下舷梯的是年过花甲头发已经斑白的老人，即日本友人杉本一夫（前田光繁）等6人访华团。来访者是当年"延安日本工农学校"的学员，延安外事办主任李明智走上前同他们热情握手表示欢迎！他们坐上车特意到旧机场绕了一圈，看了看日本工农学校学员当年参加扩修的老机场，往事历历在目，激动之情不由地涌上心头。

　　杉本一夫激动地说："对我来说，与其说'重新访问'，不如说是'回老家'。我一直认为延安是我的第二故乡，我青年时代在那里学到了新的世界观和人生观。"[①]

　　34年后重返"故乡"，对曾在这里生活过的日本工农学校学员来说，宝塔山的每一个角落都是很清楚的，延安的山山水水，一草

---

　　①【日】香川孝志、前田光繁著，《八路军内日本兵》，解放军出版社，第104页。

一木都十分亲切，难以忘怀……

2015 年 9 月 3 日，是中国人民抗战胜利 70 周年纪念日。在北京天安门观礼台上，另一个当年在延安日本工农学校学习和生活过的"日本八路"之一，现年 97 岁高龄的小林宽澄老先生坐在那里，参加纪念抗战胜利活动。这位在世的日本人老八路被中国政府请到了北京，与中国领导人一起在天安门城楼观礼。

小林宽澄激动地对记者说："抗日战争中，有一支特殊的国际主义队伍——在华日本人反战同盟。我们和中国人民并肩奋战，流血牺牲，为中国的抗日战争尽了自己的努力，做出了重要的贡献。从我被八路军俘虏的那天起，旧的我已不复存在，有的只是中国人民赋予新生的我——日本八路，这是我终身的骄傲。现在，我们一起纪念中国人民抗日战争暨世界反法西斯战争胜利 70 周年，缅怀青春时的战斗诗篇，重温那难忘的历史，就是为了使日中两国人民永远友好下去。"

是的，在中国有 1000 多名日本反战人士，多数是战俘，八路军俘虏的日本士兵 2407 名，送到延安日本工农学校学习过的有 500 多人，其余分散在华北、华中、华南等八路军、新四军各个军区。他们直接参加了中国的抗日战争。

故事就是从此开始的。

目　录

卷首篇
JUAN SHOU PIAN

第一章

瓦窑堡会议前后

1935年10月19日,中央红军经过艰苦卓绝的长征,终于到达陕北吴起。

这是一个四面环山、不到千户人家的镇子,居住户散落在峡谷中较为平坦的地块上,住宅大多是石窑洞,仅仅几间零星的瓦房那也是大户人家的祠堂。

吴起镇紧紧傍着洛河,地处陕甘宁三省的交界,传说这儿是春秋战国时代的大军事家吴起征战的地方。吴起死后民间为了纪念这位英雄,就将此地命名为吴起镇,一直延续至今。

此时的陕北秋高气爽,蔚蓝的天空飘浮着朵朵白云,太阳不时地被浮云遮住,时而又像个淘气的小孩般露出笑脸。

这季节山山圪圪的庄稼就要成熟了,谷穗糜穗沉甸甸地奄拉着,特别是那绵延的山梁上整片整片行距均匀的一簇簇荞麦颗粒饱满,微风吹过"麦"浪滚滚,看来又是一个丰收年。

中央红军一踏进这片黄土地,激动得热泪盈眶,欢呼着互相拥抱在一起。他们风尘仆仆,衣衫褴褛,体质消瘦,只有蜡黄的脸庞深陷着的两只眼睛炯炯有神。

当他们看到墙壁上"中华苏维埃政府万岁!"的大幅标语时非常激动,因为从离开江西中央苏区以来,再没有看到这么熟悉可亲的大标语了。有位老战士上前抚摸着"苏维埃政府"的木牌子泪流满面,喃喃自语:"苏维埃啊苏维埃,一年多没听到和看到你亲切的名字了！多么期盼你呀！多少兄弟姐妹在皑皑的雪山、茫茫的草地里喊着你的名字死去！"

是的，他们当中又有谁能不为此流泪呢？当初，自从撤离江西中央苏区后，到哪里去？没有准确的目标。

哈里森·索尔兹伯里在《长征》一书里说："长征开始两天后，突然两名江西的战士气喘吁吁地跑到杨成武面前。其中一名喊道：'政委，我们已经走了两天了，我们究竟要往哪儿走啊？这是在做什么呀？到底还能不能看到自己的家乡和亲人？'"

对于这些问题，政委杨成武是无法回答的，其实他自己也不清楚，他只知道执行命令向西北方向行进。

他们踏上了陕北的黄土地，这是一片光秃秃形似馒头的黄土高原，狭长的山谷纵横交错，房屋被窑洞所代替，田地和菜园稀少，树木也稀少。但这里是刘志丹、谢子长闹红的地方，也建立了苏维埃政权，是一块红色根据地，红军战士们激动地喊着："到家了！我们真的到家了！"

这是他们发自内心的呐喊与喜悦。

好客的陕北老乡像待亲人一样，架起了饸饹床子（陕北做面食的木制炊具）压面，给他们吃香喷喷的羊肉臊子荞麦饸饹，有的战士吃得太多挺着大肚子，躺在墙根起不来。他们确实饿坏了，过草地的时候连皮带都煮着吃了，现在吃到这么好的饭食，怎么会不贪食呢。

中央红军在吴起镇停留了3天，并打了一个胜仗，消灭了宁夏马家军的尾追骑兵，斩断了"尾巴"于根据地之外。3天后中央红军开往瓦窑堡。红军进驻瓦窑堡，受到老百姓的热烈欢迎，因为这里已经是谢子长、刘志丹还有焦维炽[①]等早年开辟的一块红色土地，中央红军的到来固然受到欢迎。这些衣着褴褛精神疲惫的红军战士，

---

①焦维炽，又名维志、仲明，字炯亭，男，汉族，陕西安定（今子长）人，生于1906年，卒于1932年8月9日。他是中共党史上一名十分重要的人物，是西北红军初创时期主要的负责人之一。

再也不用过着被敌人前堵后追的日子了，他们真的到家了。

红军中的洋人顾问李德在《中国纪事》中回忆说："1935年11月10日，大约是在江西突破封锁后恰好一周年的日子，我们开进了瓦窑堡。从这时起人们所说的长征或远征，就一方面军而言是结束。原来所设想的作为大规模战略转移的长征，从军事上来看成了战略退却，这种退却只是在最后阶段才转为前进。长征时付出了巨大牺牲，当一方面军到达陕北时还剩七八千人，其中五六千名战士是正规部队。所有这些经过斗争锤炼的干部，当然在后来的抗日战争中成为党和军队的骨干力量。"

这是唯一参加长征的外国人亲身经历的总结。

瓦窑堡是一座富有传奇色彩的古城，据《关中胜迹图志》载，瓦窑堡在安定东三十里。元建初，因山为堡，明季，寇数至，邑人郭永治守御有方，堡赖以无恐。

县志中记载，公元1227年蒙古军灭西夏后长驱入陕。金国为了保存实力，遂于同年秋，弃延安而撤北至此堡，随之陷入蒙古军队的控制之中，时为元太祖铁木真丁亥年，瓦窑堡当建于这一时期。元、明、清三代至民国时期，皆为边塞要冲，屯兵设防，屡经修建，逐渐成为陕北名堡，享有"天下堡，瓦窑堡"之誉。

瓦窑堡，南北长而东西窄，东端横卧龙虎山，南河环绕，岸接平川；西靠龙虎山、七楞山（中原山），层峦叠嶂；北濒秀延河，悬崖峭壁，四周群山环抱；南河、秀延河交汇向东流入黄河，临河砌堤形成了城郭。

明、清时期，原来的旧城堡经多次整修，至清雍正年间，已形成陕北一带重要的物资集散地，商贾云集，贸易发达。

这座古老的城堡，不仅饱含着岁月沧桑，见证着历史文化，而且它本身还承载着人们的美好向往，演绎出了许多富有浪漫色彩的动人故事，为这个古老的城堡平添了几分神秘色彩。

这里的煤炭远近闻名，故有"清涧的石板瓦窑堡的石炭"之美誉。由于煤炭多，故而盛产灰砖，所以这里的窑洞多为灰砖砌成的窑洞。

红军住进瓦窑堡后，这个不大的县城热闹了起来，那些躲兵荒的老百姓和诸多商贾也陆续回来了，又做起了正当营生。

中央红军机关团体都驻扎在龙虎山下，毛泽东住在一个大户人家的四合院内，一排砖石结构的窑洞，地基是能工巧匠凿过面的石块，其余全部是由清一色的灰砖砌成，两窑内之间有过洞，左间可做卧室，右间可做客厅。

近几天来，毛泽东窑洞的煤油灯夜间始终亮着，窗户纸上映出了他时而站立时而伏案，一根接一根抽烟的高大身影，他思绪万千，思考着今后的打算……

中央红军总算落脚陕北有了家。然而"毛虽然找到了家，但斗争并未完结，同敌人的斗争，红军队伍内部那种随意发动、有悖常理的斗争都不会完结"[1]。

是的，遵义会议后毛泽东虽然实际上成了"当家"的，但中国共产党还毕竟受制于共产国际。因为，中国共产党作为共产国际的一个支部，不但组织上必须接受共产国际的领导，而且作为中国的一个在野党，对于实际上为苏联所控制的共产国际还有一定的依赖性。由于没有共产国际的"尚方宝剑"，已经习惯于跟着共产国际指挥棒转的相当一部分党的高级干部，对于遵义会议的合法性和权威性存在不同程度的怀疑和顾虑。现在中央红军有家了，稳定了下来，此时的毛泽东不得不思考今后了……

从长征开始，中央红军就和苏联共产国际失去了联系，红军刚进驻遵义后，中共中央就已经派出潘汉年秘密回上海通过地下党组织恢复与共产国际的联系。但潘汉年是在遵义会议之前走的，遵义会议的决定一概不清楚，所以中央决定再派政治局委员、中央白区工作部部长陈云去上海恢复白区党组织，恢复与共产国际的联系，并到莫斯科向共产国际汇报遵义会议的情况。

艰难的长征途中，毛泽东无暇去想陈云是否到达莫斯科的事，现在落脚陕北，近几天来他彻夜难眠在考虑这事：陈云顺利到了否？遵义会议的决定，长征的详细情况，他向共产国际汇报了没有？等等。

---

[1]哈里森·索尔兹伯里《长征》，解放军出版社，1986年5月，第343页。

这夜，毛泽东的身影又映现于窑洞的窗户上，满窑洞是烟雾，他偶尔咳嗽几声，可能自己觉得抽烟过度了，推开两扇木门迈出门槛，站立门前伸了伸腰，做了个深深的大呼吸，顿觉轻松了许多。他抬头仰望星星点点的天空，远处高高的山上有一棵硕大的老柳树，弯弯的月亮好似挂在树梢上，夜已经深了，四周一片寂静，他自言自语地说："瓦窑堡的夜色多美呀！"

这时贺子珍端着一盆热水从后窑走出前窑，说："润之，该汤洗一下脚休息了。"

毛泽东回到窑洞反手闭了门，坐在凳子上，顺从地脱了袜子，将双脚伸进热乎乎的水盆中，好舒服呀！他瞅着消瘦疲惫的贺子珍，愧疚之心油然而生：她一个弱女子，从井冈山同他一路走来，长征途中流产落了一身病，凭着坚定的信念到达陕北，实在不易，关心她太少了！

毛泽东抬头说："子珍，从今以后类似生活之小事，你不要操心，我自理好了。你也应该好好休息，疗养疗养身体。"

贺子珍深情地低声说："恩来给我下了命令，让我好好照顾你的生活起居，对你负责就是对党负责和对革命负责。"

毛泽东说："我们应该都保重好身体，身体是革命的本钱，因为革命尚未成功嘛！"

贺子珍一直等到毛泽东洗完脚进入卧榻，她倒了洗脚水，熄灭了油灯才进了卧室。此时，夜已经很深了……

毛泽东惦记着的陈云，几个月前从上海乘苏联货轮到达海参崴之后，换乘汽车经西伯利亚，七月下旬就到达莫斯科了，共产国际正急切地想知道中国共产党的近况，陈云和潘汉年的到来，把与共产国际断了的线接上了，并形成书面报告向中共驻共产国际代表团和共产国际领导做了汇报。报告详细介绍了红军的长征、中国共产党的遵义会议以及新的领袖毛泽东。并告诉共产国际，中共中央和中国红军领导机构的变动情况，还介绍了中央红军长征到四川一段的作战和损失详情。

陈云的汇报，使共产国际执委会和驻苏共产国际中共代表团，自从红军长征后第一次了解到中国革命真相。共产国际负责人季米特洛夫敏感地意识到，原来共产国际对于中国革命形势和条件的估计同实际情况是有一定距离的。

国际执委会书记处书记曼努伊尔斯基针对陈云的报告材料深有感触地说："我说，这是极其珍贵和十分重要的材料，多年来我们还不曾有过外国党的这类材料。我认为，迄今为止在我们对中国的态度上有过许多的热情和下意识的爱，但我要让你们相信，今天你们看到的东西与我们迄今所看到过的完全不同。我们看到了一个确实在中国成长为一支巨大力量的生机勃勃的党。"①

季米特洛夫在他的办公室单独会见了陈云，对陈云说："在你来到莫斯科之前，共产国际派出李复之秘密回中国了，寻找中共中央，恢复与共产国际的联系。"

"李复之？我不认识！"陈云迟疑地说。

"他是资深的中共党员，作为中共驻共产国际代表团成员在莫斯科生活了近三年了，在莫斯科期间叫李复之，真名叫林育英，受命回国，临时取了个化名张浩。"季米特洛夫回答。

陈云高兴地说："林育英，我们相互认识，他是林彪的堂兄呀！太好了，派他回国再合适不过了，中共中央给我的任务总算完成了一部分。"

季米特洛夫笑了笑说："可惜事不凑巧，李复之（张浩）刚走几天，你却风尘仆仆来到了莫斯科，二位老战友未能在莫斯科见面，估计他已经在回中国的路上了。"

陈云脸上露出遗憾的神色，默默无语。

如季米特洛夫说的那样，1935 年 8 月的一天，林育英在莫斯科买了皮大衣、箩筐和一峰骆驼，然后将一些玩具、衣服、帽子及其他生活用品装在箩筐里，装扮成商人模样，化名为张浩，与在苏联受训的密电员赵玉珍一起踏上了回国的征途。

他们从内蒙古入境，风餐露宿，几天下来，林育英活脱像个饱

---

① 《中国延安干部学院学报》，2012 年第 4 期。

经风霜的马帮商人。

为了安全，不被人们引起注意，他们路途上常常和真正的马帮结伴而行。一天危险来了，几天的沙漠行走，他们又渴又累，快要走出沙漠了，大家都很高兴，刚转过一个大沙丘，被一队人马拦住。是匪还是兵，从外表难以识别，个个黑黑的脸膛，满脸络腮胡子，他们下了马，为首的一个走过来，腰间插着手枪，把驼队的东西翻了翻，见都是各种货物，就放行了，也没有搜身。看起来他们是一伙政治土匪，不是打家劫舍的，似乎嗅到了什么。林育英心里暗暗庆幸，幸亏季米特洛夫英明地让他不要带任何纸张，叫他把一切都记在脑子里了。

马上就走出沙漠了，为了不引起驼队伙伴的猜忌，林育英决定同马帮分手了，双方客气地相互道别，就各自上路。

又行走了两天就到了陕甘界地定边，林育英长长地出了口气，自语道——到家啦！

一个多月的行程，他疲惫极了，但顾不得休息，马上找了一个僻静的客栈安顿下来，就去联系当地地下党组织。一个头系羊肚子手巾，赤膊穿着白色粗布马褂的中年男子接待了他。林育英自我介绍说："我是从苏联来的，要找中央红军。"

这个男子脸上流露出怀疑地神色，说："我怎么相信你呢！有证件吗？"

林育英说："为了安全，我身上未带一张纸，你可以马上和中共中央联系，就说有一个苏联共产国际派来的人已经到定边了。"

这个男子是本村的村长兼赤卫队队长，听了林育英的话后，解除了疑虑，他说："中共中央驻扎在瓦窑堡，快马也得两天，你就在这里好好休息，我马上派人联系。"

定边，位于陕甘宁交界处，这一带早期就有刘志丹、习仲勋闹革命，所以老百姓已经耕者有其田了，过上比较安稳的日子。十一月的陕北，农历已经是深秋了，庄稼逐渐成熟，农田里玉米棒子颗粒饱满绽开了苞，谷穗沉甸甸地压弯了腰，田埂上的瓜藤到处还吊挂着成熟的大南瓜，看起来今年有个好收成……

这个时候定边县来了个自称是从苏联回来的中国人，名叫林育英（张浩），还带着一个助手，说要找党中央，县党组织连夜派人赶到瓦窑堡向中央报告。张闻天听后立即开会研究，认为这个张浩很可能就是从共产国际回来的同志，于是派保卫局局长邓发前往定边接应。

邓发日夜兼程赶到定边，向导将他带进一个农家院落，一见面两人十分惊喜，紧紧相拥，邓发说："原来是你呀！"

林育英说："我也没想到是你亲自来接！"

说着，两人再一次紧握着对方的手不松开。此情此景，使在场的同志感动地流出泪来。

原来邓发早就认识张浩，并知道其真名叫林育英，湖北黄冈县林家大湾人，是林彪堂兄，中共早期党员，过去长期从事工人运动。1933 年春天，从上海乘船前往莫斯科，参加第一次国际职工代表大会，并为全国总工会驻赤色职工国际代表、中共中央驻共产国际代表团成员。

晚上，赤卫队队长特意为两位战友准备了一桌定边自产的丰盛饭菜。还特意上了一小壶自酿的老玉米烧酒，边吃边喝，队长说，酒是解乏的，你俩好好聊吧！我就忙去了。

林育英心急地问："中央机关驻扎在哪里？"

"在定边东北方向的安定县瓦窑堡，还得走 300 多里路。"邓发回答说。

林育英又问："中央现在谁'当家'？"

邓发回答说："遵义会议后，实际上'当家'的是毛泽东了。"

"不过张闻天现在负责总书记工作。"邓发补充说。

林育英看着邓发有所领悟地点了点头。邓发接着说："你这次回国是带着共产国际使命的吧？中央一直在盼着，遵义会议后，毛泽东就派陈云秘密去苏联了。"

林育英没有再正面回答邓发的问话，党的纪律要求该怎么做，他是清楚的，于是两人岔开了话题。

老战友相见有说不完的话，彻夜难眠。邓发问："我们两年多没在一起了，在苏联这段时间怎么样？"

林育英说："很好，生活上是没什么说的，在安详和谐的和平环境里生活工作，会不好吗？看书，听课，郊外散步，观赏莫斯科夜景，能不好？可是，在异国他乡，我是身在曹营心在汉呐！"

邓发说："自你去苏联后，中央苏区不久就被迫大转移了。真可谓是在九死一生中度过来的。"

林育英说："一到陕甘宁红区，我就感觉到，这里安详和谐，老百姓安居乐业，一派和平景象。"

邓发说："是的，谢子长、刘志丹和焦维炽就在这里闹革命，开辟了这块根据地，农民早就过上安稳日子了。这里在老百姓中流传着的一首民歌唱道：'正月里来是新年，陕北出了个刘志丹，刘志丹真勇敢，他领上队伍上后山……'"

林育英不明白地问："上后山？干什么呢？"

邓发哈哈笑了起来，说："打土豪，分田地，闹革命嘛！"

林育英也会意地笑了。

老战友相见难免有说不完的话题，这时远远听到村口的鸡叫了，此时东方欲白，他俩才略有睡意。

一大早，那个壮实的赤卫队队长就叩门叫他们吃早饭。饭就是在这位队长家吃，一进院落就闻到一股香喷喷羊肉味，一个年近40岁的主妇腰里系着齐膝盖长的围裙，两只沾满面的手掀起门帘笑脸相迎。闻味就能闻出今天主人招待客人吃羊肉臊子荞麦饸饹，这是陕北招待尊贵客才吃的饭。

林育英和邓发都是南方人，不会坐北方的火炕，于是主人拿来两个小板凳放在炕席上让他俩坐，炕席中央放着一个油腻腻的木制长方形盘子，盘子里的小瓷碟里盛着各种调料，一看就知道这家主妇是很会掌厨的。他俩坐在小板凳上吃上了香喷喷的羊肉饸饹……

这顿饭吃得结实，林育英和邓发是打着饱嗝上路的，在向导的带领下骑着骡子顺着隐约起伏的明代古长城向瓦窑堡方向走去。他们沿途穿过靖边，路过横山，绕过子洲，就进入安定，眼前就是瓦窑堡镇了。

11 月中旬，由邓发引路偕同苏联派来的"天外来客"林育英和随员到达瓦窑堡。张闻天早已等在大门口来迎接他们了。一见到林育英立刻迎了上去，紧紧地拥抱在一起，激动得久久说不出话来。

过了一会，张闻天才松开手，携手进入窑洞。窑洞是用青灰色的砖砌的，缝隙错落整齐，地面也是青砖铺的，放着一个办公桌，一对简易的沙发，窑洞里已经生上火，温暖如春。

林育英脱去外套坐了下来，有一种回到家的感觉，十分温暖。张闻天沏好茶坐下来高兴地说："中央一直在盼共产国际派人来呐！没想到是你，太好了！你一路辛苦了！"

林育英笑了笑说："比起你们二万五千里的行程来说，我容易多了，只穿越了一个大沙漠。"

张闻天幽默地说："大江大河，雪山草地都尝试了，还真没有尝试大沙漠的滋味。"

林育英有点动情地说："你们不容易呀！我都听邓发说了。那些没走过来的人，我们会永远记着他们的。"

也就在张闻天和林育英交谈的同时，毛泽东指挥红军在陕北南端的富县直罗镇打了个大胜仗，全歼来"围剿"陕北根据地的东北军之敌 8300 余人，俘敌 5367 人，击毙敌师长牛元峰。"给党中央把全国革命大本营放在西北的任务，奠基了！"

消息传来，瓦窑堡欢腾了。近代以来就被称为"唢呐之乡"的瓦窑堡，人们自发地走向街头敲锣打鼓，唢呐队开道，庆祝直罗镇战役的胜利，那阵势胜过过年和正月的社火。

毛泽东凯旋到了瓦窑堡，他也已经得到消息，共产国际派人来了，自然也十分高兴，顾不得休息就急切地要见人。

张闻天陪着林育英来到毛泽东的住处，城内中山街中盛店院内。院落坐北朝南，有砖窑两排，前后院由砖砌过洞连接。毛泽东居住在后院右起第一、二孔窑洞内，是陕北典型的"套间"。

毛泽东见到林育英紧紧地握住他的手说："直罗镇战役我们粉碎了国民党对陕北根据地的'围剿'，你的到来，又给我们添了一喜！"

张闻天接过话茬高兴地说："我们现在是双喜临门啊！"

毛泽东拍拍林育英的肩膀说："我们有好多年没有见面了，你变了许多，更像个儒将，回来好呀！我们队伍中又增加了一员大将！"

"你们林家是藏龙卧虎啊！"他又开玩笑地说，在场的人都笑了起来。

林育英见到毛泽东，心里也有说不出的高兴，他对毛泽东说："你和红军的同志们辛苦了！"

毛泽东笑着说："你也很辛苦啊，西北荒无人烟的大漠不比泥泞的沼泽、茫茫的草地好过哟！最后还是我们战胜了它，它们败在了我们的脚下！"

毛泽东诗人般的浪漫个性，诙谐幽默的话语打动了在场所有的人……

晚上，毛泽东和林育英进行了彻夜长谈。他首先急切地问："你在苏联见到陈云和潘汉年了吗？"

林育英回答说："没有。不过我得到消息，我前脚走，他俩后脚就到莫斯科了，很遗憾呐！"

瓦窑堡会议（油画） 王国征作

瓦窑堡会议会场

林育英觉察到，在他回答"没有"时，毛泽东的表情严肃而凝重。

林育英意识到了毛泽东的心事，于是说："我从苏联临行前，共产国际执委会负责人季米特洛夫专门找我谈了长时间的话，让我回国完成两项任务，一是恢复共产国际与中共的联系，二是传达共产国际'七大'会议精神和《八一宣言》。"①

毛泽东说："我们早就盼望着呐！"

林育英补充道："共产国际'七大'会议有一个很重要的决定就是鉴于国际形势日益复杂，各国具体情况又极为不同，共产国际执委会一般不直接干涉各国党内部组织的事务。"

---

① 《八一宣言》即《为抗日救国告全体同胞书》，是中国共产党于1935年公布的一份重要宣言。在它的指引下，中国人民建立了抗日民族统一战线，推动了抗日救国的新高潮。1935年日本帝国主义在侵占中国东北后又继续侵略华北，策划华北五省自治，中华民族面临着亡国灭种危机。这一消息传到莫斯科，当时中共驻共产国际代表团正在莫斯科准备参加共产国际七大。中共代表团成员吴玉章急电王明，共商对策。当时作为中共代表团团长的王明正在基斯洛沃斯克疗养，王明回到莫斯科后，即与中共代表团根据共产国际的新政策（号召建立全世界的反法西斯统一战线）和国内华北事变的严重局势，酝酿起草了《为抗日救国告全体同胞书》（简称《八一宣言》）初稿，经代表团数天反复讨论修改，于1935年7月14日在代表团会议上一致通过。随后由王明译成俄文，递交斯大林和季米特洛夫审阅，并受到赞许。1935年7月25日~8月25日，共产国际"七大"在莫斯科召开。鉴于德、意、日法西斯相继上台和各国共产党反对法西斯主义的新任务，共产国际七大在制定工人阶级统一战线政策和人民阵线政策的同时，针对殖民地半殖民地国家的具体情况，又规定了反帝统一战线策略。会上，斯大林等人对中国共产党的宣言给予了高度评价。在敦促中共实行抗日民族统一战线政策的同时，也定下了"反蒋抗日"的基调。共产国际执委会秘书处在为七大准备的《中国共产党活动情况总结》中，曾严厉指责"蒋介石及其国民党内的各集团都是帝国主义奴役中国人民的代理人和走狗"，要求"中国党与中国领土内一切真正愿意救国救民的团体及个人共同反对日本帝国主义及其走狗"，"建立极广泛的反帝统一战线"。会议期间，中国代表团以中华苏维埃共和国中央政府和中国共产党中央委员会的名义正式向共产国际递交了宣言，因斯大林审阅批注的时间是1935年8月1日，历史上习惯称其为《八一宣言》。1935年10月1日，《八一宣言》在巴黎出版的中文《救国报》第10期上正式刊登，随后又在莫斯科出版的英文版《共产国际通讯》上刊载，之后辗转传入国内北平、上海等地，对全国抗日民主运动的新高涨产生了极大的影响。

当毛泽东听到共产国际"七大"有这样一个决定，脸上露出不易觉察的笑容，心上的一块"石头"终于落下了。遵义会议"领导人事"的变动，共产国际不会干涉了。

毛泽东十分高兴地说："太好了！你这位共产国际派来的'钦差大臣'，简直是中共中央的及时雨啊！"

……

林育英回到瓦窑堡给中共中央带来了共产国际新的精神，于是在1935年12月17日，也是中央红军落脚陕北刚刚两月有余之际，中共中央在瓦窑堡召开了政治局会议（后称为"瓦窑堡会议"）。

会议由张闻天主持，参加会议的政治局委员、候补委员和其他有关人员：毛泽东、周恩来、王稼祥、刘少奇、秦邦宪（博古）、彭德怀、邓发、凯丰（何克全）、李维汉、吴亮平、张浩（林育英）、杨尚昆、郭洪涛等10多人。已经被罢了军权的共产国际军事顾问李德也参加了会议。

"钦差大臣"林育英在会上传达了共产国际"七大"精神和他代表中共参与起草的《八一宣言》主旨。

林育英在会上说："共产国际'七大'会议是在复杂的国际形势下召开的，季米特洛夫在大会上做了《法西斯的进攻与共产国际在争取工人阶级统一、反对法西斯的斗争中的任务》的报告，以及大会根据报告内容还通过了《关于建立反法西斯统一战线的决议》。揭露了法西斯的阶级本质，呼吁各国人民行动起来，反对法西斯，制止战争爆发，要求各国共产党同社会民主党采取联合行动，实现工人阶级的统一，并联合其他民主阶层建立反法西斯人民阵线，殖民地半殖民地国家的无产阶级要争取建立反对帝国主义侵略的民族统一战线。《八一宣言》呼吁各党派各军队和各界同胞停止内战，集中力量一致抗日，并建议组成统一的国防政府和在国防政府领导下的抗日联军。"①

林育英强调说："会议决定，鉴于国际形势日益复杂，各国具

①党史研究资料。

召开瓦窑堡会议的窑洞

体情况又极为不同，共产国际执委会一般不直接干涉各国党内部组织的事务。"

讲到这里，会场响起了热烈掌声，这是与会同志们心存顾虑的释放……

林育英最后总结说："大会实现了共产国际的重大策略转变，纠正了'左倾'宗派主义错误，对推动反法西斯斗争的开展起了积极作用。"

听了林育英的传达，大家都觉得形势发生了变化，党的策略和路线要改变了。坐在拐角的博古和李德表情木然，本来还期盼于共产国际派来的林育英会给他俩带来"人事组织"方面有利的消息，但这最后的一丝希望也破灭了。

紧接着毛泽东做了军事问题的报告。毛泽东在他的报告中，对于民族资产阶级的两面性和利用地主买办营垒内部矛盾的可能性问题，做了精辟的分析。他指出，国民党营垒中，在民族危机到了严重关头的时候是要发生分裂的。

他还说，把这个阶级关系问题总结一下，就是日本帝国主义打进中国本部来了，在这一个基本的变化上面，改变了中国各阶级之间的相互关系，扩大了民族革命营垒的势力，减弱了民族反革命营垒的势力。

因此，党的基本策略任务，就是要建立广泛的民族革命统一战线，组织千千万万的民众，调动浩浩荡荡的革命军，这才是今天的革命向反革命进攻所需要的。

会议通过了《中央关于目前政治形势与党的任务决议》。决议分析了当时政治形势的基本特点，规定了党在新形势下的策略路线。指出：当前时局的基本特点是日本帝国主义正准备并吞全中国，把全中国从各帝国主义的半殖民地变为日本的殖民地；民族矛盾已上升为主要矛盾；一切不愿当亡国奴，不愿充当汉奸的中国人的唯一出路，就是向着日本帝国主义及其走狗汉奸卖国贼展开神圣的民族战争。

决议认为，民族革命的新高潮推醒了工人阶级和农民中的落后阶层；广大的小资产阶级群众和知识分子已转入革命；一部分民族资产阶级，许多乡村富农和小地主，甚至一部分军阀也有对革命采取同情中立的态度以至有参加的可能。党应该采取各种适当的方法与方式，去争取这些力量到反日战线中来。

决议还指出，在地主买办阶级营垒中间，也不是完全统一的，党也应利用他们之间的矛盾与冲突，以利于抗日民族解放斗争。对于日本帝国主义与其他帝国主义之间的矛盾，也应采取这样的策略。

决议进一步指出，党的策略路线是发动、团结与组织全中国全民族一切革命力量去反对当前主要的敌人——日本帝国主义。

瓦窑堡会议制定的路线是中国共产党根据共产国际"七大"精神，在新形势下制定的政治路线，它解决了遵义会议上还不能解决的政治路线问题，并根据共产国际"七大"精神，提出了抗日民族统一战线的策略问题，吹响了抗日民族统一战线的号角。

第二章

西安事变前后

1936 年 1 月 24 日，中共中央和中央红军在瓦窑堡过了个快乐祥和的农历年。瓦窑堡欢腾了，人们自发地走向街头敲锣打鼓，唢呐队开道，扭起了秧歌，欢庆中央红军到来后老百姓过上了安稳的日子……

街道两旁看热闹的人山人海，最高兴的还是那些小男孩和小姑娘们，嬉闹穿梭于人群间，有的热情地拉着小红军战士的手问这问那。

林育英来到毛泽东住的院落，推开大门就喊道："老毛，我们也出去看看热闹吧！"

毛泽东和贺子珍闻声走出窑洞，毛泽东紧紧握住林育英的手说："快进窑洞暖暖身子。"

林育英说："咱们也出去走走，边走边谈吧！"

毛泽东笑着说："好呀！也该逛逛瓦窑堡街啦！"

于是毛泽东同林育英边走边谈步入人群，贺子珍也陪着他们挤进人流……

瓦窑堡街道不是很宽，已经被秧歌队和赶热闹的人流挤得水泄不通，中央红军的进驻给这里的老百姓带来了安稳和欢乐。

毛泽东高兴地对林育英说："你从莫斯科回来，给我党带来了福音，使中共中央终于同共产国际联系上了，你是我党的功臣。"

林育英笑笑说："功臣应该是你，是你挽救了中央红军啊！今后我们还有很多工作要做。"

是的，瓦窑堡会议后，毛泽东忙得日夜不停歇。根据共产国际"七大"精神，制定了抗日民族统一战线的策略。

中共中央、毛泽东从中华民族危机日益加深，以及国内阶级关系发生了深刻变化这一时局的基本特点出发，决定东渡黄河，把中国共产党抗日的主张直接扩大影响于华北，把反对日本帝国主义的斗争和反对国民党反动势力的斗争结合起来，决定东征。

毛泽东率军东征之时，就安排周恩来坐镇陕北，做张学良的工作，建立抗日民族统一战线。这不仅是抗日的需要，也是巩固和发展陕北苏区的需要。

当时的张学良统帅着从东北退却出来的 20 多万大军，被蒋介石任命为西北"剿总"副总司令，布防在陕北苏区边界。如何同张学良取得联系呢？周恩来想来想去，想起了一个人，就是在甘泉榆林桥战斗中被红军生俘的东北军一〇七师第 619 团团长高福源，放他回去面见张学良，转达中共关于建立抗日民族统一战线的诚意。

果然高福源起作用了，不久，张学良提出要与共产党的正式代表会晤商谈，周恩来便派中共中央联络局局长李克农于 1936 年 3 月 3 日在洛川与张学良正式谈判。

这次会谈是很重要的一步，是联合抗战的开端。

随着同张学良的逐渐来往，中共中央认为时机成熟了，以毛泽东和彭德怀的名义致电张学良和王以哲军长，通知中共代表团行期，接洽地点和会谈内容。

电文主要内容是："甲，敝方代表周恩来偕李克农于 8 日赴肤施，与张先生会商救国大计，定 7 日由瓦窑堡起程，8 日下午 6 时前到达肤施城东 20 里之川口，以待张先生派人到川口引导入城；关于入城以后之安全，请张先生妥为布置。乙，双方商谈之问题，敝方拟为：1. 停止一切内战，全国军队不分红、白，一致抗日救国问题；2. 全国红军集中河北，抵御日帝迈进问题；3. 组织国防政府、抗日联军的具体步骤及政纲问题；4. 联合苏联及选派代表赴莫斯科问题；5. 贵我双方订立互不侵犯及经济通商初步协定问题。"[1]电报发出，

---

①引自中国共产党新闻网。

当夜就收到了张学良的回电，同意所列的条款和内容，会谈地点定在肤施城大东门的天主教堂里。

陕北的 4 月（农历三月），天气格外寒冷，山山坬坬一片荒凉，没有一点生机。4 月 7 日天气阴沉沉的，不一会儿下起了雨夹雪，越下越大，地上铺了薄薄的一层。周恩来偕同李克农、高福源一行，骑着马冒着风雪，在 20 多名红军骑兵警卫护送下从瓦窑堡起程南下，一路经过永坪、蟠龙、姚店子，第二天傍晚到达肤施城郊东北的川口村。高福源说："今晚我们就在这里休息，向西再走 10 华里就是肤施城了。"

李克农问："这座古城为什么称谓肤施，起这个名有何来头？"

高福源回答说："我奉少帅之命进驻陕北一带后，就听到民间有这样一个有趣的传说：很久以前有一释迦牟尼佛门弟子，为传播佛法而长途跋涉，云游四方，当他到达此地时实在没有力气了，便停留在清凉山上打坐，嘴里不停地念念有词等待归西。这时候一只老鹰停在他身边，他问老鹰：'你在这里干什么？'鹰说：'我在等你死，因为我已经饿得没有力气飞了。'释迦牟尼那个弟子说：'既然如此，那你现在就可以吃我，反正我也活不过明天了。'鹰不忍心，只是看着他。而佛门弟子就主动割下了身上的一块肉抛给了鹰，鹰因为吃了这块肉而有了生气，他却因失血而死……。后来人们为了纪念这位'割肤施鹰'的佛家弟子，便把山下的这座小城命名为肤施。"

李克农说："好感人的故事呀！"

周恩来也感慨地说，传说毕竟是传说，但这是老百姓对佛的寄托呀！期盼真佛再现济世于民……

4 月 8 日下午，纷纷扬扬的雪停了，皑皑白雪使古老的肤施城披上银装，城东南雄伟的九级宝塔，城西北雄伟矗立的凤凰山，城东北的清凉山，犹如盖了一层白白的棉絮。

古城安详地坐落在宝塔山、凤凰山、清凉山之间的峡谷中，在这些山峦、宝塔的映衬下，古城肤施显得古朴、美丽。一条由西向东流的延河与由南向东流的清河，在宝塔山下交汇，形成湍急的大河，向东流入黄河。

就在清凉山脚下不远的延河岸边，有一用硕大石块为地基铺成的飞机场。跑道上的积雪已经被打扫干净，从宝塔山和清凉山上俯瞰飞机跑道，这里已经聚集了很多人，驻守肤施的东北军一二九师师长周福成等早早候在这里准备迎接到来的少帅张学良。

不到半个时辰远处传来嗡嗡的飞机马达声，有人低声喊着来啦！来啦！，人们仰头张望，只见一架小型波音247型飞机由远而近从宝塔山方向飞来，到达机场上空后盘旋下降，飞机停稳后，机舱随即打开，少帅穿着飞行服英姿勃勃首先走下飞机。可见，他是亲自架机而来，随机而到的有王以哲等人，还有中共代表刘鼎。

机场没有记者，更没有欢迎乐队，因为这次行动是秘密的。一二九师师长周福成走上前去向少帅行了个军礼，就护着少帅坐上吉普车快速驶向"神秘"的城内大东门天主教堂。

人们把这个"天主堂"也叫救世堂，这座教堂在肤施城里显得十分显眼且漂亮，高高矗立在古城大东门内。

从外观看，它的大门是宽大的拱廊，四边有花环，饰以小象，两旁夹着两条有壁龛的柱子，柱头是尖的，大门顶上有3条竖线花纹，竖线之上刻了一个抱着圣婴耶稣的圣母像，两侧外面有5个没有门洞的拱门，用花边描画出来。教堂四周有围墙，显得非常安静……

4月9日黄昏时分，周恩来、李克农由高福源引路也到了谈判地点肤施城大东门天主教堂。为了密谈的安全保障，周围武装卫兵林立，周恩来一行来到教堂门口，卫兵立正行军礼，身着普通灰布军便服的张学良闻讯出来，立即握住周恩来的手，抱歉地说："欢迎，欢迎！肤施是我军布防的边境，蒋介石的暗探颇多，所以对周先生还不能大张旗鼓地欢迎，请您见谅。"

周恩来笑了笑，诙谐地说："所以，我们也只能在黑夜里交谈了。不过，肤施可是块宝地，我相信不久会大放光明的。"

张学良说："对，肤施的确是个好地方，我相信终有一天能像周先生的吉言大放光明。"

　　张学良拉着周恩来的手步入客厅，客厅陈设虽不奢华，但也摆放了讲究的桌椅，圆桌上摆满了糕点和糖果。一杯杯刚刚斟满的热茶，在蜡烛的亮光下，飘散着热气。

　　周恩来与张学良以前虽未相互见过面，初次相会，如同老朋友。经过一番寒暄，主客入座后，张学良说："这里无人打扰，便于保密，我们选择在这里会谈。"

　　周恩来礼貌地说："很好呀！少帅想得很周全。"

　　在柔和的烛光下，会客厅的气氛虽说和谐怡人，但场面给人是严肃的感觉。

　　为了活跃气氛，周恩来笑着对少帅说："我是在东北长大的。张先生，我们还是奉天东关模范学堂的校友呢！"

　　张学良一听周恩来说在奉天东关模范学堂读过书，很兴奋，便问："周先生，是南方人怎么到奉天东关模范学堂就读过？"

　　周恩来说："那是 1910 年秋我曾随伯父周贻赓来到东北奉天，在东关模范学堂就读过。我那时叫周翔宇。"

　　张学良恍然大悟，惊异而高兴地说："你就是少年有为的周翔宇，失敬！失敬！"

　　周恩来抱拳回礼道："岂敢！岂敢！"

　　烛光闪烁的会客厅气氛一下子活跃起来了。张学良说："我们今天相见是天赐良缘呀！"

　　在座的代表不约而同地鼓起掌来，一双双好奇的眼神扫向少帅，张学良明白大家的目视之意，喝了口茶，告诉大家说："我的亲戚何祯，一次我到他家去做客，他从书柜中拿出一幅装裱好的条幅给我看，上书为'为中华之崛起而读书'字体刚毅遒劲，落款是周翔宇。何祯的爷爷在一旁插话说，翔宇小小年纪有如此大志，了不得，将来必成大器。所以周翔宇三个字，我印象很深呀！"

　　张学良说的认真，在座的人聚精会神地听着。张学良感慨地对周恩来说："可恨我晚进东关学堂一步，要不也许还能跟你称得上

延安大东门教堂旧照

同学呢！"

　　周恩来笑着说："我们今天相识不晚，为了中华民族的存亡，今天坐在一起，可喜可贺！"

　　张学良马上应和道："是的，是的。"

　　于是，谈话切入了主题。周恩来感到张学良是个痛快汉子。张学良也敬佩周恩来敢于前来会谈的勇气。两人开诚相见，谈笑风生，十分融洽。

　　据周恩来侄女周秉德女士撰文回忆说，1936年4月9日，张学良与周恩来即在延安秘密会面，彻夜长谈，他们一见如故，谈到当时严重的民族危机，两人心潮起伏，悲愤洒泪。

　　张学良问："周公是否真心抗日？"

　　周恩来答："真心！"

　　张学良说："可是日本军队不会等到'中共倒蒋'或者'蒋坚持剿匪'之后，才来大举进攻！应该拥蒋促成民族统一抗日战线。"

　　周恩来回答："不能拥蒋。"

　　张学良问："联蒋如何？"

23

　　周立即回应："可以，只要蒋介石愿意抗日，共产党就愿意在他的领导下，摒弃前嫌，一致对外的。"①

　　会谈的气氛十分和谐，犹如老朋友相见坦诚地把心里话全都说出来。

　　周恩来接着说："但是，光让步是不行的。让步太多，会使不知足的人认为我们软弱可欺，在这方面我们是有血的历史教训。所以要让步，还得要斗争。只有经过斗争，才能达到真正的团结。"

　　张学良连忙说："对，对，要斗争！"

　　接着又说："我同蒋介石的接触很多，据我了解，只要我们认真争取，是可以把他团结到抗日阵线里来的，问题是我们必须用最大的力量争取，想尽一切办法争取。"

　　周恩来笑了笑，说："如果能够把这样一个力量争取过来抗日救国，也是我们十分希望的。可是，他搞独裁，不要民主，看不到人民群众抗日的雄厚力量。要用什么办法才能争取过来呢？张先生知己知彼，可以多谈一谈。"

　　张学良说："蒋介石有民族情绪，他也恨日本人。据我回国后这两年的观察，他可能抗日。"②

　　接着，张学良又逐一分析了南京方面各派系对日本的态度。他认为蒋介石是在歧路上，错在"安内攘外"，若把这个错误扭过来就可以一致抗日。

　　因而张学良说："你们在外面逼，我在里面劝，内外夹攻，定能扭转过来。"又说："除非蒋介石投降日本，否则我不能反蒋。"③

　　会客厅里烛光融融，气氛严肃而和谐，对话时而有所停顿，看起来是喝口茶润润嗓子，其实是都在思考问题。

　　周恩来诚挚地问张学良："张先生，你看中国的前途如何？"

　　张学良说："两年前我从意大利墨索里尼那里取回一本经，认为只有法西斯主义才能救中国，主张中国应该有个强有力的领袖，实行法西斯专政，把朝野各党各派的意志集中起来，把全国各方面

────────

　　①②③引自中国新闻网。

力量统一起来，像希特勒之于德国，墨索里尼之于意大利那样。只有这样，才能够抗击日寇，应付国难，国家才有前途。"[1]

从张学良的回答看得出：他认为中国的前途在于国家要统一集权，只有两条路，一是共产党的，一是法西斯的。显然他讲了一套法西斯可以救中国的道理。

而周恩来静心听着张学良的讲述，脸上的表情却是和善而严肃的。他端起水杯喝了口，心平气和地发话了。

他对张学良说："张将军既是集家仇国难于一身，也是集毁誉于一身的，张先生处心积虑地寻找国家的出路，要雪国耻报家仇的迫切心情，只有我们中国共产党人了解你同情你，还会帮助你。"

张学良说："还是周副主席您理解我呀！"

周恩来说："可惜张先生把路走错了，什么是法西斯，简单地讲，法西斯就是军事独裁。法西斯是帝国主义的产物，把资产阶级一点形式上的民主都抛弃了。在历史上，袁世凯搞过军事独裁，失败了。吴佩孚要武力统一中国，也失败了。这些张先生都知道，并经历过。法西斯是反历史、反人民、反共的，它没有群众基础。要抗日要收复东北，没有广泛的群众基础是不可能的。要发动民众必须实行民主，中国的法西斯道路绝对走不通，他只能有利于日本的侵略。谁想在空前国难中搞独裁，而不去发动人民群众抗日救国，谁就是历史罪人民族罪人，必然要失败。"[2]

周恩来的话语，给张学良起到了指点迷津的作用，使他对面前这位共产党人肃然起敬。

会谈接近尾声，最后双方还就红军和东北军在抗战中所担负的责任、对日作战的战略和经济通商等问题进行了讨论。并达成了红军与东北军互不侵犯、互相帮助、互派代表等具体协定。

同期，又达成红军与西北军各守原防、互不侵犯、互派代表的协定。

到这时，抗日统一战线、停止内战已率先在红军与东北军、西

---

①②引自中国共产党新闻网。

北军间实现。

会谈结束后，张学良拿出一本为纪念《申报》创刊 60 年而印制的大地图送给周恩来，高兴地说："让我们共同保卫祖国！"

张学良还赠送给红军 3 万银圆，以后又补送 20 万法币。

天蒙蒙亮时，周恩来与张学良紧紧地握手告别。张学良目送周恩来一行跃身上马，离开肤施。

在路上周恩来高兴地对李克农说："少帅很直爽，有诚意，这次没有白来。"

李克农说："毛泽东听了一定会很高兴"。

他俩快马加鞭向瓦窑堡奔去。

这次密谈少帅完全了解了共产党主张抗日、建立抗日民族统一战线的决心和诚意，也被周恩来的诚挚所感动，激起满腔热血，深为周恩来的人格和执着追求所倾倒。

周秉德回顾文章说，这次会见后，周恩来也十分赞赏张学良，兴奋地说："谈得真好呀，想不到张学良是这样爽朗的人，是这样有决心有勇气的人，出乎意料，出乎意料！"

不久他致信张学良："座谈竟夜，快慰平生，咸服先生肝胆照人，诚抗日大幸！"

1936 年 5 月初毛泽东东征回师瓦窑堡，周恩来和李克农向毛泽东汇报了我方与张学良密谈情况，毛泽东听了十分高兴。

转眼就到了 1936 年 7 月，党中央由瓦窑堡迁往保安。从唐、金时期起这里就是抵御北方游牧民族入侵中原的边防要塞。中央红军驻扎这里后又加固了城墙，城堡易守难攻，城门朝南开着。毛泽东就住在城内炮楼山下的石窑洞，其实是石崖上自然地质形成的洞穴改建而成，"红石壳"中，因石头质地疏松，色如红砂，故当地人叫"红石壳"窑。

中央红军从瓦窑堡迁到这里已经 5 个月了，进入年底马上就要过农历年了，保安的老百姓经过一年的辛苦劳作，就等着到过年好好改善改善伙食，杀猪宰羊过个好年。

1936 年 12 月 12 日，农历已经是腊月，马上就是寒风刺骨的数九天。陕北的冬天，夜似乎来得更早，天早早地黑了，山城的冬夜万籁寂静，人们都在甜蜜地酣睡。此时，炮楼山下的"石壳窑洞"灯光还亮着，毛泽东还在工作。这时军委机要科科长叶子龙手里拿着一份电报，兴冲冲地朝着毛泽东住的石壳窑洞小跑而来，刚进门就将电报递给毛泽东。叶子龙这么急匆匆地将电报第一时间送与毛泽东手中，是什么事呢？毛泽东看完电报神色严肃，对叶子龙说："你立刻派人到安塞把周恩来找来，召开中央会议。"

原来，东北军少帅张学良多次向亲赴西安"督剿"红军的蒋介石陈述停止内战、一致抗日理由。12月7日，张学良与蒋介石进行了长达3小时的长谈，就停止内战、一致抗日的问题两人进行了激烈的争辩。张学良希望蒋介石能以全国人民的利益为重，蒋介石严厉地告诫张学良，中国的最大敌人不是日本人，而是共产党。

张学良看着面前这位当年拜把子兄长态度如此顽固，流着泪，嗓音嘶哑地对蒋介石说："自东北易帜以来，我对委员长耿耿忠心，服从训令。当前的国策是团结抗战还是分裂抗战，必须明确择定。这对国家和民族的前途，对个人的前途都是成败攸关的大问题。只有领导全国团结抗日，才是委员长振兴国家的唯一正确的道路，我有为委员长牺牲一切的决心。"

蒋介石听后勃然大怒，厉声说："你现在就是拿枪把我打死，我也不能改变围剿共产党的计划。"

这样，蒋、张之间的矛盾完全表面化、公开化了。在12月7日张学良"哭谏"失败后，便和西北军领袖杨虎城联手实施了"兵谏"的计划，在蒋下榻之处西安华清池发动了兵谏。

12月12日晨，张学良所部包围了蒋介石居住的华清池，迅速解除了进行抵抗的蒋介石卫兵的武装，将蒋介石扣留。同时，杨虎城所部控制了西安全城，拘捕了陈诚、蒋鼎文、卫立煌等10多名军政大员。事变一发动，张学良要刘鼎一分钟也不耽误，立刻向驻扎在陕北保安的中共中央发报。

电文说："吾等为中华民族及抗日前途利益计，不顾一切，今已将蒋及其重要将领陈诚、朱绍良、蒋鼎文、卫立煌等扣留，迫其释放爱国分子，改组联合政府。"

张学良在连续给中共中央的电报中，还转告了他们在通电中所提出的政治主张，以及要求中共中央立即派代表团来西安，共商救国大计。

13日，由张闻天主持，中共中央在保安召开西安事变后首次紧急会议。周恩来同警卫员及通信员飞马来到保安。

在简陋的石壳窑洞会议室里，与会人员都已到齐，周恩来就座后环顾了一下参会的同志们，从大家严肃的表情和兴奋开心的眼神看出，讨论的意见不统一。

毛泽东征求周恩来的意见，问："恩来，你的意见呢？"

其实周恩来在赶回的路上就深思了这个问题，他回答说："我们共产党人应从国家民族利益及抗日的大局出发，权衡利弊，和平解决'事变'是上策。"

接着他又根据国内外形势，详细分析了放蒋利大于弊，他说："'事变'是革命的，是推动抗日的，是'开始揭破民族妥协派的行动'，它将会'向着全国性的抗日方向发展'，拥护张、杨的爱国主张，对妥协派（南京国民政府中蒋介石代表的一派）要争取、分化、孤立，要推动国民党黄埔系、CC派、元老派和欧美派积极抗日；要巩固西北三方的联合，并要在抗日援绥的原则下，与山西阎锡山、四川刘湘、西南桂系联合；要深入发动群众，以群众团体名义欢迎各方代表到西安参加救国会议。防止内战一触即发的危险局势，不与南京对立，'尽量争取南京政府正统'，不组织与南京对立的政权，我们应在'军事上采取防御，政治上采取进攻'。"①

周恩来的意见得到了张闻天等参会人员的认同。

毛泽东边抽烟边深思着，习惯性地猛吸了最后一口烟，掐灭了烟蒂说话了，他说："我同意恩来的意见。此事关系重大，我们同共产国际也取得了联系，致电了共产国际执委书记处，指出张学良等人的行动是完全带有革命性的。"

---

①引自中国共产党新闻网。

我们并要求共产国际："（一）在世界舆论上赞助红军、东北军和西北军的抗日义举；（二）争取英、美、法三国赞助中国革命的国防政府和抗日联军；（三）苏联大力援助中国。"

共产国际领导人季米特洛夫回电转达了斯大林的意见，也是和平解决"西安事变"，季米特洛夫来电报说："应在下列的条件下坚决主张和平解决这一突变：（甲）用吸收几个反日运动的代表，即赞成中国统一和独立的分子参加政府的方法来改组政府；（乙）保障人民的民主权利；（丙）停止消灭红军的政策，并与红军联合抗日。"①

毛泽东又点燃了一支烟继续说："我们同共产国际意见是一致的。在目前的形势下，放蒋有利于除蒋。我们共产党要以整个中华民族的利益为重，不计私仇，要以德报怨，促使蒋介石改变政策，团结一致，共同抗日。"

会议统一了认识，并强调"把抗日作为最高旗帜"，依靠党的原则正确冷静地处理"事变"，确定中共的方针是要"把局部的抗日统一战线，转到全国性的抗日统一战线"。

会议还决定中共中央暂不发表宣言。由于事变是突发事件，一时难以了解全面情况，会上也有人提出了"除蒋""审蒋"的主张，但会议总的基调是不把反蒋与抗日对立起来，从而为中共最终确定和平解决西安事变的方针奠定了基础。

13日，毛泽东、周恩来致电张学良，指出："'只有将全部行动基础置于民众之上'，西安起义才能胜利；若胡宗南、曾万钟、关麟征等部向南压迫，'红军决从其侧后配合兄部坚决消灭之'；'恩来拟来西安与兄协商尔后大计'，请派飞机到肤施接周去西安。"

14日中共中央决定派周恩来、叶剑英、秦邦宪、李克农等人前往西安。15日清晨，周恩来等18人身负重任，由保安动身，17日下午抵达西安，周恩来立即与张学良晤商。

12月24日上午，各方代表继续谈判。经过反复磋商，达成九

①杨奎松著，《毛泽东与莫斯科的恩恩怨怨》，江西人民出版社，第51页。

项协议：（1）由孔祥熙、宋子文组织行政院，宋负责组织令人满意的政府，肃清亲日派。（2）中央军全部撤离西北，由二宋负责；蒋鼎文即携蒋手令赴南京，下令停战撤兵。（3）蒋回京后释放"七君子"，西安方面可先发消息。（4）目前苏维埃、红军名称照旧。由宋氏兄妹担保蒋确要停止"剿共"，并经过张学良之手负责接济红军。抗战开始后，红军改番号，统一指挥，联合行动。（5）宋表示先开中国国民党中央全会，开放政权；再召开各派救国会议；蒋表示3个月后改组中国国民党。（6）分批释放一切政治犯，具体办法与宋美龄商定。（7）抗战开始后，共产党公开活动。（8）外交政策：联俄，并与英、美、法联络。（9）蒋回南京后发通电自责，辞去行政院长职务。

这九条，基本上同意了张、杨的八项主张；也承认了共产党、红军和苏区的合法地位。这样，国共双方就"停止内战、共同抗日"这一事关国家民族生死存亡的根本问题，初步达成了一致意见。

周秉德回忆说：西安事变发生后，24日晚，周恩来在宋氏兄妹陪同下，去见蒋介石。周恩来一进门就说："蒋先生，我们有十年没有见面了，你显得比从前苍老些。"

蒋介石放松下来，点点头，叹口气，然后说："恩来，你是我的部下，你应该听我的话。"

周恩来回答："只要蒋先生能够改变'攘外必先安内'的政策，

一九三七年一月中央红军从保安迁进延安

停止内战，一致抗日，不但我个人可以听蒋先生的话，就连我们红军也可以听蒋先生的指挥。"

经过周恩来机智、诚恳的说服，宋美龄说："以后不剿共了，这次多亏周先生千里迢迢来斡旋，实在感激得很。"

《西北日报》有关西安事变报道

蒋也做了口头允诺："只要我存在一日，中国决不再发生反共内战！"①

在中共中央和周恩来的主导下，西安事变最终以蒋介石接受"停止内战，联共抗日"的主张而和平解决，促成了第二次国共合作。

历史总是给人留下遗憾，当年张学良在已得到蒋介石的口头应允后，为了确保蒋介石的安全，维护他领导抗日的权威，不计个人安危，亲自护送蒋介石乘飞机离开西安，后来被老蒋终身软禁了。

当周恩来得到消息，赶往机场想劝阻张学良不要亲自送蒋去南京，却为时已晚，飞机已腾空而起。周恩来眼望苍天，噙着热泪反复地说："张副司令，张副司令……"久久伫立，仰天长叹。

……

远在陕北保安的毛泽东近几天晚上，写好《关于蒋介石声明的声明》②准备发出。声明中最后的大意是，中国共产党仍然以民族

①引自中国新闻网。

②这是毛泽东1936年12月28日就蒋介石所谓《对张、杨训话》的声明所做的一次谈话，全文约1600字。曾以《毛泽东同志关于蒋介石十二月二十六日宣言的谈话》为题，载于中共西北中央局1937年1月3日出版的《斗争》第120期上。1937年1月9日，又载于衡阳政治部《战斗》副刊第1期上。1941年12月，曾收入毛泽东亲自主持编辑的《六大以来》中央文件汇集。1951年10月，《毛泽东选集》第一卷出版时，题目改为《关于蒋介石声明的声明》。

大义为重，敦促蒋介石立即走上抗日民族统一战线，并以践行承诺为题，再次表现中国共产党推动全国一致抗日的努力由来已久，所作所为均以国家民族为重，不计一党一派之私。

西安事变的和平解决成为时局转换的枢纽，十年内战的局面由此结束，国内和平基本实现，成为国内战争走向抗日民族战争的转折点。

就要过元旦节了，一天警卫员进毛泽东窑洞送开水，毛泽东嘱咐说："你们几个都把东西收拾好，借老乡的东西要还清，损坏的要赔偿，我们好好过个元旦节，再过几天就要搬家了。"

警卫员问："我们是不是要搬到延安去？"

毛泽东笑着说："你猜对了，我们就是要搬到延安去。"

过了元旦节，1937年1月10日，毛泽东率中共中央机关离开住了6个月的保安，到达延安。

距中共中央从保安迁到延安仅仅6个月，"七七事变"发生了。随着国内抗战形势的发展，根据民族危机日益加深的形势，为了动员一切力量实现全面抗战，并制定具体的战胜日本帝国主义的纲领、方针和政策，推动全国抗战形势的发展，1937年8月22日至25日，中国共产党在洛川县城北10公里处的红军指挥部驻地冯家村召开了中共中央政治局扩大会议。

这是"西安事变"后中共召开的一次重要会议。

会议召开前，周恩来对会议会场选址十分重视，会议的会场设在哪里合适呢？这个任务交给了驻洛川红军指挥部负责人萧劲光。

1937年8月下旬的一天，萧劲光骑着马在村子转了一圈，最后走到一所私塾学校。这所学校是当地一位开明人士冯建勋所办，走进教室看还算宽敞，桌凳虽粗糙但比较齐整，容纳四五十人没问题。他对冯老先生客气地说："老先生，我们要借这地方开个会，可以吗？"

冯老看着眼前这位身穿红军服的军官，迟疑了一下问道："你是冯家村住的共产党军队的军官吧！你们驻扎的'队部'就可以开嘛！"

萧劲光回答：“北边要来很多人，为了保密和安全，你这里比较合适。我们开会只借用四五天时间。”

冯老先生是晚清秀才，他一听北边来人，也就猜出了几分。在这兵荒马乱的年头，他经历的兵多了，深知共产党的军队才是救国救民的军队。于是他同意了，让学生五天不要到校。

这天正值中午饭时，向来好客的冯老夫人说：“已经是晌午了，就在我家吃饭。”

萧劲光推辞说：“能借给房子，我们就很感激您呐！饭就不吃了，我们有纪律。”

冯老先生拉住萧劲光说：“今天的晌午饭必须在我家吃，遇上饭时哪能让客人走？这是我们的乡俗。我见过的兵多了，但红军长官同国民党军队长官还是不一样，我一眼看出你是个好长官，我还有很多问题请教你呢！”

萧劲光忙说：“请教不敢当，您是长辈，聊聊家常是可以的嘛！”

于是萧劲光就在冯老的挽留下吃了饭，他俩边吃边聊，十分融洽……

当时红军指挥部驻地在冯家村，这里有群众基础，老百姓觉悟比较高，萧劲光觉得还是冯家村开会比较合适，且便于安全保卫工作。

会址确定后，8月22日，冯家村一下子来了很多马队，马匹全部拴在周边的树林子里，警卫战士荷枪实弹，为了保密，村子里的人只能进不能出。村民们也是有觉悟的，看到这阵势不打问，远而避之。会场周围保卫工作由红军警卫队负责，村子的外围由张学良东北军所派两个排负责警戒。

这是一次中共中央政治局扩大会议。开会的人员陆续到达，参加这次会议的中共中央政治局委员和候补委员有张闻天、毛泽东、朱德、周恩来、博古、任弼时、关向应、凯丰、彭德怀、张国焘，部分红军领导及有关方面负责人有刘伯承、贺龙、张浩、林彪、聂荣臻、罗荣桓、张文彬、萧劲光、周建屏、林伯渠、徐向前、傅钟等22人。

张闻天主持会议，毛泽东在会上做了关于军事问题、国共两党

洛川会议旧址　　　　　　　会议期间毛泽东住过的窑洞

关系问题和中国共产党在抗日战争时期基本任务的报告，张闻天做了政治形势的补充报告。会议分析了全国抗战开始后的新形势，指出，国共两党的争论已不是应不应抗战的问题，而是如何争取抗战胜利的问题。争取抗战胜利的关键是实行共产党提出的全面抗战路线，反对片面抗战路线。

会议认为，中国的抗战是艰苦的持久作战，必须经过持久作战才能取得最后的胜利。会议一致通过了《关于目前形势与党的任务的决定》和毛泽东起草的宣传提纲《为动员一切力量争取抗战胜利而斗争》，制定了《抗日救国十大纲领》，决定了中国共产党在各方面的具体政策："一、必须坚持抗日战争中的无产阶级领导权；二、在敌人后方放手发动群众，独立自主地广泛开展游击战争，使游击战争担负起配合国民党正面战场，开辟敌后战场，建立敌后抗日根据地的战略任务；三、在国民党统治区，放手发动抗日的群众运动，和国民党的片面抗战路线做斗争；四、在有利于动员全国人民参加抗战的前提下，争取全国人民应有的政治经济权利，以减租减息作为抗战时期解决农民土地问题的基本政策；五、八路军的具体战略方针是独立自主的山地游击战。"①

会议在基本原则一致的前提下，对八路军出兵的时机、数量及陕甘宁留兵多少、红军作战形式等问题充分交换了意见。为加强中

①中国共产党党史研究资料。

国共产党对军事工作的领导，会议决定由毛泽东、朱德、周恩来、彭德怀、任弼时、叶剑英、张浩、贺龙、刘伯承、徐向前、林彪11人组成新的中共中央军事委员会，毛泽东为书记，朱德、周恩来为副书记（对外称主席、副主席）。

8月25日，是洛川会议的最后一天，外面下着大雨，毛泽东在会上做了会议总结，并发布了将中国工农红军主力部队改编为国民革命军第八路军的命令，许多红军将领和战士情绪都非常激动，因为国共十年内战，国民党杀害了无数的人民群众和红军战士，这让很多人在思想上难以接受。

改编后的部队是要求换装的，有的同志情绪有些波动，不愿意脱下穿惯了的红军服，而换上有国民党党徽标志的"八路军"军服。为了民族大义、稳定将士们的情绪，朱德等红军高级将领在下达换装命令后，含着泪率先脱掉了红军服，换上了八路军军服……

为期4天的洛川会议结束，它是中国共产党在历史转折关头召开的一次重要会议。它制定了中国共产党的全面抗战路线，规定了中国共产党的基本任务和各项具体政策，为中国共产党和全国人民指明了抗战的正确方向。

主题篇
ZHU TI PIAN

第三章

从莫斯科跟随周恩来到延安的日本共产党野坂参三（冈野进）

周恩来赴莫斯科

1939年9月中旬的一天，周恩来去莫斯科临行前来到杨家岭向毛泽东辞行。

马上就是中秋节了，初秋是温柔的，日落总带有秋风，这时日，陕北的气候凉爽宜人。毛泽东坐在窑洞院子老槐树下的石桌旁喝茶休息。这是一个顺着山坡而修建的院落，典型的陕北接口子石窑洞，坐北朝南，对面是灌木茂密的山麓，松柏苍翠，雄伟壮观，一条小溪潺潺绕山脚而过，流出峡谷进入延河，给这个半山坡上的小院落增添了几分幽静的美丽。

这时办公室的秘书长李六如走到毛泽东跟前说："主席，周副主席马上就到，已经从村沟口进来了。"

毛泽东高兴地说："好啊！我捉摸着他也快到了。"

说话间，周恩来已经从舒缓的山坡小道上来。走进院落，毛泽东立刻站起来向前相迎，握住周恩来伸不直的右手问道："手臂还痛吗？"

周恩来笑着说："早已不痛了，就是行动不便。"

原来，周恩来不久前因骑马去大砭沟中央党校讲课，路途中因枣红马受惊从马身上跌落下来，右臂骨折，经马海德医治还未完全痊愈，所以主席关心地问他。

由于周恩来右肘始终处于半弯曲状态，无法伸直，右臂肌肉开始出现萎缩，如不及时治疗，有成终身残疾之虞。于是，中共中央决定送周恩来赴苏联医治。

近来两位老战友都因工作忙，难得一见，今天见面都很高兴，没有进窑洞，就坐在了石桌旁，办公室秘书和培元给他俩盛上蜜桃和梨子，添上茶水离开。毛泽东切入话题说："你这次去苏联，办好两件事，一是把胳膊医治好，在莫斯科多疗养一段时间，顺便了解了解欧洲情况。"

毛泽东深深地吸了一口烟，接着说："恩来啊，斯大林和希特勒签订了协定，并与侵占东西伯利亚和中国北部的日本磋商着签订中立协议。我们需要了解苏联的意图，估计形势，做出我们的对策啊。我要说的第二件事，就是中央派你向共产国际汇报抗战以来我党的路线及政治主张，特别是抗日统一战线的工作情况，以及陕甘宁边区和八路军晋察冀抗日前线的情况，将此草拟成书面报告汇报，具体操作你同任弼时商量好就行了，再不必回电延安请示。"

周恩来说："有任弼时同志在莫斯科，我心里很踏实。"

毛泽东掐灭了烟蒂，端起茶杯呷了一口，轻轻拍了下右膝盖，似乎想到了什么，突然说："那个（指李德）共产国际给我们派来的洋顾问现在没什么工作可做了，延安不需要他了，我建议就让他随同你们回苏联去吧，你看如何？"

周恩来笑着说："我同意，他的问题就由共产国际执委会去解决吧！"

毛泽东赞同说："很好！那就这么办了。"

接着他又说："你这次在苏联见到共产国际执委书记季米特洛夫后，一定将王明同志的情况向他汇报清楚，我们党内的事情，我们自己解决，让他理解我们，不要产生误会。只要王明能认识到自己的错误，我党还会重用的。"

周恩来非常赞同毛泽东的主张，其胸怀使他敬佩不已……

谈话结束了，西边的太阳慢慢地移动着，像个火球托在山顶。这时候一道彩虹跨越延河横架南北，在落日的彩虹映衬下，杨家岭更加绚丽。

9月16日上午，延安的天气格外好，晴空万里，秋高气爽，一架从重庆飞来的专机降落在延河畔上的机场。

这是中国共产党整修、使用和管理的第一个红色机场。这个机场是1936年1月由张学良的东北军、十七路军杨虎城所部修建的，此机场"西安事变"后与延安城一道被红军接管。在1938年，中共中央和陕甘宁边区政府组织边区群众对机场进行了维修，拓展了机场面积，加宽和碾压了跑道。

因延安没有自己的飞机，中共中央只好电请国民政府航空委员会派专机来接周恩来赴苏联治病。因为国共合作后周恩来被国民政府任命为军事委员会政治部副主任，中将军衔，所以这架飞机是蒋介石派出专机接送周恩来到乌鲁木齐，然后转乘苏联的飞机前往莫斯科。

可是这架飞机也是几经周折才来的。由于抗战期间，交通工具本来就奇缺，航空资源调配更是紧张，延安的"电请"使得航委会进退两难，不知如何是好！解决吧，一时确实无专机日程；不解决，周恩来身份特殊，更是无法向上峰交代。好在延安随后又去电，称已请求苏联派专机来接，航委会有困难不来也可，航委会阅电文后如释重负，庆幸派机问题解决了。

然而，在国民政府派专机的问题上蒋介石十分重视，得知航委会所为，却勃然大怒，严令航委会不论如何，必须派专机赴延安接送周恩来。据蒋介石侍从室高级幕僚唐纵在1939年11月24日的日记中记载："今日张主任（即时任委员长侍从室一处主任张治中）在研究大会席上，报告此次周恩来在延安受伤，电请派飞机接送莫斯科治疗。航委会无机可派，正踌躇间，延安电称，已请莫斯科派飞机来迎。委座对于此事甚怒！责令航委会一定派机去接送，不许苏联飞机来迎。张主任称，当初未深察，及委座责备后，始恍然领悟！可知做事，不可丝毫忽略，不可有百分之一之懈怠！"[1]

---

[1] 引自中国共产党新闻网。

蒋介石之所以大怒，并坚持派专机送周恩来是有其原因的。唐纵在1939年11月29日的日记中写道："苏俄飞机来去兰州，不事先通知我方黄秉衡（时任兰州空军第一军区司令）来电请示。陈主任（即时任委员长侍从室二处主任陈布雷）处事非常谨慎，尤其对于国际问题，丝毫不敢做主。今日委座批下要当地严重表示，未得通告不许自由入境。这是何等正当之处置。"①

不难看出，若当时苏联飞机无视国民党当局，经常自由出入西北国境，在两国有外交关系的情况下，有悖于国际原则。尽管处于中国抗战的非常时期，但未得通告擅自出入中国领空，仍是对中国主权的严重侵犯。如今国民政府若不派专机接送周恩来，就给了苏联飞机出入中国境内绝佳理由；更何况时逢国共合作抗日时期，中共中央所在地延安也是在国民政府的领导之下，周恩来还身兼国民政府军事委员会政治部中将副部长一职；这样的重要人物出境赴苏疗伤，国民政府却派不出专机，实在是丢了蒋介石的脸面。

因而就这样，在蒋介石的"特殊关照"下，一架美制道格拉斯大客机抵达延安。这天，机场送行的人特别多，毛泽东、张闻天等也来到机场送行。与周恩来同行的有其夫人邓颖超、原红军西路军政委陈昌浩及其儿子陈祖涛、高岗儿子高毅、陈伯达儿子陈小达、孙炳文烈士女儿孙维世，还有随中央红军长征到达延安的共产国际所派洋顾问李德等人。

中午时分，专机在用石头块砌成的跑道上滑行，由慢到快，腾空而起，向东越飞越高，绕了个大弯折头回飞，经过机场上空，飞过宝塔山，向西而去。

周恩来一行乘机飞抵兰州，然后转往新疆迪化（今乌鲁木齐），并在那里乘苏联专机飞至阿拉木图（今哈萨克斯坦境内），最后坐火车抵达目的地——莫斯科。

---

①引自中国共产党新闻网。

医院约见冈野进

周恩来到达苏联后，中共驻共产国际时任代表任弼时就将其安排住进了莫斯科皇宫医院（即克里姆林宫医院），时任共产国际执委会总书记季米特洛夫亲自出面邀请了一批苏联最好的专家给周恩来会诊。

由于周夫人邓颖超和侄女孙维世都不懂俄语，任弼时身边的秘书师哲就成了专职翻译。治疗方案很快出来了，提出了两个治疗方案，供周恩来选择：第一个方案是把肘骨拆开，另行接骨，其好处是愈合后胳膊可以运转自如，缺点是所需时间较长，痛苦太大，而且要冒手术不成功的风险；第二个方案是不开刀，采用按摩治疗的方法，这样做所需时间短，缺点是将来胳膊只能在40度至60度以内活动。周恩来说："国内工作很忙，客观上不允许我长时间滞留国外治疗，所以就采用不开刀，用按摩等治疗方法，治疗后能活动无大碍就行了。"

按摩医师是个60多岁的老太太，胖胖的体态，身着白大褂，一副慈祥的面容，好似修道院里的嬷嬷。她用俄语说："刀还是要动的，只是'小刀'，先要将已经弯曲的手臂强行拉直，是非常疼痛的，只有这样才有希望使手臂活动的幅度大些，可以梳头或吃饭。"

经师哲翻译后，周恩来点了点头说："您就放心大胆治疗吧，我能忍得住。"

尽管不需要动大手术，但治疗过程却是异常痛苦。注射麻药后，医生把周恩来的胳膊强行按在一定的角度上加以固定。麻药失效后，周恩来疼得豆大的汗珠直往下掉。然后进行按摩，依旧是疼痛难忍。但周恩来凭借着极强的毅力，顺利地完成了治疗。医师老太太看着这位刚毅的中国硬汉子，心生敬意。

周恩来这次来苏联除疗伤外，还肩负着毛泽东临行前更为重要的嘱托，即代表中共中央向苏联、共产国际介绍说明中共的抗战情况以及国共关系，争取苏联及共产国际的理解与支持。在治疗期间，周恩来就经常不顾医生和身边工作人员的劝阻，忍着疼痛在病房里夜以继日地工作。

据师哲回忆说："我几乎每天都到医院去探望并陪同他几个钟头，帮助解决和处理日常事务中的一些问题。有一次，我到医院去看他，他对我说'工作比医病更重要嘛！'"

我不了解他的心意，便回答说："你是来医病的，还是先把病治好为宜。"

但他笑笑又说："我这是外伤，影响不了我的思路和工作嘛！"。

有一天，任弼时来医院看望他，发现周恩来坐在病床上还在工作，关心地说："恩来，你现在的主要任务是治病疗养，千万不可劳累过度，不利于治疗，眼前的工作可以放放。"

周恩来笑着点了点头说："无妨！无妨！"

两位老战友只要一见面就有着说不完的话题，周恩来将这次来苏联毛泽东赋予他的使命一一道来，任弼时也十分赞同中共中央及毛泽东的意见。

谈话间，任弼时征求周恩来的意见说："我向你介绍一个人，可以见否？"

周恩来迟疑了一下说："是什么样的人物？"

任弼时说："是日本共产党驻共产国际代表野坂参三，也叫冈野进。"

周恩来说："他怎么知道我在苏联？"

任弼时笑笑说："共产国际的信息情报是很灵通的，他是从季米特洛夫那里得知你的，故此，直接找我说明了其想法与目的，想要见你一面。"

周恩来说："可以嘛！我们可以多交朋友，更何况我们有共同的信仰。"

任弼时又简要地说了冈野进的想法与目的，周恩来说："见面时间你安排。"

任弼时说："这一段时间你就好好疗养吧！不要过于劳累，我会安排一个适当的时间。"

凑巧，也在莫斯科疗养的毛泽民来到医院探望周恩来，他是前不久身负神秘使命从新疆迪化来到莫斯科的。周恩来见到老战友高兴地忘记了疼痛，两人亲密地交谈起来。周恩来问道："我党在新疆的统战工作近来如何？"

毛泽民一一汇报了目前新疆的情况，他说："随着时局的发展，盛世才政府、苏联和中共三者之间的关系十分重要，苏联方面也很重视，我一定将这方面的工作做好。"

周恩来说："新疆的统战工作，事关重大，你利用盛世才独裁政府的特殊地位和身份，一定要周旋好我党与其的关系。"

交谈中周恩来提起日本共产党常驻共产国际代表冈野进要见他的事，他征求毛泽民的意见，毛泽民说："此人我曾经接触过，是日本共产党内的重要人物，我看见见无妨。"

周恩来会意地点了点头。

毛泽民看了看手表，时间很晚了，十分关心周恩来的治疗情况，他问："你的治疗情况怎么样呢？"

周恩来兴奋地回答："很好！"说着抬高了手臂让毛泽民看，毛泽民会心地笑了。

两位战友邂逅莫斯科，还是在医院里，倾心交谈了很长时间……

历经约 3 个月时间，在医师老太太的精心治疗下，周恩来身体恢复得很快。过了一周之后，经复查伤口已经愈合。从拆线的第二天起就开始新的疗程，主要是按摩、烤电、运动和浴疗，目的是使手臂逐渐恢复运动技能。

1940 年元旦前，严寒中的莫斯科白雪皑皑别有一道景色。夜幕下的莫斯科河显得宁静而安详，美丽的月亮把皎洁的月光晒在莫斯科河上，流淌的河水越发显得柔和，让人有无限的遐想，感到无限的温馨。就在这个时候，莫斯科河边的林荫道下，一个东方肤色的人不紧不慢地向莫斯科皇宫医院走去，一张比实际年龄要显得老成的脸上黑黝黝的，如果不是他腋下夹着公文包，很容易被人当成是信步漫游之人。

此人便是日本籍野坂参三，在苏联名为冈野进，他径直走向克里姆林宫医院，要拜访的人就是周恩来，由任弼时安排在医院里约见。

冈野进来到病房门口，轻轻叩门，邓颖超开门热情地迎接，周恩来闻声从沙发站了起来。冈野进中等个，一身西装革履，进门向周恩来深深地鞠了一躬，并用中国话说："我是日共中央驻共产国际代表冈野进，前来看望周副主席，打扰啦！打扰啦！"

周恩来左手紧紧地握住冈野进的手说："不客气！不客气！欢迎你的到来！"

邓颖超将冲好的咖啡和泡好的上等龙井茶端放到茶几上，热气腾腾，发出阵阵清香。邓颖超招呼客人说："你是喝咖啡，还是品尝中国的龙井？"

周恩来爽朗地笑着说："日本人喜欢喝茶，而且很讲究。"

冈野进看着眼前这位具有爽朗性格的中国人，打消了内心的拘束，礼貌地说："我在苏联也多年了，咖啡和茶都喜欢，咖啡提神，茶解困乏。"

在周恩来面前，冈野进像雪人化在了阳光之下，老成之气一下消失了，露出了儒雅学者之风，看到周恩来大有相见恨晚之意。

周恩来同冈野进热情地交谈起来，冈野进问候了周恩来的伤情后，自个儿介绍说："我在日本叫野坂参三，1892年（明治二十五年）3月30日，出生在日本山口县萩町（现称萩市）一个肥料商人的家庭里，其父小野五右卫门，其母野坂氏，家中兄妹六人。"

冈野进轻轻端起茶杯喝了口，继续说："周副主席是了解日本史的，萩市在历史上是日本著名思想家吉田松阴开办'村下学塾'的地方，曾在这里培养过大批有志青年，对明治维新运动起过重要作用。因为这里的革新风气较盛，对少年的我有很大的启发。所以我在萩町明伦寻常高等小学毕业后，就升入神户商业学校，这也是我父亲的愿望，想让我继承家业经商。

可是，就在1910年5月，我18岁的时候，日本国内发生了镇压革命者的所谓'大逆事件'，著名社会主义者幸德秋水等24人被捕，其中12人（包括幸德秋水）被刺死。这件事对我震动很大，促使我开始对社会主义思想产生兴趣，并且认真地研究它。次年，我写出《论社会主义》一文，肯定了社会主义才是人间的正义和人道，揭露了资本家上流社会的种种罪恶。由于文章思想尖锐，受到校方的斥责。

1912 年 3 月，我从神户商校毕业，4 月入庆应义塾大学深造。这不仅因为该校有一定自由风气，更重要的是该校有像堀江归一这样的进步教授。堀江担任'社会政策'课的教授，很受进步学生的欢迎。这对刚刚步入社会的我来说有极大的吸引力。

于是在大学里我时刻关心着日本的社会运动，当年就加入了刚建立的友爱会，这是个以铃木文治为会长，以团结友爱为宗旨的工人群众联合组织，该组织后来发展为日本劳动总同盟。可以说，这是我参加日本工人运动的开始，也是步入革命的起点。

1914 年 11 月，我参加创办友爱会机关报《劳动与产业》月刊工作，后来成为该刊的负责人。当时，日本社会上有改良主义、工团主义、无政府主义和社会主义思潮在传播。我为了弄明白哪种主义是真理，对劳动人民的斗争有指导意义，对各种思潮进行分析比较的探索。当我从刚由欧洲回来的小泉信三教授处看到英译本的《共产党宣言》时，受到很大的启发，对社会主义、共产主义有了进一步了解，开始走上社会主义道路。

1917 年 3 月，我在庆应义塾大学通过了《论工联主义》论文毕业，之后就专职担任友爱会的常任书记，开始了职业革命的生涯。也就在这个时候，俄国十月社会主义革命的胜利，加深了我对共产主义的信仰。同年 11 月 24 日，我在友爱会与学生联合召开的演说大会上发表了演讲，并仿效俄国'劳农苏维埃'名称，组织了日本的'劳学会'团体，把工人与学生联合起来。

1918 年，日本国内发生了全国规模的'米骚动'。有 1000 万日本人民参加的、波及全国的米骚动，使劳苦大众的阶级觉悟大大提高。斗争的结果告诉人们，单靠自发斗争是不可能取胜的。我认为米骚动是最早发生的群众英雄行为，它之所以失败就是由于当时没有一个党的领导核心，日本无产阶级必须建立自己的政党，日本劳动大众需要像俄国那样建立自己的工农政权。为了能亲自了解与考察俄国革命的实际情况以及学习欧洲工人运动的经验，我于 1919 年夏天，以友爱会特派员身份前往英国调查访问。1920 年 7 月 31 日，在英国参加了英国共产党。1920年英国共产党也才成立，我是最早的党员，也可以说是英国共产党的创始人之一。当英国共产党召开各派合并大会时，我又以伦敦中央支部代表身份参加了大会。1921年春天，我在英国工人罢工时多次在群众大会上发表演说，支持工人的罢工斗争，因而被英国当局驱逐出境。

然而，在革命的道路上我并未退却，从未放弃革命及共产主义信仰，不久又应赤色工会国际的邀请经过德国、法国、瑞士等国到达莫斯科，访问了社会主义俄国。

回到日本后，1931年1月我被选为日本共产党中央委员，后又派往莫斯科，以日本共产党代表资格参加共产国际的工作，从1931一直到1940年，也就是在此期间认识了贵国驻共产国际代表王明、康生、任弼时等人。

当时在莫斯科我用冈野进的名字公开活动。在共产国际的一段时间里，参加制定日本共产党的《三二年提纲》工作，维护了日共《二七提纲》中关于日本革命的性质是资产阶级民主革命的这一结论。1935年8月，我参加共产国际的第七次代表大会，接替日本共产党领袖片山潜的工作，被选为共产国际执行委员会主席团委员，并且在大会上就日本问题做了专题报告。我与山本悬藏联名于1936年2月写了《给日本共产主义者的信》，分析了日本社会的各种矛盾和社会性质，指明日本共产主义者现阶段的斗争任务应是：反对反动派和军部法西斯独裁的威胁，建立全部政权属于人民的民主的日本。为此，共产主义者要参加一切合法斗争，动员广大人民群众加入统一行动的组织中来，在思想上、政治上和组织上要加强共产党的建设。"

周恩来听了冈野进的传奇经历，很赏识地说："你是一个地地道道的职业革命家呀！"

冈野进接过话头说："你也是一个职业革命家，我虽在莫斯科，但你的个人经历我是了解的，赴法国留学寻求救国真理，回国后将毕生精力投入革命，在国共两党都是大名鼎鼎呀！"

冈野进说到这里，话锋一转直切主题，激动地说："我同任弼时谈过我的想法，打算经过中国返回日本，开展反战斗争，希望中国同志多多帮助。"①

周恩来端起咖啡喝了口，稍思片刻，然后说："欢迎你到中国，我将竭尽全力帮助，如果回不成日本，你就留在延安，教育被俘日本士兵，开展反战斗争，不是也很有意义吗？"②

冈野进得到周恩来的答复十分高兴，他没想到周恩来会答应得这么快，兴奋地说："我这次能到延安，若在你们的帮助下，能达到回日本的目的，是再好不过的了。若没有机会回日本，那就同延安的共产党人共同工作，将反日本法西斯的斗争进行到底。"

周恩来说："你到了延安，也就等于到了中国战场，正是日本共产党人的用武之地。在中国进行反战工作是一种良好的选择。"

冈野进拿定主意后，第二天就向共产国际执委书记季米特洛夫递上了书面申请，请求随同周恩来到延安去。

转眼 1940 年的元旦就到了，周恩来身体也康复了，不久就准备返回延安。共产国际总部在元旦之日为各国驻共产国际代表举办一个隆重的新年晚会，周恩来固然也被邀请为座上客。晚会是在共产国际总部的礼堂举行的，礼堂灯壁辉煌，大厅中央摆放了十几个大圆桌，桌上摆放着各种水果茶点。参加晚会的有共产国际执委会委员们和工作人员，常驻共产国际的各国代表及工作人员。

这晚冈野进特意坐在周恩来身旁，低声地告诉周恩来，共产国际批准了他的申请，周恩来没有说话，只是微微点了点头表示知道了。

同周恩来坐在一起的还有罗马尼亚的安东尼斯库、西班牙的伊巴露丽、德国的皮克、法国的马尔梯、芬兰的库西宁和少共国际秘书米海洛夫等各国共产党的领袖人物。他们谈笑风生，相互交谈着，加强了彼此之间的了解。周恩来的外交风格在此发挥到了极致，外国朋友们不时地都伸出大拇指表示敬意。师哲坐在其中给周恩来当翻译，有时候周恩来自己用英语回答他们的问题。

晚会开始了，共产国际执委书记季米特洛夫在掌声中走上舞

①②杨文彬、殷占堂编著，《在华日人反战运动纪实》，解放军出版社，第3页。

台，这个瘦高的保加利亚人向台下观众深深地鞠了一躬，他做了热情洋溢的新年致辞。紧接着舞台灯光变幻，帷幕拉开，著名的《天鹅湖》芭蕾舞蹈登场了，人们静了下来，神情专注地欣赏着表演……

冈野进与周恩来同行

莫斯科属于温带大陆性湿润气候，极端天气十分频繁。12月就会开始漫长的冰雪期，降雪量大，平均年积雪期长达146天，大约是在11月初至来年的4月中旬，冬季长而天气阴暗。气温最低达 −42℃，平均每年气温零度以上的天数为194天，零度以下就有103天。

因而今年（1940）已经是3月中旬了，气候还比较冷，近几天突然下起了大雪，莫斯科的雪一场又一场，下得酣畅淋漓。雪后的莫斯科披上银装，十分美丽，如同童话世界一般干净，无论任何污浊都被望不尽的白皑所覆盖。

这几天，冈野进正在为远去中国西北部的延安做准备，早上起来站在窗前，妻子爱恋地依偎在身边，望着窗外……

雪无声地飘着，像轻柔的小手，掠过宁静的眼眸，滑入如水的心境。曾经的无奈与浮躁，曾经的烦躁与苦闷，这时被纷纷的雪花轻轻拂去，在大地的某个角落，在冰封的小河旁，在如幕的原野里，在凛冽的寒气中，让思想静静地沉默。马上就要离开这里了，这里的一切是多么熟悉，冈野进相拥着妻子在想，真要丢下患难16年的夫人了，此时此刻有点难分难舍。但是为了理想信念，只能选择离开！

1940年3月的一天，冈野进跟随周恩来踏上了去延安的路。同行的有任弼时、蔡畅、邓颖超、陈郁、陈琮英和师哲，另还有一位外国客人，是印尼共产党领导人阿里阿罕，他俩分别装扮成华侨和周恩来的随员，乘火车一起秘密离开大雪纷飞的莫斯科抵达边境阿拉木图。

阿拉木图是苏联与中国新疆相邻的城市，原是中国大清领土，为清朝伊犁将军管辖，当时名为古尔班阿里玛图。它是一座风光独特的城市，位于哈萨克斯坦东南部天山北麓外，伊犁山脚下丘陵地带三面环山。由于外伊犁阿拉套山脉的众多山溪的灌溉，阿拉木图土地肥沃，除了生产谷物外，城市南郊漫山遍野都是果园，因此阿拉木图有"苹果之城"的美誉。然而，冈野进随周恩来一行到此无暇领略这里的风光，出了火车站就直奔机场，然后乘苏联专机先经新疆迪化再到甘肃兰州。

周恩来随身带着一个很重要的皮箱，里边放着由季米特洛夫和斯大林亲自修改过的《共产国际执委会主席团关于中共代表报告的决议》等绝密文件，以及同共产国际通讯联系的两套机要密码。他们一行乘苏军运输机第一站到了新疆迪化。

当飞机到达迪化，新疆省政府主席兼边防督办盛世才亲自到机场迎接，并设宴接风洗尘……

周恩来同盛世才进行了几次会谈，为中共驻新疆代表团的工作人员解决了一系列迫切的问题，并接见继续留在新疆学习的装甲兵学校、航空学校以及干部训练班学习的学员。这期间，冈野进和阿里阿罕借此闲暇机会，领略了迪化的美景，也品尝了烧烤羊肉串等各种美味小吃。

3天后他们再次登机飞往兰州。飞机在兰州机场着陆后，只见机场周围持枪的国民党士兵三步一岗五步一哨，戒备森严，如临大敌，看来是要履行严格的检查了，为防止意外，细心的周恩来让随行的工作人员提着行李皮箱先下去，自己同任弼时和冈野进压后走出机舱。检查口站着一个少校军官，戴着一副金边墨镜咄咄逼人，当要检查周恩来的皮箱时，工作人员机警地说："长官这是首长的皮箱，还要检查吗？"

少校军官威严地问："是哪位首长？"

师哲回答："是周恩来将军！"

少校军官已经得知有一大人物要从此机场经过，没想到是周恩来将军，马上收敛起那威严的面孔问道："是周恩来主任吗？"

"是的！"师哲回答。周恩来闻声走上前来问说："发生什么事了？"

那个少校军官看到周恩来立刻毕恭毕敬地行了个军礼说道："周主任好！学生失礼了！"

原来这个少校军官曾是周恩来在黄埔军校时的学生，周恩来笑了笑礼节性地点了点头，就这样顺利地过去了。这眼前的一切，冈野进亲临其境，担忧的心终于放下。他们走出机场，驻兰州八路军办事处的工作人员早已等候在那里，坐上由国民党甘肃省政府主席朱绍良派来的轿车来到八路军办事处，下榻于此。

在兰州的几天里，朱绍良和苏联驻兰州总领事分别设宴热情招待，借此机会周恩来积极地开展了统一战线工作。

而冈野进在工作人员的陪同下走出八路军办事处去参观这一大西北边塞之城。这里虽无莫斯科的繁华，但西域风光别具一格，黄河穿城而过，市区依山傍水，山静水动，形成了独特而美丽的城市景观。

这里是通往中亚、西亚、中东、欧洲的重要通道，是古丝绸之路上的重镇，早在 5000 年前，人类就在这里繁衍生息。西汉设立县治，取"金城汤池"之意而称金城。隋初改置兰州总管府，始称兰州。自汉至唐、宋时期，随着丝绸之路的开通，出现了丝绸西去、天马东来的盛况，兰州逐渐成为丝绸之路重要的交通要地和商埠重镇，联系西域少数民族的重要都会和纽带，在沟通和促进中西经济文化交流中发挥了重要作用，古丝绸之路在这里留下了众多名胜古迹和灿烂文化。

冈野进走进古朴的街巷，他被这里的热闹场面所吸引，街道两旁商铺云集，汉族、藏族、维吾尔族和回族等民族都在此有自己开张的铺子,用不同的语言吆喝着招揽自己的生意。街上人流比肩接踵，不时有满载货物的驼队、马帮经过，与中国人具有同一肤色的冈野进并未引起闹市过客们的注意，路经一清真饭馆，被门口一招揽饭客的跑堂伙计热情迎进馆内，坐在雅座上。

"三位客官不是本地人吧！想吃点什么呢？"跑堂伙计问。

冈野进用熟练的中国话说："当然是牛肉拉面哟！"

"好嘞！三大碗牛肉面。"堂倌扯开嗓子报饭后，又到门口招揽生意去了。说话间，热腾腾的牛肉面端上桌来。在苏联生活过多年的冈野进大多数吃的是西餐，今天香喷喷的牛肉拉面，看着让人眼馋，使他食欲大增，一改往日斯文，三下五除二就吃完了，把汤也喝了个干净，引得陪同人员笑了。

3天后，周恩来向朱绍良借了一辆大型轿车，一行人员就缓缓上路了。因为通往西安有一路段，荒无人烟，经常有土匪出没拦路打劫，遇到政治土匪就更加凶险，将会人财两空，为了路途的安全，朱绍良特意派了护送的武装士兵。

他们一路翻过贺兰山，经过平凉、汾州到达西安，住进了八路军办事处。办事处离杨虎城公馆很近，既清静又安全，工作人员高兴地接待，如同回到家一样温馨。

西安是北去延安的第三站。这里是十三代王朝古都（西周、秦、西汉、新莽、东汉、西晋、前赵、前秦、后秦、西魏、北周、隋、唐），它印证着上下五千年的文明，用它的沧桑向世人讲述着古都的历史。它是中华民族的摇篮、中华文明的发祥地、中华文化的代表。远古时期"蓝田猿人"就在这里繁衍生息；新石器"半坡先民"在此建立部落；公元前十一世纪，周文王在沣河两岸建立丰镐二京，从此揭开了西安千年帝都的辉煌史，有着3100多年的建城史和1200多年的建都史，古称长安，又曾称西都、西京、大兴城、京兆城、奉元城等。明洪武二年（1369）废奉元路设西安府，西安即由此而得名，千百年来这里有着讲不完道不清的神秘故事。

冈野进到此后心情亢奋。在日本上学的时候，从历史教科书里就了解到中国盛唐时期中日使节来往甚密，是中国和日本的友好往来和文化交流达到空前繁荣的时期。日本从博大精深的唐文化中吸收、借鉴、参考、改良，其影响深远至今，而日本留学生吉备真备和学问僧空海和尚，仿照汉字创造了日本文字——平假名和片假名，大大推动了日本文化的发展。昔日的长安街上日侨颇多，日本人的生活习尚、节日风俗，也都受到唐朝的影响。唐诗广泛流传，深为日本人所欣赏，著名诗人白居易的诗尤为受到喜爱。日本士大夫热衷学习中国书法，并且唐朝的绘画也深受日本人的喜爱，唐人绘画经日本画家仿效摹绘者，称为"唐绘"。

在社会生活方面：打马球、角抵、围棋等体育活动，亦先后传入日本。日本人学习改进唐朝的饮茶方法，形成独具特色的茶道。唐服传入日本为日本人所喜爱，经改进为"和服"。而且，日本京都是模仿唐长安城而建的，它也有贯通南北的朱雀路，分为东西两京，中间为宫城，宫城之外为皇城，皇城之外为都城，居民区和商业区分开，10世纪以后的古建筑及园林一直留存至今，并且保存完好。因而，冈野进对古都西安的一切都觉得新鲜且亲切。

国共合作时期，这里虽为国统区，但不会有大麻烦。冈野进想走出八路军办事处到处看看，领略领略唐代遗风。周恩来告诉他说："你的安全是第一位的，身份不可暴露。尽管是国共合作时期，但八路军办事处周围经常有不明真相便衣出没，暗监着'八办'，估计是军统特务，务必小心。"

冈野进牢记着周恩来的话，不单独出行，即使出去也由八办工作人员陪同，期待着早日到达延安。

周恩来在这期间没有闲着，会见了一些中外名流，宣传了中国共产党抗日民族统一战线的政策。并同蒋鼎文、胡宗南等人进行交涉，为八路军争取到了一些军需物资和一定数额的法币，这也是国民党政府发给八路军的最后一次军饷。

从西安出发时，周恩来一行分乘五辆大卡车，一路颠簸跋涉，向北而去。汽车到达铜川以北有个名叫哭泉镇的山下，突然领头的汽车陷进了道路中央一个大泥坑里，司机猛踩油门，车轮飞转泥浆四溅，就是出不来，警卫班长只好在附近的村子里雇了农民一头牛来牵头拉汽车，押车的战士们全部跳下车，后边推的推，前面拉的拉，总算把车一辆一辆地拉过泥坑。不幸的是农民的那头老牛口吐白沫瘫倒在地上累死了，老农一看自家的牛死了，哭丧着脸也吓得瘫在地上，嘴里喃喃地说："这下我可怎么活呀！我就靠这头牛养活一大家子人呐，这是我唯一的家当啊！"

这里的农民很苦，这头牛确实是他家唯一的财产，周恩来让警卫员从皮箱里取出二十万法币赔给了牛主人。老农感激得热泪盈眶，双膝下跪于周恩来面前，周恩来躬身将他扶起，说："老人家别这样，共产党军队是有纪律的，损坏东西要赔偿，这是规矩。"

事情就这样解决了，周恩来招呼大家休息片刻，吃点东西准备继续赶路。

冈野进坐在任弼时身旁，心有所思地问："这地方的名称'哭泉镇'有何来头？"

任弼时笑呵呵地说："是有由头的，说来话长，中国的故事很多，居住在中国北方有一游牧民族匈奴，长期以来活动于南达阴山，北至贝加尔湖之间，成为北方一个强大的游牧民族。匈奴族利用骑兵行动迅速的优势，经常深入中原，对以农业为主的内地各族进行袭扰和掠夺。为了抵御匈奴入侵，相传秦始皇建长城时，劳役繁重，女子孟姜女同丈夫刚新婚3天，丈夫就被迫出发修筑长城，不久因为饥寒劳累而死，尸骨被埋在长城墙下。孟姜女身穿寒衣，历尽了千辛万苦终于来到了长城边找丈夫，得到的却是丈夫死亡的噩耗。孟姜女在长城上哭了三天三夜，哭得天昏地暗，忽然长城就此坍塌，露出了许多尸骸，孟姜女不知道哪一个白骨是丈夫的，就划破手指，用滴血的办法看哪一个白骨能和自己的血相粘，相粘的白骨就是丈夫的。找到以后，她背着丈夫遗骸往家赶，走了一月又一月。当走到哭泉这个地方时又渴又累，找不到一点解渴的东西，她号啕大哭。她的遭遇感动了上苍，突然乌云翻滚天崩地裂，地下冒出了一股泉水。为了纪念孟姜女感人的故事，后人就将这眼泉命名为哭泉。"

冈野进感叹地说："原来是这样，中国的故事真多呀！"

任弼时也不无感慨地说，修筑长城是历代封建王朝各种劳役中最为残酷、最具代表性的一项劳役，从春秋至明，近

野坂参三

两千年漫长的岁月中，长城屡修屡补，强征了无数的民夫，任何时候都可能像孟姜女那样的遭遇。因此，孟姜女和丈夫是劳动人民在承受无限度的劳役中塑造出来的两个典型人物，集中表现了千百万下层百姓被劳役逼得家破人亡、妻离子散的灾难。动人的哭长城故事，是对封建统治阶级暴虐行为的控诉呀！

冈野进说："是呀！我们革命的目的就是让世界上所有的劳苦大众，不再受像封建社会这样的劳役之苦，过上好日子。"

顺利到达延安

车队继续前进，到了陕甘与渭北地界洛川县天色已晚，他们就准备在这里下榻休息。县长设宴热情地招待了周恩来一行人员，席间县长说："我是黄埔二期毕业的，周主任有什么要求我尽力去办。"

周恩来高兴地说："有啊！今后我党在你这里的过往人员给个方便就好了。"

县长回答说："那不成问题，现在是国共合作时期，我们是一家人，共同的敌人是日本侵略者。"

周恩来说："你说得对，只有国共团结，抗战必胜。"

这晚，县长把他们安排在原东北军驻地团部，西安事变后驻军换防撤离，此处改为县招待所。这是一个很大的四合院，洛川塬上特有的窑洞院落拾掇得利落干净，吃住停车都很方便。出入口是焊接的铁大门，一边设有岗哨楼，十分安全。

第二天，冈野进早早地就起床了，推门走出站在台阶上，深深地呼吸了一下新鲜空气，伸了伸懒腰全身感到很轻松，昨天一天的颠簸劳累困乏全没有了，十分惬意。这时候周恩来、任弼时和师哲也都起床了，在院子里各自做着简单动作锻炼，周恩来看到冈野进就走了过来说："你起得早啊！应该多休息会儿嘛！"

冈野进会意地笑笑，说："我们出去走走，感受感受黄土高原春天的气息。"

他俩走出大门口，站在一棵老槐树下，周恩来抬起左臂，手指着北边，说："那里就是延安方向，再有一天时间就可到达了。"

站在洛川塬举目望去，那是一眼望不到边的麦田，绿油油的麦苗长势良好，发出阵阵清香。太阳从东边慢慢升起了，像一颗火球托在地平线上，万物披上一层金色的霞光。冈野进被眼前的景色所感染，轻轻地自语道："真美呀！"

随行人员都起床了，司机和警卫战士在院子里忙碌起来，有的战士给汽车水箱加水，司机在察看车轮子螺丝是否松动，轮胎是否有气。

这时候洛川县县长来送行了，他说："周主任，这里往延安去有一段路程山大沟深，经常有土匪出没，我派卫兵护送你们。"

周恩来愉快地接受了，吃过早餐他们就出发了。经过一天的越沟翻山，人们风尘仆仆，个个身上披上一层被车轮卷起来的尘土，灰不溜溜像个泥猴。汽车驶过崂山就进入延安地界了。汽车顺着不宽的川道向东北方向行驰，穿过柳林到了七里铺，转过一个山峁就看到宝塔山了。车上的工作人员欢呼起来："到家啦！到家啦！"

汽车缓缓开过南河沿着河滩马路开往南门，远远看见那里已经聚集了很多迎接的人们。车队停在南门口，5辆车连停在一起，延安的老百姓还真没有见过这么大的阵势，不少婆姨娃娃们都来围观。

邓颖超、蔡畅和来接她们的刘英等相拥在一起，周恩来、任弼时、师哲和冈野进同来接的李富春等热情地一一握手走进古老的延安。

冈野进眼中的中共领袖们

城里的二道街十分热闹，街道两旁商铺林立生意红火，各种叫卖声不断。他们路过抗日军政大学，只见欢声笑语的学员们刚刚下课走出校门。路上冈野进询问任弼时："我们要到什么地方去？"

周恩来回答："去中央委员会。"

到了杨家岭中共中央驻地，院子里已经站了很多人，他们都是来迎接周恩来一行的，3月天的陕北人还未脱去冬装，这一群人个个穿着肥大棉军装，毛泽东在最前面，迎上前来与周恩来紧紧握手不松开。这一伙人中有王稼祥、张闻天、康生、陈云、吴玉章等，也同顺利归来的任弼时、师哲等一行人员热情握手问候。

"冈野进在莫斯科的时候曾见过毛泽东的相片，他断定这位高个子就是毛泽东。但是，毛泽东并不知道这一行人当中还有外国人。毛泽东一边同归来的其他同志握手，一边疑惑地看着冈野进。这时，从毛泽东身后突然闪出了康生，见了冈野进，他欣喜地喊着俄语'达哇哩土（俄语同志的意思），冈野'，并紧紧地拥抱冈野进，嘴里又直喊：'欢迎你来啊，欢迎！'毛泽东这才明白，这个陌生人原来是日共中央代表冈野进同志。于是，他紧紧握住冈野进的手说：'欢迎你，日本同志。'"①

大家兴奋极了，相互握手问候着，一齐来到毛泽东住的窑洞。冈野进第一次见到毛泽东显得十分高兴，路途的颠簸劳累早已抛到九霄云外，环顾窑洞，是洞穴式的结构，两窑洞内之间又由过洞相通，冈野进想这就算是套间了吧！在日本是没有见过的，过洞里边那间是卧室，外间是简易的书房、客厅兼办公室。窑洞的墙壁是用白灰刷过的，木格子窗户上糊着粗糙的麻质纸，靠着窗户摆一办公桌，一把旧木椅，旧沙发、茶几放置在厅中，虽为极其简易，但显得干净且简洁，同莫斯科克里姆林宫斯大林的办公室相比，那简直是天上和地下的区别。

再看看毛泽东等中共中央的领袖们个个衣着朴素，有的甚至打着补丁，言谈举止温文尔雅和蔼亲切，就是这些普普通通的中共首脑，他们是中国人民的主心骨，在国家存亡之际，图存救亡，英勇奋斗着。此刻的冈野进被眼前的一切所感动，敬佩之情油然而生，一种无形的力量鼓舞了他，使他融入了这个大家庭……

夜色降临，杨家岭山坡上的窑洞都亮起了星星点点的灯光，毛泽东的窑洞也点亮了煤油灯。冈野进告别了毛泽东，同康生一同去了中央社会调查部。因为冈野进同康生在共产国际一起工作过，是老熟人了，所以周恩来就让康生负责安排冈野进的生活住宿。康生

---

①杨文彬、殷占堂编著，《在华日人反战运动纪实》，解放军出版社，第4页。

林哲（冈野进）在延安

对冈野进也格外关心，领着他到距离杨家岭好几公里远的枣园后沟口中央社会调查部。当晚冈野进被康生领进一个四合院，正面一排5孔石窑洞，周边有围墙，康生进得院落就用俄语喊着："达哇哩土，陈绍禹，你看谁来了？"

王明闻其声就知道是康生进来了，而只有他，在延安进他院子这样称呼的。王明掀起门帘走出，看见康生领着个西装革履的男子，近前一看惊喜地喊道："达哇哩土，冈野，怎么会是您呢？是什么风把您吹来了。"

"是西伯利亚的风呀！"冈野进幽默地说。王明说："快进窑里，外面很冷。"

于是他们进了门，窑洞里很敞亮，有木椅和沙发，简洁干净。王明拿出他从苏联带回来的咖啡粉冲了两杯招待来客，说："喝吧！暖暖身子。"

冈野进插言说："这可是延安的奢侈品了吧！"

康生半开玩笑地说："是呀，只有来了贵客，绍禹才舍得拿出来！哈哈！"

冈野进见到老熟人兴奋不已，环境的陌生感消失无存，就如同回到家里一样。他看到王明眼神里闪出不易觉察的惊异，明白他想知道自己为什么要到延安来，来干吗呢？于是他主动地说："我是跟随周恩来、任弼时到达这里的。法西斯战争的爆发，我从苏联回日本困难重重，几乎无可能了，所以打算到延安通过贵党辗转回日本，现在日本共产党组织需要我。"

王明诙谐地说："原来是这样啊！我还以为您是'传经'或'取

经'来了。"

康生说："回日本的事中共中央会周密考虑的，眼下您先住下再说。"

康生端起杯子将剩余的咖啡喝干，对王明说："今晚冈野进就下榻这里了，你照护好他，让他早点休息。"说完告辞离开了。

第二天清晨，冈野进早早地就起床了，望着山沟里山山坬坬的杨柳树，杨柳枝已经吐出浅绿色的嫩芽，微风吹过，一股清香飘来，带着丝丝春意，使人心旷神怡。不一会儿，太阳从东边山头露出半个红红的脸来，一缕霞光射进小院落暖洋洋的。这时，王明的警卫牵马匹过来，说："首长，上马吧！我来护送你到康首长的住处。"

来到康生的住处，康生告诉冈野进，为了便于他与中共领导交流和研究问题，安排他住到杨家岭毛泽东主席的住地，与毛泽东主席相邻。冈野进一听与他敬仰的毛泽东是邻居，激动地说："太好了，谢谢中央领导的关心。"

康生说："你的到来是秘密的，为了保密，你不能再叫日本名了，既不叫原名野坂参三，也不叫在苏联的名字冈野进，用中国化名，依我看就叫林哲，树林子的林，哲学之哲。可以吗？"

冈野进高兴地说："这个名字我喜欢。"

康生见冈野进这么高兴，就叫警卫人员从八路军总后勤部那里领来一套灰色棉军装让冈野进穿上，冈野进脱去莫斯科穿来的西装，换上八路军的灰棉军装。

康生端详着冈野进，笑着说："这下可改头换面啦！"

"从此，日共中央代表冈野进的名字暂时销声匿迹，延安出现了一个国际友人林哲。"[1]

---

[1] 杨文彬、殷占堂编著，《在华日人反战运动纪实》，解放军出版社，第6页。

第四章

宝塔山下创办起日本工农学校

冈野进住进杨家岭，人们都叫他林哲，与毛泽东主席为邻居，使他感到无上光荣和自豪。这天冈野进散步，身着八路军服装与毛泽东相遇，他肃然起敬停住脚步打招呼道："主席好！"

毛泽东看到八路军装束的冈野进笑着说："挺合适的嘛！这回咱们可真像一个战壕里的战友了！"①

毛泽东的话语犹如一股暖流，冈野进顿时觉得血管中暖流涌动，激动之余，他说："感谢主席的关心！请早点给我工作做。"

毛泽东接过话头说："工作是要安排的，你现在有中国名字了，我们就称你林哲同志了。"

毛泽东认为林哲通过中国口岸返回日本暂时不可能实现，于是专门召集了中共中央政治局的同志商议，经过反复研究决定："林哲在华期间，享受中共中央政治局委员待遇，暂时安排在八路军总政治部负责对日本军队的宣传与调查研究工作。"②

转眼就是4月天了，延安的山山峁峁披上了绿装，满院子的桃树、杏树开花了，粉白色的、粉红色的竞相争艳，美丽的花朵招来了蜜蜂，引来了彩蝶，一只只蝴蝶绕花盘旋，花掩蝶，蝶恋花，两种景物融为一体。蝶儿小心翼翼趴在树枝上暗暗陶醉，静静的，怕大声喧哗，惊落粉红色的花朵，吓跑忙碌的蜜蜂……

---

①②杨文彬、殷占堂编著，《在华日人反战运动纪实》，解放军出版社，第6页。

　　这是林哲到延安的第一个仲春，观赏着这满山遍野的桃花，眼前的景色使他想起了远在东瀛的家乡——日本。这个季节也正是樱花盛开的时候，漫天樱花使人沉醉。

　　儿时的村落，生长在小石路北面的是红色樱花，一簇簇红的像是漂染过似的，再有浅红色的嫩叶做陪衬，远远看上去就像是晨曦微露的朝霞。生长在小石路南面的是白色的樱花，花儿洁白如朵朵小白云，又有红色花蕊点缀其中，好似白绸子上嵌着无数颗粉红色的宝石，在绿叶的陪衬下美如画卷，那粉红色的花瓣好似少女羞红的脸颊，这美丽的景色记忆犹在。

　　可是，远离东瀛岛国游子有家无法归，日本军阀政府发动的法西斯战争，也给日本人民带来了灾难，使家乡美丽的樱花也因"战争"而凋落。可谓曰：满眼花瓣落一地，何处寻觅"葬花"人！

　　是的，日本军阀政府发动了非正义的法西斯之战，而兵员短缺，使得日本国内征兵频繁，年轻人大多数服役出国参战，美丽的家乡留守的是些老妇幼残，日本人民因战争而付出了沉重代价。

　　林哲（冈野进）为此而感到痛心，油然生情发出感叹："樱花啊樱花，今年你也一定如延安的桃花一样，竞相绽放，我知道你代表着希望，希望明天会更好。"林哲沉浸在回忆之中……

　　这时，警卫员走了过来说："秘书办来电话，有两位首长来看你了。"

　　如梦初醒的林哲，叮嘱生活秘书庄涛马上烧水泡茶。

　　来人是周恩来和时任八路军总政治部主任王稼祥，林哲亲手掀起门帘将他们让进窑洞。

　　王稼祥在莫斯科的时候就认识冈野进，今天是代表八路军总政治部而来，林哲特别高兴，他一心想着回日本，惦念着回日本国内共产党的工作，开口就说："你们想想办法，看看有没有回日本的渠道。"

　　周恩来说："今天我同稼祥来，就是传达中共中央政治局研究的意见。"

　　王稼祥喝了口茶，放下杯子，明确地说："在今后或不远的将来，你完全不可能通过中国口岸返回日本。因为中国共产党的根据地几乎都被国民党和日军包围着。"①

周恩来又进一步补充说:"我们建议你留在中国工作,这也是毛泽东同志的意见。"

林哲听说是毛泽东的意见,也就认可了,于是就到八路军总政治部工作了。一个日本人,又是日共中央代表,对日军是比较了解的,工作的对象就是对日本军队开展瓦解工作。为了配合林哲的工作,总政治部派敌工部部长王文学同志协助。王文学在日本留过学,说得一口流利的日语,交流起来很方便,这样林哲就安心地开始了工作。

林哲是个大知识分子,早年曾在日本、法国和苏联发表过很多文章,如《论社会主义》《论工联主义》和《给日本共产主义者的信》等。在八路军总政治部开展工作以来,每天都和敌工部部长王文学研究问题,写成文章送到报社发表。

王稼祥特别重视林哲的工作,常常亲自将自己收集到的各类报纸、杂志提供给他。一天王稼祥告诉林哲说:"我从苏联带回来一台高频收音机,你能用得着,它能收听到日语电台的广播。"

林哲喜出望外,高兴地说:"太好了,谢谢你的帮助。"

从此林哲能收听到日语电台的广播,因而对日本国内政治、军事了解得就多了,并同王文学一起研究探讨,写出一长篇论文刊登在总政治部发行的《敌国资料》杂志上,在延安有关机关引起轰动,并受到中共中央领导的高度评价。为了对林哲身份保密,文章是不署名的,有的文章用敌工部部长王文学名字署名。

随着抗战形势的发展,特别是八路军发动"百团大战"后,日军战俘渐渐增加,陆续送到延安教育改造,如何教育日战俘,就成了一个新课题。敌工部部长王文学提到了这个问题,王稼祥说:"这不是难事,我们现在有人才了,让林哲同志着手搞这方面的工作。"

于是,王稼祥随同周恩来又一次来到林哲的住处,他们就教育日战俘问题进行了研究探讨,交换意见。

---

①杨文彬、殷占堂编著,《在华日人反战运动纪实》,解放军出版社,第6页。

　　林哲说："孙中山先生创办了黄埔军校，中国共产党在延安创办了抗日军政大学，我们可以再创办一所日本工农学校嘛！"

　　周恩来和王稼祥异口同赞道："好呀！我们想到一块儿了"。

　　王稼祥说："我俩来到此处正是同你商榷此事。"

　　林哲说："在红色首都延安创办一所教育俘虏的学校，现阶段十分必要，也是完全可能的，它的作用不可低估。"

　　周恩来说："林哲同志，你先起草一个关于创办日本工农学校的报告，上报八路军总政治部，再由总政治部呈报中共中央，等待消息。"

　　王稼祥说："林哲这下有用武之地了。"

　　林哲针对目前八路军抗战的形势，做了认真的分析，特别是他了解到在华已有日本人反战组织，重庆方面已经成立了日本人民革命反战同盟。因而他在报告中明确地写道："请求中央在延安筹建学校，把前线俘虏的日本士兵和各地反战支部的盟员送到这个学校，进行科学社会主义的理论教育，提高他们的阶级觉悟后，再送返抗日前线，对日军开展宣传瓦解工作。"①

　　中共中央很快研究并批准了林哲的报告。接下来就是起校名了，取个啥名呢？林哲与毛泽东、王稼祥进行了协商，一致认为，各抗日根据地俘虏的日本士兵虽然都是日本军国主义的忠实信徒，但他们普遍出身于工农家庭，因此就定名为"日本工农学校"。

　　随后，筹备人员着手寻找校址，这个任务落实到敌工部部长王文学身上，王文学在古城转了一圈，看到宝塔山附近有一所原为东北军驻延所部办的干部培训学校，面积大，空闲着，大家都说是一个好地点，工农学校校址选在这里再好不过了，最后选定了在宝塔山下。

　　宝塔山古称嘉岭山，位于肤施古城东南，延河之滨，周围群山之冠，在山上可鸟瞰整个古城区。因山上有塔，故通常称作宝塔山。宝塔山高 1135.5 米，始建于唐，修复于宋，山上还有残留的烽火台。

---

①杨文彬、殷占堂编著，《在华日人反战运动纪实》，解放军出版社，第9页。

明延安知府顾延寿有诗曰："嘉岭叠叠倚晴空，景色都归西照中。塔影倒分深树绿，花枝低映碧流红。幽僧栖迹烟霞坞，野鸟飞归锦绣丛。"塔底层两个拱门门额上还分别刻有"高超碧落""俯视红尘"字样。塔旁还有钟一口，明崇祯年间铸造，击之声彻全城。

日本工农学校就修建在宝塔南侧半山腰上，学生宿舍是在山坡上挖的窑洞或是原有窑洞的基础上修缮而成窑洞里面涂上石灰，显得格外整洁，窑洞冬暖夏凉，住起来很舒服。靠近山顶的地方盖起的砖石结构瓦房为教室和食堂。瓦房整体呈长方形，坐北朝南，东西长76米，南北宽5.6米，面积为425.6平方米，北接宝塔山，南临宝塔山沟。

对面是巍巍耸立的凤凰山，山上古老的战国土城墙依稀可见。凤凰山麓脚下就是古城，站在日本工农学校院落的崖畔上眺望，凤凰山麓下的古城一清二楚，城墙是明代修筑的，有砖砌的，也有石块砌的，看起来年久失修，有的地方风化腐蚀摇摇欲坠。

城南有南门，城北有北门，城东有小东门、大东门，沿着日本工农学校坡底小路，趟过小河，走上河滩，步入马路进了小东门就是古城街道。

一条涓涓河流从日本工农学校坡底和宝塔山脚下流过，向东进入延河。这里视野开阔，林木茂盛，山林空气清新，凉爽宜人，又是消夏避暑的好地方……

日本工农学校虽在城外，但生活起居、学习很方便。东北方向的清凉山下有新华书店和解放日报社，涉过延河即刻就到。西南方向有陕甘宁边区政府机关，不远处就是新市场，商铺林立，商品应有尽有，进入大东门就是抗日军政大学。

1941年5月15日，是日本工农学校开学典礼的日子。刚刚进入初夏的延安，山色翠绿，气候宜人。下午6时，在延安文化沟八路军大礼堂举行隆重的开学典礼。礼堂中央主席台上方悬挂着马列画像和毛泽东主席肖像，高悬着日本工农学校的校旗和"在华日人反战同盟"的盟旗。两旁挂满了延安各界送来的贺旗和毛泽东、朱德等领导人的题词。墙壁四周贴满了有关反战内容的标语，会场布置得庄重而严肃。

参加会议的有新任的校长林哲（冈野进），副校长赵安博（中共干部），八路军总司令朱德，八路军总政治部主任王稼祥，敌工部部长王文学和傅钟、冯文彬等领导同志，还有八路军总部的官兵数百人。日本工农学校全体学员30多人，排着整齐的队伍，迈着矫健的步伐来到会场。大会由副校长赵安博主持，大会开始后，首先由八路军总政治部傅钟同志致辞，热烈祝贺日本工农学校的创立，并宣读了毛泽东主席为日本工农学校的题词："中国人民与日本人民是一致的，只有一个敌人，就是日本帝国主义与中国的民族败类。"①

随后，朱总司令在一片热烈的掌声和欢呼声中健步登上主席台代表八路军总部做了热情洋溢的讲话，他首先对日本工农学校在延安创建和举行开学典礼表示热烈祝贺！

他说，创建日本工农学校具有划时代意义，其作用重大，对中国人民和日本人民都是具有重大意义的一件大事。日本帝国主义发动的对中国的这场侵略战争，不仅给中国人民带来了巨大灾难，同时也给日本人民带来了巨大的不幸。但是这种状态，不久的将来必将随着中国人民的胜利和日本帝国主义的失败而告结束。中国人民和日本人民是一衣带水的兄弟邻邦的两个伟大民族，子子孙孙应该永远友好下去……

他最后引用了毛泽东1937年12月15日在《和英国记者贝特兰的谈话》中说过的一段话说："我们仍然把被俘的日本士兵和某些被迫作战的下级干部给予宽大待遇：不加侮辱、不施责骂。向他们说明两国人民利益的一致，释放他们回去，有些不愿意回去的，可以在八路军中服务。将来抗日战场上如果出现'国际纵队'，他们即可以加入这个军队，手持武器反对日本帝国主义。"②

---

①杨文彬、殷占堂编著，《在华日人反战运动纪实》，解放军出版社，第9页。
②【日】野坂参三著，殷占堂译，《为和平而战》，解放军出版社，124~125页。

朱德总司令还说，日军俘虏在我们日本工农学校通过学校教育，让他们认清侵略战争的本质，思想得到转变，愿意组织起来反对战争、呼唤和平，成为尽快结束侵略战争而积极活动的一支特殊部队，在抗日战争中起到特殊作用。

朱老总的讲话引来热烈掌声，他情绪激昂地告诉大家说，一个名叫鹿地亘的日本青年作家和夫人池田幸子秘密来到重庆从事反战活动，在周恩来、郭沫若和国民党军队中部分爱国人士的支持下，于1939年12月23日在桂林成立了"在华日本人反战同盟西南支部"。1940年6月23日，在我八路军开辟的太行根据地，由日本战俘前田光繁负责组织成立了"觉醒联盟"第一支部，在百团大战时支部盟员全体出动配合八路军的军事行动，向日军士兵喊话效果十分显著。因而，延安工农学校的创建是抗战形势发展的需要，在今后的阶段将会起到不可估量的作用。

紧接着林哲校长做了充满激情的讲话，他感谢中共中央和朱总司令对日本工农学校的关怀和支持，并说："我们将培养教育出更多的反战斗士，与中国同志并肩战斗，彻底打败日本帝国主义。"①

日本学员代表也上台发了言，首先向八路军表示感谢，并表了决心。

他说："八路军不仅没有把我们这些日本侵略军的士兵当作敌人，加以侮辱，反而给我们真正的自由、平等及安全和物质上的良好待遇。把我们当作朋友、兄弟、同志一样看待。是八路军使我们认清了我们所参加的战争，是日本帝国主义发动的非正义的强盗战争。如果我们没有来到八路军，那么，直到现在也不会明白什么是正义的、什么是非正义的道理。不仅如此，而且还要继续充当日本军部的爪牙，为非作歹，成为强盗的共犯者，甚至丢掉生命。是八路军把我们从这一罪恶行径中挽救出来。来到这里，我们才懂得了世界上的无产者都是兄弟，中日两国人民是兄弟，懂得了什么是国

---

①杨文彬、殷占堂编著，《在华日人反战运动纪实》，解放军出版社，第9、10页。

日本工农学校里的战俘学员合影

际主义精神，开始懂得了真正做人的道理。八路军的官兵们谢谢你们，我们衷心感谢你们。在结束学校的课程之后，我们要全力以赴做好反战工作，早日结束日本帝国主义的侵略战争，在日本建立和平与民主的人民政府。另外，即使我们的学习没有结束，只要需要，愿意随时与八路军官兵并肩战斗，共同对敌。"①

在经久不息的掌声中，日本工农学校的全体学员列队走上台集体向中共中央和八路军总部首长以及延安各界代表们鞠躬，表示感谢，并庄严宣誓：②

亲爱的国民革命军第八路军将士们：

我们日本工农学校全体学员怀着满腔真挚的感情，谨向你们致以热烈的战友般的感谢并说几句我们的誓言。

我们中间的大多数，是曾经在战场上，将枪口瞄准你们的日本士兵，然而，当我们变成八路军俘虏的时候，你们不但没有侮辱我们，没有杀掉我们，不仅没有把我们当作敌人，而且还给我们充分的自由、

①【日】香川孝志、前田光繁著，《八路军内日本兵》，解放军出版社，第34页。
②【日】小林清著，《一个"日本八路"的自述》，解放军出版社，第94—96页。

日本工农学校

野坂参三（左二）在延安

日本工农学校部分学员

日本工农学校里的学员

日本工农学校部分学员在宝塔山下留影

平等、安全和优厚物质待遇，与各位共享生活的欢乐。八路军实在就是我们生命的恩人，对此，应该怎样表达我们的谢意呢，我们实在是找不到最恰当的语言。

八路军把我们当作朋友、兄弟和同志加以看待。并使我们从蒙昧中得到真正的觉醒，认识到世界上的无产阶级都是手足兄弟。中日两国人民都是同胞弟兄……

八路军不仅仅挽救了我们的生命，而且，又为教育我们，创立一个特别的学校，这是在世界战争史上也是绝无仅有的。在这个学校我们要学习很多不曾学习过的东西。我们的胸中燃烧着对新生的渴望，满怀信心地去学习革命理论，彻底改造思想。

各位八路军官兵，谢谢！我们衷心感谢各位。我们在这里感谢八路军还不够。我们还要在工农学校严守校规，并为掌握革命理论竭尽全部精力。我们知道没有这个理论基础，打倒日本帝国主义是不可能的。用革命的理论武装起来，就是酬谢八路军的盛情厚意，这就是我们能够做的最大任务。

我们仅仅掌握理论还不够，还要把它用于实践。为了早日制止日本帝国主义战争，我们将要发挥更大的努力。即使未全部完成学业，只要需要，不论何时，都有决心和八路军肩并肩，共同与敌人战斗。

我们的新生仅仅是迈出了第一步，我们的未来还需要仰仗亲人般的各位指导。希望你们给予以往加倍的指导与帮助。

我们向八路军和伟大的中国共产党表示衷心的感谢。同时对党，为建设我们的学校与教育，经常给予关心和指导，表示深切的敬意！

最后，我们呼口号，并为达到这个目的，我们宣誓将进行忘我的奋斗！

打倒日本帝国主义！

中日两国人民共同战斗万岁！

日本工农学校全体学员

一九四一年五月十五日

宣誓得到全场雷鸣般的掌声。最后赵安博根据办学目的，宣布

日本工农学校旧址

了学校制定的十字校训：和平、正义、友爱、劳动、实践；宣读了
学校九条总则：[①]

第一条，本校定名为日本工农学校。

第二条，本校以对日本士兵施行政治教育为主要目的。

第三条，本校的教学科目如下：政治学、经济学、社会学、日
本问题、汉语、时事问题，其他根据需要另定之。

第四条，本校的修业年限为一年。

第五条，本校学生需经学生审查委员会的审查推荐并在入学申
请书上签名者方可入学。有关学生守则另定之。

第六条，本校隶属于第八路军政治部。政治部任命由五名理事
组成理事会。理事会对本校行政具有最后的决定权。

第七条，第八路军政治部任命校长、副校长、教务长和学生主任。
校长统辖校务，副校长辅佐校长，或代替校长统辖校务。

第八条，理事会根据需要可设立学生审查委员会、教育委员会、

---

① 【日】水野靖夫著，《反战士兵手记》，解放军出版社，第46页。

经济委员会或其他委员会。有关委员会之任务及组成另定之。

第九条，学生得享受学习上必要的方便和生活的保障。学生应严守本校规章，如有违反者得处以开除的惩罚。学生在学习的同时应从事一定的生产。学生得组织学生会。学生会可就学习、纪律、保健、娱乐及其他方面的改善问题进行自治性的协商，然后向本校当局提出建议。

开学典礼结束不久，就陆陆续续有从抗日前线被护送到日本工农学校的战俘学员，在这里他们受到良好的政治教育，他们的灵魂得到复苏。

这所学校秉持"日本人管日本人"和"学生自治"的原则，其根本宗旨为认真贯彻中国共产党的俘虏政策，并通过政治上的信任，物质生活上的优待和耐心细致的思想教育工作，达到教育和转化日本战俘的目的，使得他们从日本军国主义、武士道精神教化下扭曲了的灵魂再复活到善良、热爱和平上来，成为反侵略战争和为日本人民解放事业而奋斗的坚强战士。

日本工农学校部分学员在学习

"工农学校的学生在讲到他们心情变化的原因时提到以下几个因素：第一，发现八路军不杀俘虏，也不虐待俘虏。第二，遇到了为八路军工作的日本人，心理上受到冲击（指遇见了野坂参三，中国名叫林哲）。第三，八路军给俘虏以优厚的待遇。第四，接触到外界的消息，知道日本有战败的可能性，估计可能会出现一个与目前不同的政府。最后，工农学校的教育使他们发生决定性的变化。"①

日本工农学校在教育转化战俘方面的成绩十分显著，从 1941 年 5 月创办时学员少，而到 1945 年 8 月停办时，在校学员的规模已超过 300 人。从 1941 年到 1945 年，先后有近 500 名日军战俘在该校接受改造，他们中的绝大部分人后来参加了八路军、新四军以及日本在华的反战组织。

①【日】香川孝志、前田光繁著，《八路军内日本兵》，解放军出版社，第 76 页。

第五章

一个"日本八路"的新生

1937年7月7日中日战争爆发后，国共合作共同抗日，八路军挺进抗日前线，活动在晋东南一带，刘伯承将军和邓小平政委所率领的八路军一二九师就在这里创立了晋东南根据地，活跃在这里打击日寇，给敌人以重创，鼓舞了军民抗日斗志。

1939年12月抗日战争进入了相持阶段，这年的冬天天气格外寒冷，在晋东南的山野有一个村落，傍晚时分，聚集了1000多名八路军官兵，是前线总司令部、野战政治部、警卫部队在这里集会庆祝1940年元旦。

在村子王氏家族大祠堂较阔的空场地上，坐北朝南搭起了一个临时台子，挂起了汽灯，霎时耀眼的白光照亮了会场，部队文艺宣传队正在表演节目。台下的官兵们被宣传队精彩的表演所吸引，目不转睛地看着表演，其中一个节目表演的情节是日本鬼子进村烧杀抢掠，为了保卫家乡，母亲送子，妻子送夫，参加八路军。

节目表演谢幕后，有3个青年登上舞台，引起全场官兵的注目。主持人走上前介绍说："这3位年轻人是我们八路军俘虏的日本士兵，已经参加了八路军，是我们的日本同志了，他们分别叫杉本一夫、小林武夫、冈田义雄"。

杉本一夫（原名前田光繁）走向前宣誓，声明正式参加八路军，他说："现在日本军部政府以及大多数不明真相的日本国民，可能骂我们是叛徒、卖国贼，并轻视和憎恨我们。这正是我们所希望的，也是我们的光荣。因为我们所走的道路是真正正义的道路，是符合

74

日本国家和民族利益的。"①

对敌军工作部的科长漆克昌用流利的日语翻译了杉本一夫的讲话，肃静的会场顿时响起了热烈的掌声，有人喊起了口号"欢迎日本同志！"

会场上的官兵们热情呼应，气氛热烈。此时朱德总司令也正巧从延安来到前线司令部驻地，同刘伯承、邓小平坐在前排，他们站了起来，走上舞台分别紧紧握住三位日本同志的手表示欢迎。

紧接着50多岁的朱德总司令讲话说："我代表全军，欢迎这3位日本青年参军。这3位日本青年，证明了我军俘虏政策的正确。今天只有3个人，不久会有几十人、几百人。只要我们忍受困难，坚持斗争，抗日战争就一定能够胜利。毛主席在《论持久战》中已经说得清清楚楚。在这场战争中，中国人民取得胜利也就是日本军阀垮台，出现一个新日本。这是符合中日两国人民根本利益的。"②

是的，事实正如朱德将军所预料到的一样，随着抗日形势发展，以后的几年里有很多日本俘虏成为反战人士，加入了八路军或新四军。

元旦集会结束了。夜晚，山本一夫难以入眠，回想起自己被俘后的历程：自己本出身于日本京都一家普普通通经营印染的小手工业家庭，小学毕业后就当了商店的学徒。17岁到了东京服役海军，后来因病退役。中日战争爆发前一个月经熟人介绍来到中国的沈阳，在满洲铁路公司下设的基建公司当职员。也许是命运不济吧，一个月后中日开战，战争爆发后显然该"公司"军管，成了服务于日本侵华的机构，到了1938年春天，他被派到华北京汉铁路线，在邢台双庙火车站附近的铁路专用采石场当临时监督。这样，虽然不是直接上战场的士兵，但身份也成了在华侵略者一员。

杉本一夫是八路军游击队袭击双庙火车站，破坏敌人铁路交通线时被俘的。据他的回忆说，被俘后脑海里老想的是什么时候被杀害，怎么个杀法？是用刀劈，还是用枪射杀……

①②【日】香川孝志、前田光繁著，《八路军内日本兵》，解放军出版社，第112、113页。

"几天来跟着八路军走完了平地，又翻过了起伏的丘陵沟壑，过了一村又一村，一天终于在一个村子落脚。

晚上，一个干部模样的八路军拿着笔记本一边做记录一边问我身份和关于双庙车站的警备情况。因为我到双庙刚刚一天就被俘了，所以回答说不知道，对方也再没有追问，用搪瓷水缸盛了水让我喝，态度温和。而我却反问他们说：'什么时候把我处死？'

他们对我的问话感到意外，表情诧异，摆摆手，说：'不杀，不杀，八路军不杀俘虏。'

年轻的翻译战士拿出一张由朱德总司令和彭德怀副总司令签发的告八路军官兵的命令，上面写着对日本俘虏的处理政策给我看，命令说：'不危害和侮辱日本俘虏，不没收他们的财物。对伤病人员予以医疗和看护。愿意回去的送他们回国；愿意留中国的给予工作；愿意学习者，使其进适当学校；愿意和家属及友人通信的，给予方便。对死去的日本人，予以埋葬建立墓标。'"①

杉本一夫不认识中文，年轻的八路军翻译官虽给他读了这份命令，但心里还是怀疑：说不定哪天会被处死的。

不久，杉本一夫要被转移到后方根据地，在到后方的路上两位八路军战士十分关心照护他，遇到牛车或马车，总是招呼其坐上。亲眼看到：这里的农民不害怕八路军，每到一个村子都笑脸相迎，热情接待。用餐时，八路军让日本俘虏吃的是白面馒头或面条，而他们吃的是自己带的小米或组茶淡饭……

八路军的这种做法让杉本一夫难以理解。尽管八路军对待俘虏这样好，杉本一夫还是心里想着找机会怎么逃脱。

过了几天终于到了目的地河北涉县的手堡村，这里是八路军宿营的村庄。走进一个农家院落，一名身着八路军服装的青年干部面带微笑，用流利的日语说："欢迎你！我叫张香山。"

在这里日本战俘能听到家乡语言，心里多少有点慰藉。张香山是八路军一二九师政治部敌工科负责人，曾在日本留过学，很了解

---

① 【日】香川孝志、前田光繁著，《八路军内日本兵》，解放军出版社，第117页。

日本的风土人情。为了便于同日俘虏士兵沟通，同俘虏们生活在一起，他不是聊天就是谈话，讲共产党八路军对日俘虏的政策，从思想上让这些俘虏士兵们解除顾虑。杉本一夫与张香山同住一起的十来天，觉得共产党领导的八路军是仁义之兵，放释了往日的恐惧感。

杉本一夫回忆记录里有一段他与张香山的对话：

杉本：在前线听说八路军不杀俘虏，是真的吗？

张：是真的，你放心吧！

杉本：不杀掉，事情就不好办。

张：那又为什么呢？

杉本：被俘时，我就认为一切都完了。因我听人说，对方是匪贼，一定要杀俘虏。如果八路军不杀我，我就非自杀不可，不是更加残酷吗？

张：你要那么说，反而使我们为难。你要求杀也绝对不杀，这是军队的纪律，也是我们的信念。

杉本：我们日本人受到的教育是"不要活着受囚虏之辱"，这是男子汉的道路。

张：不要吓唬人！错了也不要自杀，要快活一些。既然来了，体验一下我们的生活吧！这也是有意思的。

杉本：没有那样的心情，脑子里尽考虑生死的问题。

张：日本有句俗语，叫作人死万事休。你不要急躁，慢慢考虑。要回去时，可以让你回去。[①]

杉本一夫说，同张香山相处的日子里，与他的谈话让其明白了很多，懂得了很多道理：这样的战争，不仅给中国人民带来灾难，而且也使日本人民不幸。一个国家在其他国家争夺，是不合理的。明明是掠夺他国，说成是帮助他国摆脱压迫的，明明是侵略战争说成是"圣战"，荒唐之极。

---

①【日】香川孝志、前田光繁著，《八路军内日本兵》，解放军出版社，第121页。

　　杉本一夫在八路军晋东南根据地的日子里，思想逐步得到转变，用他的话说，就是"有幸接触到大多数懂日本话、为人和气的八路军干部，积极帮助我们学习，并推荐读了河上肇著《第二贫乏物语》和早川二郎著《唯物辩证法》这两本书，影响巨大，思想受到启蒙教育。"

　　他说："这两本书向我们提出了问题：能这样活下去吗？我在反复阅读中，有些心得……关于什么是世界观人生观之类的难题，我们过去从来没有碰到过……过去认为资本家、地主、富翁、军队里的大将军很伟大，这书上面说，这些都是坏人。既没有菩萨神仙，宗教也是骗人的。现实世界没有什么地狱、天堂。全知全能的神是虚构的，人的意识是物质的产物。总而言之，经过努力学习得到的印象是：原来世界上还有这样的想法和看法！"①

　　几个月的学习后，随着抗战形势的需要，敌工部派杉本一夫和冈田进到前线去，向八路军战斗部队以及前线地区的民众做宣传：要他们抓住了日本兵不要加以杀害。

　　可是去前线路上的一天，杉本一夫看到：一个村子的房子几乎全部被日军讨伐队烧光了，有一家人，五口全部被杀的残酷情景。活生生的事实面前，杉本一夫、冈田进心灵受到震撼，作为一个日本人羞愧难当，觉得对不起受害人，浑身发抖，充满了被人欺骗的愤怒。

　　他俩在想：如果抓到了日本兵，让他们不要杀害，这种说法人们能接受吗？

　　然而，出乎他们的意料，这宣传、呼吁还是有效的，送到八路军根据地的俘虏越来越多。

　　参加了八路军的杉本一夫已经是一名成熟的敌工部干事，利用原日语歌谱填写反对战争的歌词，印刷传单，到日军据点一边喊话，一边歌唱，进行反战宣传，精神上瓦解日军。

　　由于反战的需要，根据杉本一夫的提议，在八路军敌工部的支

①【日】香川孝志、前田光繁著，《八路军内日本兵》，解放军出版社，第129页。

日本工农学校的部分学员合影，右一为杉本一夫

持下，1939年11月7日在华北日本人第一个反战组织——"觉醒联盟"成立。

不久，朱德将军突然来访，是专门来祝贺觉醒联盟成立的。他握着杉本一夫的手说，你们的工作有成绩，干得好！

杉本一夫感动地说："我们当了俘虏，从事反战活动，多少能够为实现民主的日本做些工作，也是因为俘虏我们的军队是中国共产党领导的八路军。"[1]

朱德说："日本财阀、军阀统治集团发动的这场战争是非正义的侵略战争，残酷的战争也给日本人民带来了苦难，妻离子散，白发人送黑发人。'觉醒联盟'反战人士的正义之举，我表示感谢！我相信胜利一定属于中日两国人民。"

八路军总司令的话语更加鼓舞了杉本一夫反战工作之决心，因工作的需要，1942年杉本一夫到了延安，在日本工农学校学习。这里的一切让他耳目一新，开始了新的生活……

---

[1]【日】香川孝志、前田光繁著，《八路军内日本兵》，解放军出版社，第143页。

第六章

香川孝志（梅田照文）延安行

觉醒于八路军

1940 年夏，日本乘德国军队在欧洲迅速推进，英、美无力东顾的机会，一面加紧诱迫国民党政府投降，一面加强对敌后抗日根据地的进攻，企图彻底摧毁抗日根据地，除去其"南进"的后顾之忧。

为了粉碎日军的图谋，打破其"囚笼政策"，克服国民党政府对日妥协投降的危险。八路军总部下达《战役行动命令》，从 8 月 20 日至 12 月 5 日历时 108 天对敌展开"百团大战"，八路军在华北地区对各线日伪军发起进攻，拔掉了敌人靠近根据地的碉堡、据点，炸毁了铁路、桥梁、公路，使日军的交通线瘫痪。

日军独立混成第四旅士兵香川孝志就是在这次战役中成为八路军的俘虏。

在"百团大战"第一阶段为时 20 天中，八路军中心任务是破坏日军交通，重点摧毁正太路，而一二九师负责破袭正太路西段，该段有日军独立混成第四旅司令部驻地、煤矿基地阳泉。

1940 年 8 月 20 日正值天降大雨，一二九师冒雨通过山谷河流，避开日军外围据点，直接运动到正太路两侧：该师左翼破击队，辖第三八六旅第 16 团、决死第一纵队第 38 团及第 25 团等部，负责破袭正太路寿阳、榆次段。右翼破击队由新编第十旅第 28 团、第 30 团等部组成，任务是破袭正太路阳泉至寿阳段。

当晚向正太路全线突然发起攻击，左翼第 16 团 5 个连进攻芦家庄车站，连克碉堡 4 座。第 16 团向榆次游击的 2 个连配合工兵炸毁芦家庄至段廷之间的所有桥梁。第 38 团突然袭击攻占上湖、和尚足 2 个车站。第 25 团攻克马首车站，日军逃向寿阳。右翼第 28 团兵分 3 路，攻击狼峪、张净、芹泉车站；第 30 团向桑掌、燕子沟进攻，攻占了桑掌，并将该处大桥破坏。

21 日占领燕子沟，炸毁 2 座铁桥。到 23 日，又攻克狼峪、芹泉等据点，奇袭成功了。

在此期间，右翼队还攻克了坡头、辛庄、赛鱼、铁炉沟、小庄、张庄等车站和据点。一二九师总预备队第 772 团于 8 月 22 日、25 日两次强袭平定西南冶西之敌，终于将敌大部歼灭。"百团大战"重创了日寇，少数被俘的日军狼狈不堪，灰头灰脑地做梦也没想到会成为八路军的俘虏。

昔日的战俘香川孝志在《八路军内日本兵》书中记述：

"我们被集中在一间大房子里，一个 30 岁左右的中国人出现在我们面前。他日语讲得很好，看上去好像是八路军的干部（后来知道他叫张香山）……

他操着稳重的口吻说：'你们放心吧，我们八路军不杀俘虏，不会伤害你们。想回去的，放你们回去。'张香山的话，虽然有些放心了，但我还是带着宁愿饿死，不吃敌人之食的抵触情绪……

被俘之前，许多日本士兵就知道，八路军不杀俘虏。因此，我相信了张香山说的不会伤害你们的话……

张香山说：'你们当了八路军的俘虏，要是被日军知道了，会连累你们在日本的家属，现在要立即换个名字。我的脑海里立刻浮现出我收到征集令后，从大阪梅田站乘火车时的情景，决定用梅田二字为我姓，以国士馆时代我最亲密的朋友的名字——照文，为我的名字。从此，我以梅田照文为名字的生活便开始了。'"[1]

被俘后的香川孝志（改名为梅田照文）在八路军的护送下要到达晋东南军区司令部所在地麻田镇。

行军在麻田的路上被俘士兵换上了八路军服装，时值大雨，在

---

①【日】香川孝志、前田光繁著，《八路军内日本兵》，解放军出版社，第 14 页。

泥泞的路中滚爬了几天。一路上梅田照文看到的是：护送的几位八路军战士既吃苦又守纪律，用行动教育了被俘士兵。所经过的地方都受到当地老百姓的热情接待，吃的、用的及行军的干粮都一一付钱。每到一个村庄，借住老百姓的房子或窑洞，晚上总是被俘士兵睡在炕上，而八路军战士却在院子里露宿，难免遭到蚊虫的叮咬。

梅田照文回忆说："我们渐渐地懂得了不少事情：八路军战士从不践踏农田，不在田里穿行，他们并一再提醒我们注意：放心地跟我们走，不要惹是生非。"①

经过几天的行军，"护送小分队"进入一个村子，这个村子处于一个四面环山的峡谷口，放眼望去，碧绿的树林子郁郁葱葱，村子就半遮半掩在这片树林中。村口有棵硕大的近百年的老槐树，树冠茂密，树荫下宽阔的场地能坐百十号人。这天树下聚集了很多人，男男女女还有顽皮的小孩穿梭于人群中，场地上摆着桌子和长凳，桌子上放着水果、茶杯，小分队的到来，让村里的人们像迎接亲人一样招待客人，忙着倒茶的倒茶，递送水果的送水果，十分热情。

梅田照文被这眼前的一幕幕情景所感动，心里想：他们以为我们被俘的日本士兵也是八路军吧！才这样热情？！（因我们穿的是八路军服装）

一个被俘的日本士兵，当时这样想并不奇怪，他们的疑惑在晚上就得到了解答。

这夜，小分队就下榻于这个村子里，一个中年男子着装朴实，走到梅田照文身旁坐下，自报身份说："我是这个村子里的村长，你能听懂中国话吗？"

梅田照文疑惑地看着对方，心里已经明白他们早已知道我们是日本人了，于是礼貌地微微点头表示能听得懂。

梅田照文十分惊奇，这偏僻的山沟里，一个村长竟能知道这些事情。可是村长已经看出他的怀疑，于是说："我们村里有八路军文化教员，我常去听课。"

---

① 【日】香川孝志、前田光繁著，《八路军内日本兵》解放军出版社，第15、19页。

"哦！"梅田照文点点头……

夜晚，他失眠了，怎么也睡不着，翻来覆去地回想着被俘以来所发生的一切：不受侮辱虐待，有尊严，生活上照顾周到，行军路上八路军小战士替他们减负重。老百姓拥护八路军，八路军不拿群众东西，所用都付钱……

不知不觉中天已大亮，为了不再惊扰老百姓，小分队早早就出发了，又经过几天的急行军，顺利到达了晋东南军区司令部麻田镇。

麻田镇，位于山西省辽县（今左权县）东南45公里处，地处两省（山西、河北）三县（左权县、黎城县、涉县）交界处，太行山中段西侧，清漳河中下游。村镇一点儿也不大，村北只有4处院落，南堂外只有3户人家和1座教堂。但，这么一个小村镇居然有许多户人家被称为绅士户。南堂古街是南北大通道，每个月来自两省三县的商客都会络绎不绝地来到这里进行商贸活动，从丁字口老槐树下一直到南堂口，街道两旁都是店铺，纸扎铺、布行、染坊、豆腐店、烧鸡铺，卖肉的、卖饭的、开药铺的、做油条的、打烧饼的，还有卖衣服和皮货的等。南来北往的人都要经过这条主街道，因为这是麻田的商贸一条街，绅士户就集中住在这里。

而麻田全村镇也就是五六百口人，绝大部分人家过着丰衣足食的殷实日子，在宁静的太行山上，麻田应该算得上是个很好的地方，号称"小江南"，也称是太行明珠。可见，这里商贸业发达经济繁荣。

八路军总部从武军寺村来到麻田，方圆百里成了八路军开辟的根据地。西街圪廊9户人家，就有5户人家住着八路军，彭德怀秘书李琦和李大章、谢翰文、漆克昌等都住在西街圪廊，总部4个小八路直挺挺地站在那里放哨，路人经过礼貌地行军礼。

西街最西头的院子是八路军科级以上干部的食堂，而西街共有3处八路军的食堂，一到吃饭的时间这里颇为热闹，可以说这是八路军一条街。

小分队到了麻田，受到八路军及当地老百姓的夹道欢迎。显然他们早已得到消息，是专门欢迎日本俘虏的，在欢迎的人群中有七八个日本人，被俘后早先就在这里成立了"日本觉醒联盟"组织，他们是杉本一夫（原名前田光繁）、吉田、松井等，看到他们个个手挥着八路军帽，大声用日本话喊着："欢迎！欢迎！"

他们见到同胞，又惊又喜，激动不已，紧紧握住对方的手，相互拥抱在一起。村民们争先恐后地把红枣、花生、水果塞进"来客"手里，场面十分动人。梅田照文被感动得热泪盈眶，心情久久不能平静，几天来的疲劳、消沉一下子消失了。

"日本觉醒联盟"驻地也在西街的一个四合院内，增加了几个日本人，院内又增添了几分欢声笑语。从此开始，梅田照文一行俘虏就成了"日本觉醒联盟"的新成员，每天的学习、生活很有规律，再加上老成员的倍加关心，新成员的不安情绪渐渐稳定下来，每天都有书看，如日本文学作品，小林多喜二的小说《蟹工船》等。因为梅田照文懂得中文，有一天杉本一夫拿来一本毛泽东的《论持久战》让他读读，梅田照文问："毛泽东是个什么人？"

杉本一夫说："毛泽东是共产党八路军的领袖！他很受中国老百姓的爱戴。"

"这本书写的是什么呢？"梅田照文又问。

"是有关对抗战的论断。"杉本一夫回答。

据梅田照文记忆："该书把日中战争分为三个阶段：第一阶段为日本的战略进攻和中国的战略防御阶段。第二阶段为战略的相持阶段。我想现在敌我双方混战的情况正是毛泽东说的'相持'阶段。毛泽东在书中阐述这个阶段要持续相当长的时间，战争的形式以游击战为主，运动战为辅。到第三阶段，形势将发生变化，中国开始转入战略反攻。这个阶段的到来可能很遥远，但一定会到来。"①

读了毛泽东《论持久战》的论断，梅田照文大开眼界，内心震撼，没想到在中国共产党内竟有这样远见卓识，有思想和理论的人。

在麻田几个月的学习生活，梅田照文开始醒悟了，用他自己的话说，"仔细想来，日军跑到别国的领土上进行掠夺，横行霸道，中国人民反抗这种侵略行为不是理所当然的吗？从自己成为俘虏以

---

① 【日】香川孝志、前田光繁著，《八路军内日本兵》，解放军出版社，第15、19页。

后,总算从感情上转过了这个弯子。"①从此,梅田照文再也没有逃跑、自杀的念头了, 明白即使归队也要受到日军军法处罚,下了决心去延安,为世界反法西斯斗争做点事。

去往延安的路上

转眼就是 1940 年的冬月, "日本觉醒同盟"的大部成员踏上了去往延安的路。地处西北的陕甘宁边区延安位于陕西北部,地处黄河中游黄土高原的中南地区,北连榆林,南接关中,东隔黄河,与山西临汾、吕梁相望,西邻甘肃庆阳;是中华民族重要的发祥地,人文始祖黄帝曾居住在这一带,是天下第一陵——中华民族始祖黄帝的陵寝所在地。民国二十四年(1935)10 月,中共中央和中央红军到达吴起镇,延安成为中国革命的落脚点和出发点。

从山西东南部的麻田出发到延安,要经过很长的路程,跋山涉水,翻山越岭,渡黄河,约近千里的路程,途中还要经过日占区、国统区。然而,联盟成员听说要到延安,神秘、新奇与兴奋交织在一起,个个欢乐跃跃。

这年隆冬腊月气候格外冷,大别山区更是寒风刺骨,虽然八路军的过冬衣服短缺,但日本觉醒联盟成员却都优先穿上了厚厚的八路军棉军服,整装待命。一行成员编为两个班,由每个班配备 1 名少年勤务兵和 3 个八路军战士组成临时"小分队"。

那是一个夜深人静的晚上,天空飘着浮云,弯弯的冷月挂在天边,时隐时现,寒冷的天气使得庄户人家都闭门不出了,人们早早地上了火炕,捂在被窝里,就连看家犬也蜷缩在草窝里懒得游荡觅食了。

小分队就在这个时候秘密出发,队长告诉大家不要搞出动静来,今夜必须通过日占区第一道防线同蒲铁路。

经过附近村子的时候,尽管大家极力小心放轻脚步快速行进,但还是偶尔引起了看家犬的警觉,汪汪叫了几声……

①【日】香川孝志、前田光繁著,《八路军内日本兵》,解放军出版社,第21、22页。

快到铁路线了，远远看到每相距两公里左右就矗立一个炮楼，日伪军把守，耀眼的探照灯不时地扫来扫去，每隔半小时就有铁甲车出来巡道，路基 10 米开外一线栅栏都是带刺的铁丝网。队员们利用遮挡物在月色下猫着腰前进，接近路基后富有经验的八路军战士行动敏捷，快速将铁丝网钳断一个洞迅速通过，越过铁路消失在夜幕中。

刚刚离开铁路百米远，突然发出隆隆声的铁甲车开过来了，到了刚才小分队越过的地方停了下来，似乎发现了什么？探照灯来回扫着，并且用机关枪突突地扫了过来，队员们蜷缩在草丛中大气不出。枪声过后，只听到日士兵叽哩哇啦的喊话，然后铁甲车开足马力离开了。八路军小兵问梅田照文说："他们在说什么呢？"

梅田照文低声道："是说没有事！"

好险哪！大家紧绷的玄松弛下来，又快速上路了。

天刚蒙蒙亮，小分队来到一村庄，虽然远离了敌据点，但还在日占区。这里有个村公署，村长是日军作为亲日分子而启用的，但他是个"两面"人物，明里伪装对日效劳，暗地里为八路军办事。

据梅田照文回忆："我们一进村子，他就向我们表示慰问，并为我们做了类似日军用的干面包那种干粮。我们把它装进口袋背在背上，又出发了。"①

越过同浦铁路，走出日占区，进入中国晋绥军辖区，因为是国共合作时期，八路军在这里很活跃，大家提心吊胆的心放松了，没有了后顾之忧，一路有说有笑。

行军中一天同八路军的部队相遇，对方听说是日本觉醒联盟的"日本同志"，在驻扎地办了个联欢会。联欢会上八路军首长对"日本同志"表示热烈欢迎，他热情洋溢地说："日本侵略战争给中日两国人民带来了灾难，日战俘醒悟成为反战人士，就是我们的兄弟、朋友和同志，共产党八路军欢迎你们！"

联欢开始后，八路军文工团表演了节目，场面热烈，掌声笑声

---

① 【日】香川孝志、前田光繁著，《八路军内日本兵》，解放军出版社，第 24 页。

交织，此情此景似乎远离了战争的硝烟……

经过几个月的迂回行军，小分队终于到了晋西的黄河边上，沿着黄河北上，就进入了晋西北贺龙一二〇师开辟的根据地。贺龙司令员下了命令，这支"特殊小分队"凡经过八路军驻地，必须安全护送，并给补充给养。

不觉已经是六月天了，北方的六月骄阳似火，烤的人们汗流浃背，总算到了碛口镇，小分队在碛口住了下来，准备渡河。

碛口镇位于黄河自北向南的秦蒙晋大峡谷中间段。这儿的地理环境使得黄河河床上出现了"碛"，也就是"石头"，使得黄河的秦蒙晋大峡谷流域形成了以碛口为界的不一样的河道。也正是这个原因让这里商业繁华，成为军事"碛口"要塞。它地处临县西南部，黄河东岸，西与陕西吴堡县隔河相望，是一个古渡口。

明、清年间，凭借黄河水运，一跃成为北方商贸重镇，享有九曲黄河第一镇之美誉，是晋商发祥地之一。古时候，黄河下游凶险，上游来往的船只，往往在碛口停泊转旱路。这里的明、清民居构筑成一条条街道，这些街道又矗立在黄河边，街巷里古老的黄河卵石铺成了步行一条街面，那些古老的砖瓦构筑成了房舍，飘逸着一种古韵。

镇口以北的黄河河道有四五百米宽，到了镇口以南，河道急速收缩至不足百米，河水流成了S形。河道的其余部分都成了乱石滩，南北落差10余米，古时船行至此，为了不走险滩，纷纷上岸改走旱路。于是，西北出产的粮油、皮毛、药材从此处上岸，由骡马、骆驼运到太原、晋中、京津等商业发达地区。回程时，驮回了棉花、绸缎、茶叶、火柴等日用品，再经水路运送西北。

小分队准备在碛口镇住下来，休整几天再渡河。因为这里是八路军一二〇师占领区，老百姓过着太平的日子，街道上即使出现八路军也不会引起人们的注意。听着水声沿着黄河边的古道进镇，碛口客栈赫然在目。

小分队征用了一处客栈，客栈依山而建，前面是大院，后面是上下排列的两层20多间窑洞，吃饭就在院子里，整体建筑是个四合院和窑洞的组合。队员们历经数个月的行军以来，从来没有住过这样舒适的地方，个个十分兴奋，泡了温水澡，疲劳一扫而光。

最有意思的是"日本觉醒联盟"成员能上到大院顶上的平台观黄河。

站在平台上，视野出奇开阔，朦胧中的黄河就流在西侧方。在平台的正前方，隔一黄河支流——湫水河。远眺，群山中的黑龙庙矗立在黄河东边的悬崖上，就像一只猛虎俯卧在崖上，虎视眈眈笑傲山林。平视正北河面，水光潋滟，好似一条绸带飘飘然进入众山之后，不知所踪。山拥水抱，山的气势与河的雄浑，凝成了虎啸黄河、龙吟碛口的壮丽景色。

此时的梅田照文被眼前的图景所吸引，感叹地说："这与我们家乡的'富士山'一样美呀！"

杉本一夫（前田光繁）也不无感慨地说："是呀！异国他乡看到如此美景，使我想起了家乡，没有战争该多好。"

吉田插话说："早点结束这场可恶的战争，我们就可以回家乡了，到那时我们将经历的一切告诉亲人们。"

碛口古镇

渡口老船公

　　在大家欣赏得兴致正浓之际，这时候主管伙食的八路军从黄河边小摊那里买来沙瓤大西瓜，切好了整整齐齐放在墙头上，像展示战利品一样，开始边吃西瓜边看着黄河上来往于晋陕两岸摆渡的大木船，边听枣树林里山风吹过树叶的声音。在这个盛夏最高温度只有 26℃ 的山区古镇里，有一种世外桃源般的享受和浪漫。

　　3 天以后就又要开拔了，走到渡口的黄河滩，一个 50 岁开外的船工，黄河畔上的人习惯称之为"船老大"，他满脸胡须，头缠破旧不新羊肚子毛巾，身穿油腻的羊皮褂子，坐在船帮上默默地看着翻滚的黄河水面，巴塔巴塔不停地抽着老旱烟。八路军小兵走到跟前打招呼说："大爷，我们过河，可以开船吗？"

　　船老大头也没回，还是看着河面翻滚的浪回答："今天风浪大，等会儿！"

　　常年在黄河边滚趴滚打为生的老船工最清楚，风大行船会出事的，翻船的事故年年发生，什么时辰出船他心里有谱。于是大家就地坐在河滩卵石上休息。环顾四周，由于湫水河的河床远远高于黄河水道且河床陡峭，经过几百年或者是几千年的不断冲刷，把大量

89

的吕梁山脉的石头带入黄河河道，形成了黄河乱石滩的奇妙景观。俯身脚下，一块块黄河石在黄河水中荡漾，让一大片的乱石水域，在阳光的折射下，波光粼粼衍色出耀眼的光芒。

也就是两袋烟工夫，又一船工也到了，船老大将手中的旱烟锅（抽烟用具）在船帮上磕去烟灰，示意可以行船了，他站了起来说："你们分两次过河，一次可以上七八个。"

于是分成两组过河，梅田照文、杉本一夫（原名前田光繁）、吉田、松井等第一拨上船，黄河边长大的一八路军战士负责照护。梅田照文他们应征入伍时虽漂洋过海，但坐的是大轮船，眼前坐小木船过黄河不免心里有点发怵。

渡船移动了，船老大亮开嗓子吆喝了一声让大家坐稳，船慢悠悠地离岸。

为了分散坐船人的注意力，撑船的老者讲起了一个有关黄河荒诞神奇的传说，老者说：黄河最神秘的并不是流淌了几百万年的河水，而是埋藏了无数古物的黄河古道。你永远也想象不到，那厚厚的淤泥下，埋藏了什么古怪物件。他说，在黄河古道中，曾挖出过火车头那么大的鼋，就是巨龟；有被黄河水冲开的古墓，露出一副玉石棺材，旁边是满缸的金元宝。他还在黄河中看见足足有一间屋子那么粗的蛇骨架子，那就是传说中的黄河蛟龙。此外还有不生锈的古剑，镇河的铁犀、铜猴子，雕刻了铭文的古鼎，甚至在黄河底下还掩埋了一整座一整座的古城。

老者咳了口痰，煞有介事地继续说："我的爷爷讲过，黄河有尸抱船、鬼行舟、沉于河底的古怪石棺、无名尸体，遇到这样的情况，只要下水一看，肯定能看到船底下的水里，必然有一具直挺挺竖立着的尸体，尸体好像是站在水中一样，两只手托着船底。过去在黄河走船的人，船上常年必备着香烛贡品，还有一些乱七八糟的东西，因为他们认为，水下面抱船的尸体，肯定要索取什么东西，所以才会拖着船不让走，只有尽力满足尸体的要求，才可能安全逃脱。所以一般遇到尸抱船，老黄河人就会一件一件朝水里丢东西，直到小船可以再次开动为止。这种事在我们那边传得很邪乎，朝水里丢贡品到底管用不管用，我不知道，不过在我们村子南边80里的大荒渡，曾经有发生一次尸抱船，船上载着十几个过河的人，船家把预备的香烛供品全部丢下去，船只还是纹丝不动，就这样被困了一个多小时，船上的人哭天抹泪，彻底慌神了。船家直接就跪到船头，不住地哀求，说下次再下河的时候，一定厚厚地备上一份供品。船家的哀求竟然得到了回应，不久之后，湍流的河面上，水纹散来散去，最后聚集成一个'人'字。事情一下子变得很残酷，船家跟船上的人说，水下面的'东西'，想要人。最后，一个10多岁的小女孩被丢到河里，一直纹丝不动的船突然就能继续行驶了。"

听着这骇人的传说，坐在船上的日本反战同盟成员不禁头皮发麻，也就是在这当儿船似乎抖动了一下，大家的心也悬起来了，船似乎加快了速度，但好在没发生什么，艄公也放缓了摇橹的动作，哼起了小调，看来快要靠岸了。梅田照文心想：这故事还真管用，使得大家忘记了恐惧。

尽管这种传说十分荒诞，可传说归传说，甚至是以讹传讹，但老一辈人总是宁可信其有，而决不信其无，黄河从远古到今，给人们展示的是神秘、神奇。有国内外不少探险家也曾冒险探究过，但最终还是失败或不得而知。

第一拨人员上了河岸，轻松地等待着第二组成员，一个钟头后全体成员离开汹涌澎拜黄河岸边，到了吴堡，这是黄河西岸的一个小城镇，属陕甘宁边区绥德分区管辖，已经建立了工农民主专政的政权，老百姓过上了安稳的日子。进了陕甘宁边区后，小分队成员有说有笑，一下子轻松了，觉得有了安全感，再也用不着担心日军了。当地政府给予热情的接待，并备了下一行程的干粮……

又经过一天的赶路终于到了绥德，这是一个位于三岔路口的山城，绥德地处黄河中游的陕北中部，有悠久的历史和灿烂的文化。根据境内出土文物推断，境内在旧石器晚期就有人类定居。遍布于境内的龙山文化遗址，表明四五千年前的新石器时期，人类已在这里繁衍生息。据史志文献记载，绥德夏、商为雍州之地。周为荒服之地。春秋为赤翟、白翟之地。战国属魏上郡，后归秦。1935年8

月在绥德县城设陕西省第二区行政督察专员公署，统管绥德、吴堡、清涧、延川、延长、安定（今子长）、安塞、肤施（今延安）、保安（今志丹）。

在"特别小分队"到达三个月前的1940年2月29日绥德县解放，在县城设立绥德分区行政督察专员公署，隶属陕甘宁边区政府。

地委、专署所在地绥德城是汾（阳）银（川）公路与西（安）包（头）公路的交会处，商贾云集，经济发达，有陕北"旱码头"之美称，因其地理位置重要，自古为兵家必争之地。秦始皇长子扶苏及蒙恬将军戍边在此，死后就安葬于此。古城修建在地段较为开阔的疏属山峁上。疏属山为无定河畔的一独立山头，南眺二郎山，北望五乳峰，东濒无定河，西隔大理河与马鞍山相对。

这里已经是"红区"，老百姓过着安居乐业的日子，小分队一踏进县城没有引起当地人的注意，因为他们有年轻的八路军小战士陪同着，人们没有敌意。穿过古老的牌楼，绕过闹市，不一会儿就到了绥德专署驻地。接待员看了小战士递给的介绍信后，就带着他们下榻于疏属山仓峁圪垯接待处。几天的长途跋涉，他们累极了。因为绥德离延安不远了，向南不到200公里就是，所以打算在这里休息上一晚。

这晚他们睡得很香。

翌日，正赶上绥德镇子大集，四面八方的客商一早就云集这里，因为赶路，队员们也无心于此领略热闹，在街上的店铺里置办了路上所需，就匆匆上路，涉过无定河，就南下了。

一路上队员们欢声笑语，时而唱唱在晋东南八路军总部学会的"三大纪律八项注意"之歌。下到米脂，穿过清涧，经过延川，到达姚店子，沿着延河逆行，不久就看到了宝塔山，到了延安啦！

小分队队员们情不自禁地相拥在一起。

第七章
在延安窑洞的生活与娱乐

新生活开始

1941 年 6 月中旬的一天，由八路军护送从晋东南一路行军而来的"日本同志（反战同盟成员）"终于顺利到达延安。涉过延河就到了宝塔山下古老的城墙根，哗啦啦的延河水和涓涓的南河溪流交汇于此，形成湍急的大河，向东流入黄河。他们没有进入东门，而是沿着城墙根的河滩小路，走向南约 1 公里的南门外滩，蹚过南河到达目的地——延安日本工农学校。

学校建在半山坡上，老远就看到简易的校大门挂起了欢迎的横幅标语，坡坻上聚集了很多人，穿着清一色的八路军军服，个个英姿焕发，都是早先到达的日本俘虏学员，列队等待着新学员的到来。一行"日本来客"也顾不上环顾周边的景色，随行小八路引着他们绕着弯弯的蛇形小路上到院子。走在前面的梅田照文、杉本一夫（前田光繁）、吉田和松田等，被欢迎的人群围了起来，热烈地握手拥抱。

"老乡见老乡两眼泪汪汪"的俚语用在此真是再恰当不过了。在欢迎的人群中有两个中年男子，一个是王学文，一个叫李初梨。他俩上前同新到的学员一一握手问候。李初梨说："欢迎大家的到来！从今以后我们就是一家人啦！"

站在李初梨身边的王学文用流利的日语指着李初梨介绍说："这是我们日本工农学校的副校长李初梨同志，我呢是上政治经济学课的老师。"

王文学江苏徐州人，1901 年留学日本，翌年入京都帝国大学经济学部，受教育日本有名的马克思主义经济学家河上肇。毕业回国后加入了中国共产党，1937 年来到延安，曾担任中央党校教务主任，日本工农学校建校后担任教员。他一口地道的日语，对日本俘虏学员来说像一股暖流融入身体，倍感亲切。

此时，在工农学校的山窝窝有一间比较大的砖木结构瓦房，既是礼堂又是食堂，高高的烟囱冒着浓烟，换气洞孔散发出阵阵肉香味道，食堂餐厅已经摆好了桌子，准备聚餐，特意为新学员接风洗尘。

菜是学员们自己种的，猪肉、鸡肉也是宰杀自己圈养的，在工农学校都是自己动手丰衣足食。看着桌上丰盛的饭菜，学员们喜形于色，和新到的日本同胞共进午餐，有着说不出的高兴，围着他们问这问那，叙述着家乡情……

工农学校的窑洞宿舍用白灰粉刷一新，冬暖夏凉的土窑洞使人十分惬意。晚上梅田照文、杉本一夫、吉田和松田住在一个窑洞。

第二天梅田照文早早起床了，站在宿舍院子的埝畔上，活动活动筋骨，享受着山林间弥漫着的新鲜空气，感到心旷神怡。对面凤凰山麓脚下的肤施城，炊烟袅袅，构成一幅美丽祥和的山城早晨图景。

目观右侧，巍巍宝塔近在眼帘，梅田照文来了兴致，绕着小路上到宝塔山，肤施古城尽收眼底。出于好奇之心，梅田照文走进底层塔洞，突如其来惊飞起黑压压一片蝙蝠，这时候他才明白了昨晚没有遭到蚊虫叮咬的原因……

回到窑洞宿舍，同舍们都已经起床洗漱，吉田问说："你哪去了？"

梅田照文兴致勃勃，又神秘地说："上宝塔山了！"

松田有点埋怨地说："你应该带上我们嘛！"

"你们睡得正香，我不忍心打扰嘛！"梅田照文回答。

杉本一夫（前田光繁）说："看你喜形于色，又发现新大陆了？"

梅田照文问："你们昨晚上有谁被蚊虫叮咬了？"

他们相互你看看我，我看看你，齐声回答："没有啊！"

梅田照文说："宝塔里面栖息着很多很多蝙蝠，这就是我们没被蚊虫叮咬的原因。"

"噢，原来是这样！"他们齐声道。

梅田照文说："这是大自然生物的生存法则与规律，蝙蝠与人类共享一个空间，在这一块形成了一个小小的生态环境。记住以后我们上宝塔，一定不能惊扰和伤害它们。"

吉田说："你懂得真多呀！"

……

在延安的新生活开始了,学校生活管理为部队模式，非常有规律。

梅田照文回忆说："假日除了星期天之外，还有七一（中国共产党生日）、八一（中国建军节）、三八（国际妇女节）等日子都放假。在日本侵华开始的满洲事件九一八那一天，我们也休息。但纪元节、明治节等，却没有人提出要休息。每逢这些假日和三五（一九二八年，日本共产党遭受全国性大镇压的日子），学校举行专门活动纪念。八月三日是一九一八年日本发生'抢米暴动'的纪念日，这一天我们也举行纪念活动。"[1]

"发给我们的生活费（津贴）每月三元，同八路军连级干部津贴一样多。"[2]

随着战争形势的发展，延安日本工农学校的日战俘学员逐渐增多，达百余人。延安日本工农学校的学习生活是紧张而有序，俘虏学员们越来越适应了这里的一切。

棒球比赛

打棒球是学员们业余中最喜欢的一项活动。在宝塔山根下开阔的河滩，他们自己动手清理了石块和鹅卵石，平整平整沙滩，就是一块天然的棒球场地，学员们高兴极了。

---

[1][2]【日】香川孝志、前田光繁著，《八路军内日本兵》，解放军出版社，第39、41页。

梅田照文出生在日本以高中棒球优胜而闻名之乡，他爱好棒球运动，来到工农学校后专门为棒球运动爱好者进行了培训。

他拉开架势，像老师上课一样告诉大家说："日本青年流行棒球运动，但用棒打球的游戏在古代的中国、希腊、埃及和罗马的文物、图像中都有反映。据有关历史记载，棒球起源于12世纪中期的法国和西班牙，作为当时的一种习俗，在庆祝复活节时所有人都涌向大街，兴高采烈地各执一根棍棒打一个球。这种游戏传到英国并发展成'板凳球'，板凳球其形式类似现在的板球，它的名字是由游戏中使用的挤奶女工的小板凳而来的，经逐渐发展、演变，它被称作'圆场棒球'，并成为流行于英国、受青少年所喜爱的一项球类运动。可以轻松相伴度过闲暇时间，朋友交好，亲子娱乐，其乐无穷。

棒球分为进攻方和防守方，跟所有的球类运动一样，进攻就是要得分，胜利就属于得分比较多的那一方。以一局为例，上半局是客队进攻，主队防守。下半局是主队进攻，客队防守。进攻的时候，上场队员只有一个（击球员），另一个在击球员准备区松松筋骨等待上场，其他的在球员区等待。防守的时候，上场队员有9个，一个是负责投球的（投手），一个是负责接球的（捕手），另外有7个散布在整个球场上防守（也叫野手）。"

梅田照文讲得认真，学员们听得入神。他说："棒球比赛有严格的规则，两队比赛，每队各有9人，两队轮流攻守。攻队队员在本垒依次用棒击打守队投手投来的球，并乘机跑垒，能依次踏过一、二、三垒并安全回到本垒者得一分。守队截接攻队击出之球后，可以持续碰触攻队跑垒员或持球踏垒以'封杀'跑垒员，当球落地之前防守队员如果接住球，则称之为跑垒员被'截杀'，如果投手对击球者投出3个'好球'，则跑垒者被'三振出局'。攻队3人被'杀'出局时，双方即互换攻守。两队各攻守一次为一局，正式比赛为9局，以得分多者获胜。

守队队员按其防守位置及职责规定名称如下：投手，捕手，一垒手，二垒手，三垒手，游击手，左外野手，中坚手，右外野手；攻队入场击球的队员叫击球员，合法击出界内球且没有被场上防守人员截杀时，该击球员应即跑垒，称为'击跑员'，当投手投出4个坏球或者让球接触到跑者身体，则跑者'保送'上一垒；'好球'即为投手将球投入好球区且击球者没有击中球，'擦棒球'、'界外球'和挥棒挥空也属于'好球'范畴，'坏'则指投手将球投在'好球'区外，且击球者没有挥棒。击跑员安全进入一垒后，即称为'跑垒员'。"

梅田照文说到这里，端起水杯喝了口润了润嗓门，下意识地环视了台下的学员，只见他们聚精会神地听着，有的还做着笔记。于是继续讲道：

"怎么投球呢？投手可以采用正面投球和侧身投球两种姿势，即投球前均须用脚踏触投手板，正面投球只许向击球员投出，投球动作开始后，动作必须连续，不得中断。

侧身投球可以向有跑垒员的垒位传牵制球，但投球动作开始后，只许投向击球员。

首先投球前必须保持静止持球在身前的姿势至少1秒钟，违反投球规则的投球叫'不合法投球'，判投手一个'坏球'。垒上有跑垒员时，叫'投手犯规'，跑垒员得安全进1个垒。

再就是击球跑垒，攻队必须按'击球次序'名单依此入场击球。击球时不得越出击球区，击出腾空球被守队合法接住，击球员出局。击球员可以用棒挥击、推击或触击，击出界内球后，击球员即应跑垒。

投手累计3个'好球'（在本垒宽度上空以内，高度在击球员膝上、腋下之间）击球员三击不中出局。如投4个'坏球'或投球击中击球员时，击球员安全进一垒。击球员击球落入界内时，即成击跑员，应向一垒跑进。到达一垒时未被防守队员封杀或触杀，为安全到垒，此时即成为跑垒员。跑垒员必须按一、二、三及本垒顺序跑垒。不得反向跑垒，不得有意妨碍守队接球，否则判出局。跑垒员可以偷垒，但有被'杀'出局的可能。跑进时可以冲跑或滑垒，但必须沿跑垒线范围内跑进。击球员击出界内腾空球时，跑垒员应触踏垒包，待球接触守队队员后，方可离垒。合法跑垒并触踏过一、二、三垒，击出合法腾空球超出外场规定界限时，为'本垒打'。击球员安全得1分。但击球员仍需按规定路线踏触3个垒再回到本垒，才算有效得分。

最后就是防守截杀：（1）封杀跑垒员，当击球员成为击跑员时，其他跑垒员被迫放弃原垒向前跑进，守垒员只要接球用脚触垒即可封杀跑垒员出局。（2）防守队员持球触杀离垒或跑进中的跑垒员，判跑垒员出局。"

梅田照文讲得汗水淋漓，听者却一头雾水！

杉本一夫建议说："我们在球场实战模拟练习不是学得更快吗？"

梅田照文擦了擦额头上的汗，说："好吧，晚饭后自由活动时间我们到河滩球场示范学习。"

下午饭后5点钟队员们准时到了河滩的球场上。场上有4个垒包，就好像是防守方的碉堡，围成一个大菱形，投手站在中间（投手球）。击球员站在第一个垒包（本垒）上准备，争取把投手扔过来的球用球棒打出去。

梅田照文告诉击球员说，球打得越远越好，远到防守方完全够不着最佳，然后逆时针跑，按顺序把其他3个垒包（一垒、二垒、三垒）都攻陷了（跑垒）再回到出发的地方（本垒），就算是得一分。如果打不了那么远也跑不了那么远，拿下一个垒包也是可以的，等自己队友击球成功的时候继续进攻下一个垒包直到得分。

队员们学得认真，也玩得尽兴，后来打棒球就成了工农学校的体育活动。

一个月后的一天，日本工农学校礼堂门口的墙上贴出一张海报：星期六下午，在宝塔山下河滩球场进行一次棒球比赛。此消息一出，一传十，十传百，传遍了附近的边区政府机关、学校，甚至城里的居民都知道了，来看稀罕。

陕北的七月天，骄阳似火，下午宝塔山下的河滩还是凉爽的，南河北岸站满了观看者，就连工农学校的半坡上也站满了看客，有边区政府机关工作人员及八路军战士，有附近的抗日军政大学、陕北公学、女子大学等学校的学生，周边的老乡也来看这个"东洋玩球法"。

他们大部分人不知道打棒球是怎么回事，纷纷议论着，犹如看大戏开端那一刻的心情：只听得锣鼓家什一股劲地响着，不见人物登台，众人都期盼着开始。

终于哨子吹响了，比赛开始了，双方（进攻方与防守方）球员们跑来跑去挥杆击球，击球员头戴硬性头盔，这是就地取材由军用钢盔改做的运动防护帽，以防投手把球扔到击球员身上而砸伤头部。

比赛激烈地进行着，进攻方投手投了4个"坏球"，不太高，不太低，也不太偏，都投在"好球"带内，击球员直接保送一垒。防守方为了阻止进攻方得分，干掉了3个击球员拿到3个出局数。

很多看客对于棒球的规则始终是一头雾水，现场看不懂规则，只见球员们挥棒击球，跑来跑去转圈圈，根本看不出个比赛节奏的眉目来。但还是哟呵助威，喝彩声和掌声不断。

人群中一个围观的乡农挠了挠头，说："这是耍什么球呢？拿个棍棍打，又转圈圈跑，这些东洋人真没事干啦！"

延安日本工农学校学员在进行棒球比赛

身边一个绅士风度的老者插话道："这你就不懂了，这是一项强身健体的娱乐活动。一千多年前我们的老先人就开始耍这种球了，只不过方式不一样罢了。"

"嗷！原来也不算是'洋玩意儿'，还是你有文化，见多识广，我这个庄稼汉不懂的呀！"

"哈哈！"他俩会意地笑了。

比赛结束了，双方球员相互握手以示友谊第一，胜队击掌相拥表示祝贺！

看比赛的观众缓缓地散去了，此时晚霞的余晖映在宝塔山顶也慢慢地退去，而棒球活动没有结束，打棒球成了当时风靡延安的一项体育娱乐活动。

第一个日本俘虏教员

转眼到了1942年的夏天，延安日本工农学校的学员逐渐增多。梅田照文来到延安已经一年多了，他也适应了这里的一切，当初从晋东南的行军路上还想着如何逃脱回日本，两年多的教育学习，使他脱胎换骨，越来越觉得工农学校就是家。由于梅田照文的文化程度比较高，理解和认知能力强，所以觉悟得也快，特别是听了林哲（冈野进）校长的时事政治课，思想豁然开朗：他认清了侵略战争的本质，日本侵略中国这场战争不仅给中国人民带来了灾难，而且也给日本人民带来了苦难。经过痛苦的思想转变，他决心组织起反对战争、呼唤和平，为尽快结束侵略战争而积极活动的一支特殊队伍，在反法西斯战争中起作用。

日本工农学校设施虽然简陋，但凡是来到这里的日战俘学员，通过学习教育，思想都发生了根本转变。

根据学员的文化程度和思想觉悟，学校教育分3个阶段：刚入校者，预科教育两个月，然后转入10个月的长训，学校根据学员的年龄、文化、入校时间的差异，编为A、B、C3个班级。文化程度比较高、思想表现较好的俘虏和基层反战盟员，由敌工部部长王文学主讲马克思主义经济学课程，他结合日本和中国的社会实际情况进行讲解，浅显易懂，重点通过马克思的剩余价值学说，揭露地主、资本家剥削农民、工人的秘密，使学员认识到自己是受日本财阀、军阀剥削压迫的最底层的工人、农民，处于社会底层，也认识到了日本帝国主义战争的非正义及侵略的本质。

梅田照文回忆说："王文学讲课时，是把高深的马克思主义经济学，用通俗易懂的语言逐字逐句地讲解。需要让学生记笔记的地方，他就说'记笔记啦'，于是反复重复这一段，然后又说'可以不记啦，注意听讲'，就开始讲解下一段内容。他给人的印象是令人难忘的：瘦瘦的身材，穿着灰色的军装，头发乌黑发亮。他讲课时，时常用食指轻轻地敲着额头，好像是在寻找浅显易懂的词句。"①

学员通过对政治经济学的学习，进一步提高了认识水平，使他们懂得了马克思主义政治经济学是通过对资本主义生产关系的深入剖析，揭示了资本主义社会经济运动规律，即资本主义生产关系产生、发展及其必然灭亡的历史规律。

梅田照文是日本学员中学得最好的，因工作的需要，他承担了新来的日本俘虏学员的课程教学工作，用日语讲解，教的是社会发展史或政治常识，让学员了解人类社会发展的一般规律。他根据何思敬和王文学的讲义，用日语向日本工农学员讲解封建社会、资本主义社会、帝国主义社会、社会主义社会4种社会形态，使得学员们比较容易理解。正如一个日本工农学员说："日本学校教的历史简直是哄小孩，灌输统治我们的谎言。讲什么神国呀，万世一系呀，大家讨论社会发展史，就把这些谎言给揭穿了。"②

由此，梅田照文光荣地成了一名日本俘虏教员。从战俘到教员，身份的转变本身就是活生生的教材，再加上用日语讲课，他深受学员的欢迎。

在教学过程中，日本工农学校更多地采纳课堂讨论的模式教学，

①杨文彬、殷占堂编著，《在华日人反战运动纪实》，解放军出版社，第231页。
②【日】香川孝志、前田光繁著，《八路军内日本兵》，解放军出版社，第33页。

学员们的讨论是很激烈的，讨论课中学员们争相发言。

由于日本帝国主义对侵华战争进行歪曲和欺骗宣传，一个新学员受日本军国主义教育甚深，他成了日本军国主义最狂热的拥护者。在他看来：他们国家的恶劣状况，局势动荡，人民吃不饱饭的状况要改变就得发动战争，他认为日本人一直致力于发动战争，是因为他们别无选择。

讨论课上他发言说："在我看来，一个军人没有战死，却当了俘虏，没能效忠天皇，是不光彩的事，我们不是背叛了国家，成叛徒了吗？"

他的发言引起众多学员们的骚动，窃窃私语。这时有一学员站起来高声发言说："我是静冈县人，是丸山部队的上等兵，半年前在寒村战斗中，我的右肩右腿受了重伤，八路军冲上来，长官丢弃了我，被俘虏了。八路军把我当兄弟，送医院治疗 3 个月，伤好后我参加了在华日本人反战组织觉醒联盟。我现在想说的是我们在八路军这边生活得很好，我们每人每月领 3 块钱津贴，相当于享受连级干部待遇，官兵平等，行动自由，精神愉快。有人可能会骂我们背叛了日本！错了，我们只是背叛了日本军阀、财阀，站在人民一边，打倒军阀，回国建立民主和平的新日本。这就是我想讲的心里话。"

他的发言震撼了学员，引起热烈的掌声。紧接着一个名叫小青松山发言说："我是日本大阪府松原市人，父母靠经营一个小杂货铺为生，节衣缩食供我上学，期望将来帮助父母经营扩大铺面。随着侵华战争的持久，日军战线的扩大，兵力消耗剧增，日本法西斯政府在国内大量征兵补充兵员。1942 年春天，我被强征入伍，被迫放弃了学业。经过武士道精神指导下的严酷军事训练后，我的灵魂被扭曲，善良的人性泯灭了，我渐渐变得骄横、残忍起来。把剖腹自尽、杀身成仁当作日本军人的武士道精神，被俘当作最大的耻辱。我就是这种思想，被编入陆军大阪十二师团开赴中国战场的。半年后，我由下等兵晋升为上等兵和机枪手，同时也由一个恋家孝子变成一个仇视其他民族，效忠天皇大日本帝国的军人。在一次'扫荡'八路军的战斗中受伤被俘了，我感到耻辱，准备自刎，但未成。俘房后我自杀未遂，八路军还给我疗伤。使我震惊的是，有一种强大的精神，那就是共产党八路军革命的人道主义精神。在解放区现实生活中我所看到的是：八路军官兵平等，首长和士兵关系融洽，而日军等级森严，长官动辄打士兵耳光；八路军英勇善战，自觉地为中华民族的生存而战，而日军厌战恐战，常以酗酒嫖妓来麻痹战争带来死亡的恐惧；共产党八路军优待俘虏，实行人道主义，而日军残酷虐待、杀害俘虏。两者相比，占据在我脑海中的武士道精神开始动摇以至崩溃了。到了延安，在日本工农学校的教育改造下，我被日本军国主义奴化训练扭曲了的灵魂和被泯灭的善良人性得到复活！"

说到这里，小青松山情绪激动，提出提前毕业参加八路军，他的要求引起其他学员的纷纷响应，也愿意加入八路军。讨论课学员们争着发言，都想把自己的感受说出来。

梅田照文老师总结说，这样的讨论课很好，更具有说服力，通过讨论，学员们应该明白：劳动者努力工作为何贫穷？什么是正义和非正义？为什么说日本军国主义奉行者是亚洲和日本人民的敌人？日本法西斯给人民带来些什么？怎样打倒法西斯？为什么说法西斯是短命的？等等问题。我们要用事实说话，从八路军和日本军的比较就能看出问题，能使我们明白帝国主义的侵略战争与民族解放战争的本质区别，看清日本法西斯欺骗和驱使了我们成为这场侵略战争的炮灰。我们不能为日本军国主义做牺牲品了……

梅田照文以身施教的讨论课，得到学员们的认可和好评，梅田照文也成为一名优秀的教员。

特邀为柔道教练

日本工农学校在延安已经家喻户晓，附近的抗大、陕北公学、陕甘宁边区政府机关等学员及八路军警卫队战士也经常来这里参加体育活动。长期的交往使日本学员已经融入了延安的社会生活中。陕甘宁边区政府八路军警卫队更是同日本工农学校的学员关系十分融洽。

一天，绥德籍的警卫队队长来到日本工农学校，他找到小老乡马凤武[1]，因为此时的马凤武是日本工农学校的八路军特派员，她年方二十来岁，别看她年轻，1933 年参加革命，1935 年 12 月就是一名正式的中国共产党党员了。见到老乡，马凤武十分高兴，问道："你来找我有什么事呢？"

警卫队队长说："我想让你协调一下，在工农学校请一名会柔道的日本学员做柔道教练，给我们警卫队战士教教柔道术。"

"好的，我可以找梅田照文老师说说你的想法。"马凤武爽快地答应了，接着她又补充道："我听学员们说，梅田照文老师在本国曾参加柔道比赛得过奖，就请他好了。"

两天后，梅田照文同警卫队队长相约见了面，警卫队队长提出学日本柔道，梅田照文说："连草垫子也没有，怎么教啊？"

八路军警卫队队长说："我们想办法自己制作，你们给我们当教练就行了。"

因为梅田照文当过柔道运动员，拿过第一名，1937 年春曾当过大阪府警察的柔道教师，所以答应了八路军警卫队队长的请求。

柔道诞生于日本，为日本人民所喜爱，它在日本开展得极其广泛，因此日本素有"柔道之国"的称号。

柔道，顾名思义就是"温柔的方式"，起源于日本武术的一种，即"柔术"，是日本武术中特有的一科，由柔术演变发展而来。但实际上柔道是一种对抗性很强的竞技运动，它强调选手对技巧掌握的娴熟程度，而非力量的对比。

因此说，柔道技术基本原理是"以柔克刚，刚中有柔，柔刚相济"。以柔克刚，即顺应对手之力另加以"以柔制胜"，但柔不一定能制刚，刚也不一定能制柔。刚柔相争，双方斗争的胜负寄托于推移变化运用之技巧。可以说，它是一种以摔法和地面技为主的格斗术。

---

[1]马凤武，陕西绥德县崔家湾人，生于 1918 年 12 月 29 日，1933 年 12 月入伍参加革命，1935 年入党。曾为日本工农学校特派员。

　　一个星期后，梅田照文带了两个也会柔道术的日本工农学员为助手，来到陕甘宁边区八路军警卫队营地。上了小山坡，宿营地大门口已经站了两行英武的警卫队战士夹道欢迎他们，警卫队队长走上前来同他们三人一一握手表示热烈欢迎，随后他们直接来到训练场地。这是一个露天的场地，靠墙挂着一块小黑板，平时是八路军警卫战士学习文化用的，今天就用它来先上一堂柔道术理论课。警卫队队长向战士们做了介绍，其实八路军警卫队战士都认识梅田照文，他的棒球打得很出色。

　　梅田照文在热烈的掌声中走到黑板前，向全体八路军警卫队战士深深地弯腰鞠了一躬，然后就切入正题说："请我来给大家当教练，我感到很荣幸。柔道虽源于日本，大家陌生并好奇，其实掌握了要领就不难了。柔道主要是双方需要近距离的接触，然后摔倒对手，即可获胜。"

　　梅田照文说："战士们都懂得散打，而散打则是可近可远的进攻，所以散打的运用范围更加广阔，从这点来说，散打要厉害一点，但是两种不同的武术，还是要因人而异，并不能一概而论。"

　　接下来梅田照文习惯性地在黑板上用粉笔写了一行字，因为是日本文字，警卫队战士们中国字都不识几个，何况是日本文字呢！看到战士们瞪着眼睛一脸懵相，他马上意识到了，于是说："对不起，我会说中国话，但不会写中国汉字，我口述大家仔细听，有笔记能力的可以记记。"

　　梅田照文说，现在说说柔道和散打的区别，柔道和散打有 3 个不同：

　　第一，内容不同。柔道是一种格斗术，它主要利用的是摔法和地面技，它重在娴熟的掌握技巧，而不是力量上的对比，它只要能将对手摔倒，就算成功。而散打，它是运用武术中的踢、打、摔等攻防两种都具有的技法来制服对方，散打没什么套路，只有单招和组合，并且是见招拆招。

　　第二，理念不同。柔道是一种以柔术为主的格斗流派，它的理念在于借力打力，以柔克刚，打斗过程中重视的是格斗的技巧，战斗的方式主要是以各种摔技、投技为主，从而给对方造成伤害。而散打与其恰恰相反，它的理念是以刚制刚，采用格挡、以攻对攻或以攻代防的方法，来攻击对方。

第三，实用不同。相对于柔道，散打更具有一定的实用性。不管是学习还是训练散打，对一个人的力量、耐力、柔韧、灵敏等素质都一定的发展，如果坚持散打的训练，可起到强筋骨、壮体魄的作用。而柔道也会有身体、技术、心理、战术上的训练，从而也能对运动员的心理、意志有所锻炼。因为两者的本质不同，所以没有什么高低之分，关键在于个人的练习。

讲完了理论课，就开始了实地现场教学。场地上先铺上厚厚的麦秆草，上面再铺上席子，就是训练垫子了。梅田照文同助手先给战士们做了示范，然后亲身教了起来。这时候一个刚刚入伍到八路军警卫队的陕北汉子憨笑着说："这不就是摔跤嘛！来和我比试比试。"

说话中脱掉上衣，露出虎背熊腰，臂膀结实的健壮肌体，摆开架势，目光斜视，轻蔑逼人。警卫队队长走上前对他说："二愣子，你要干什么？不得无礼！"

"跟他们练练！"他轻蔑地回答。

二愣子是战士们给他起的绰号，因他排行家中老二，壮实如牛，警卫队他的力气最大，有股子蛮劲，久而久之大家都友好地这样称呼他。梅田照文看得明白，笑着说："好的，我们正有机会互相切磋切磋！"

梅田照文示意学员助手山室先来比试一下。二愣子没有把眼前这个小个子放在眼里，犹如猛虎一般扑了过来，只见对方沉着冷静，机灵一闪，抓住二愣子腰带轻轻一个绊子，二愣子就重重地趴在地上，战士们"嗷"的一声歔呼，为二愣子惋惜。紧接着第二个回合开始了，战士们助威高喊："二愣子加油！加油！"

第二个回合二愣子又被摔得趴在草垫上，羞得满脸通红，爬起来向对方鞠躬认输。警卫队队长上前高声说："大家看到了吧！这就是我请来日本朋友给我们当教官的目的。"

警卫队战士们热烈地鼓掌深表欢迎。此后的一个月里，陕甘宁边区政府警卫队又多了一个训练项目——柔道术。

梅田照文回忆说："学员山室做我的助手，先教柔道的基本动作，教了摔、绊子等。柔道重一个'柔'字，防守比进攻更为重要，所以我们着重教了防守，因为没有柔道服，就穿着普通的衣服，上面系根绳子，代替腰带。大约教了一个多月，他们非常高兴。"①

日本工农学员邀聘为抗大日语教员

在延安二道街大东门有一所抗日军政大学，成立于1937年1月20日，原名中华苏维埃共和国西北抗日红军大学（简称"红大"）。毛泽东任"抗大"教育委员会主席。抗大的教育方针是：坚定正确的政治方向，艰苦朴素的工作作风，灵活机动的战略战术。毛泽东还亲自为抗大制定了"团结、紧张、严肃、活泼"的校训。

这里曾有一幢天主教堂，系英国传教士1914年所建，外观基本特征是高而直，其典型构图是一对高耸的尖塔，中间夹着中厅的山墙，在山墙檐头的栏杆、大门洞上设置了一列布有雕像的凹龛，把整个立面横向联系起来，在中央的栏杆和凹龛之间是象征天堂的圆形玫瑰窗。西立面作为教堂的入口，有3座门洞，门洞内都有几层线脚，线脚上刻着成串的圣像。所有墙体上均由垂直线条统贯，一切造型部位和装饰细部都以尖拱、尖券、尖顶为合成要素，所有的拱券都是尖尖的，所有门洞上的山花、凹龛上的华盖、扶壁上的脊边都是尖耸的，所有的塔、扶壁和墙垣上端都冠以直刺苍穹的小尖顶。教堂融希腊、罗马、哥特式建筑艺术于一炉，部分采用中国传统手法，可谓中西合璧。

这一切，都使整个教堂充满了一种超俗脱凡、腾跃迁升的动感

①【日】香川孝志、前田光繁著，《八路军内日本兵》，解放军出版社，第38页。

延安二道街中国抗日军政大学旧址

与气势，这种气势将基督教的"天国理想"表现得生动、具体，也显示出中世纪高超的建筑技术。

在古老的肤施城再没有什么建筑比得上它那样漂亮了，早些时候抗大的学员就在这里上课。然而，抗战爆发后，1938 年在日军的一次轰炸中教堂被毁。后来抗日军政大学，利用原有建筑材料盖起了砖石结构瓦房，成为上课的教室，中共首脑也常在这里给抗大学员们进行演讲。抗战时期，就是在这艰苦的环境里共培养了 10 多万名党政干部走向抗战前线。

随着抗战形势的发展，抗日军政大学开办了一个日语训练班，特意聘请了日本工农学校两名有文化的学员承担日语教学工作。

开班后第一期学员是 30 名，参训的学员多是前线选送来的八路军政工干部，他们虽然文化基础不一，但每个学员学习都十分认真，为了掌握口语，他们自觉地起早睡晚刻苦地朗读练习。从此在延河畔上、古城墙头，时常看到学员们看书的身影，也常常听到他们朗读日语的声音。

为了使学员尽可能快地掌握日语，日语教员森健提出了"课余生活日语化"的方法。除了课堂学习外，更多地采用和日本工农学校学员结成对子的学习方法，利用下午自由活动时间，被培训的八路军学员同日本工农学员一起搞些娱乐活动，如打羽毛球、篮球等体育活动。这样处在一起用日语交谈，收效很大，即使原来没有任何日语基础的同志，经过一年的学习都基本掌握了日语。

第一期培训班结业的时候，在抗大教学礼堂的大厅里举办了一次晚会。两盏汽灯挂在大厅中央，耀眼明亮。

日本工农学校部分学员和日语培训班学员早早地就到齐了。这晚，日本工农学校校长林哲也特意参加了晚会，并热情洋溢地致了辞。他说，抗大日语培训班第一期学员圆满毕业了，这是学员们的刻苦努力和教员敬业辅导的结果。你们从这里走向抗战前线将会起到重大作用……讲话引来热烈掌声。

接着就是节目表演，由抗大日语培训班学员全部用标准的日语演出了自己编排的话剧，赢得了参加晚会的领导及同志们不断的掌声和赞誉。

最后，日本工农学校的学员也表演了日本樱花舞蹈，晚会在快乐的气氛中结束……

交中国朋友

在距离日本工农学校不远的一个小山脚下，八路军总政治部内设的敌军工作部办起了一所敌军工作干部学校，是为培养将来对日工作干部的。因两校（即日本工农学校和敌工干部学校）为邻居，敌工干部学校的学员同日本工农学校的学员往来频繁密切，双方经常一同参加打球等比赛活动，久而久之加深了他们之间的友谊。

"敌工学校的学员和工农学校的学员，一对一建立朋友关系。不仅互相学习语言，而且互相学习对方国家人民的思想方法、感情、风俗习惯、生活方式等。"①

结对子的办法增强了对日本俘虏进行宣传教育的力度，日本工农学员与中国人更加亲近了。

有一天，敌工干部学校的主任江右书组织敌工干部学校学员同日本工农学校的学员进行篮球比赛，比赛结束后大家坐下来休息，江右书边擦汗边轻声哼着北原白秋《枸橘之花》这首著名的日本歌曲，家乡的民歌旋律多么亲切呀！日本学员马上围了过来，问："你怎么还会唱日本歌曲？"

"会呀！日本歌曲我会唱的很多。"江右书微笑着回答。

梅田照文闻声走过来说："你们可知道，江主任在日本留学多年，是个日本通呢！"

"你过奖了！"江右书回答。

梅田照文说："我是日本国民，还真不知道这首著名的歌。你教我们好吗？"

江右书爽快地答应了梅田照文的请求。于是在以后的几天里江右书一丝不苟地教会了他们这首《枸橘之花》歌。歌词大意是：枸橘之花盛开了，开出了雪白的花。枸橘之刺好痛呀！蓝蓝的，蓝蓝的针一般的刺……

于是这首歌在日本工农学校传唱开来，他们走着哼着。梅田照文回忆说："在延安蔚蓝的天空下，和中国友人一起合唱这支歌，回想那年轻时代的岁月，真是不胜感慨。"②

八路军总部对日本工农学员是优待的，生活费每月3元，同八路军连级干部津贴一样多。因而有的学员在星期天常常到离工农学校不远的农贸市场——新市场沟逛逛，买些日用品或进餐馆喝点小酒。

随着时间的推移，日本学员们都喜欢上了吃中餐，包子、饺子、都吃。由于伙食办得好，这些东洋人没有因生活而不安心。

---

①② 【日】香川孝志、前田光繁著，《八路军内日本兵》，解放军出版社，第43、44页。

梅田照文同敌军工作干部学校的学员王晓云结为朋友关系，是一组"对子"，时间长了王晓云也学会了日语，他们一起逛街散步。

就在风和日丽的一天，他俩过了南河上了南门坡，没进南门，而去逛农贸市场。这天遇集市，从南门坡到市场沟口不足两华里的马路上车水马龙，只见不远的交易市场人山人海，人声鼎沸。人群中大部分是乡下的庄稼人，因为这天是星期天，也有不少的机关公职人员和抗大、自然科学院、女子大学等各学校的师生。这里的老乡都称他们是洋学生。还有那些专程来赶集的小媳妇和大姑娘，穿红挂绿，显得格外耀眼。那些身穿新衣，头包羊肚子手巾，腰扎红布腰带的小伙子们，更显得英俊强悍。

新市场沟是延安的商贸中心，也是延安当时最繁华的地方。市场沟是两山之间的一道峡谷，一条窄窄的随地势上下缓坡的小街道穿行于谷底，全长也只有两华里多，几十米宽的小街道两旁都是各种杂货店铺。虽是小山沟，但每天商贾云集，是延安和外地商品交流的集散地。江南的丝绸，塞外的皮毛，西安的棉布，天津的日用百货，当地的农副产品应有尽有。

今逢集，市场沟里更是人头攒动，摩肩接踵，形成拥挤的人流。梅田照文和王晓云也随着如潮的人群，挤来挤去进了市场沟。王晓云指着前面一家挂着绥德羊杂碎系列招牌的饭馆说："咱们去吃点新鲜东西，今天我请客。"

于是走进了饭馆，店小二见是两个身穿八路军军服的长官，更加热情地招呼他们入座。

王晓云介绍说："这个小吃店，是陕北有名的绥德羊杂碎，朱德总司令都来这里吃过哩！"

梅田照文一听朱老总来这里吃过饭，来了兴趣。说话间只见店小二用油腻腻的木质盘端上颗煮熟的整羊头摆上桌，梅田照文一看这颗煮的龇牙咧嘴的熟羊头，连连摆手不敢下筷子，说："我们那里不吃羊头。"

王晓云见状，站起来在店小二耳边悄悄地说："他是日本朋友，不吃羊头，你就上一盘羊排吧！"

　　店小二哟呵着换上了羊排，他俩有滋有味地吃起来。这时从外面又进来一波食客，他们有说有笑，原来是工农学校的八路军特派员马凤武手牵着 3 岁女儿小兵华，同几个俘虏学员也来到这里品尝小吃。他们见王晓云和梅田照文在这儿用餐，惊喜地说："你俩也在这儿？！"

　　马凤武说："我是绥德人，这可是我家乡的特色小吃哟！"

　　梅田照文和王晓文站起来招呼说："大家快坐！快坐！我们一起吃吧！"

　　王晓云喊店小二再上两盘羊排。梅田照文招呼小兵花说："兵花，过来和叔叔坐在一起。"

　　小兵花顺从地坐在了梅田照文身边，没有认生。因为马凤武时常带她到日本工农学校玩，学员们都喜欢逗逗她，她爸爸姓华，是八路军干部，所以人们亲昵地叫她"小兵花"。

　　他们边吃边聊，也有学员讲起了他日本家乡的著名小吃，大家十分开心，像过节亲人们一块聚餐一样欢乐……

第八章

吴老同日本工农学员共同联欢

延安时期，中国共产党的领导人中有很多曾在日本留过学，除了吴老之外，在日本工农学校工作和任教的就有李初梨、赵博安、何思敬、王文学，以及敌军工作干部学校任教的江右书主任等。

1942年2月17日，是中国农历正月初三，延安的留日同学会特意在日本工农学校礼堂举办了一次联欢会。借此，日本工农学校的学员应邀全部参加。

刚刚过了春节，宝塔山下的日本工农学校年味正浓，学员们还沉浸在过节的气氛中，虽是中国节，但他们已经适应了这里的生活。

学校大门张灯结彩，礼堂门口挂着两个大灯笼，一片喜气。礼堂的桌面上摆着一盘盘瓜子、糖果，学员们早早地入座了，嗑着瓜子，嘴含糖果，十分高兴。

前来参加联欢会的人员陆续到场，当吴老、李初梨、赵博安、何思敬、王文学和江右书等走进礼堂时，学员们立刻起立鼓掌迎接。已经65岁的吴老是联欢会的主持人，他虽已两鬓斑白，长长的瘦脸留有稀疏的胡须，但温文尔雅，显得格外精神。

联欢会开始了，吴老首先一一介绍了来参加联欢会的延安的留日同学会成员，并做了热情洋溢的致辞。他说："值此春节的日子，我们来到日本工农学校欢聚一堂，目的就是想通过这样一次活动，表达对日本工农学员们的慰问；通过这样一个平台，给大家提供一个沟通了解、加深感情的机会；通过这样一种方式，让大家消除顾虑、释放往日的压力，解除困惑的羁绊，找回本真的自我……"

接着他回忆了 20 世纪初留学日本的经历，他对当时日本青少年受教育情况印象很深。学员们没想到眼前这位年过花甲的老人竟有这么高的学问，对日本的教育如此了解，不由得肃然起敬。

他对学员们介绍说："我亲身经历了甲午战争、戊戌变法、义和团运动、八国联军攻占北京等历史事件，深感清政府腐败无能。为追求救国真理，1903 年留学日本，在那里参加了孙中山组织的同盟会，读了一些马克思主义著作。回国后，参加了 1911 年的辛亥革命。坎坷的经历让我认识到只有共产党才能救中国。1925 年加入了中国共产党。"①

吴老还向工农学员们介绍了和他一起留学日本人士的爱国之举，他说："章士钊在日本创办了《甲寅》月刊。陈独秀是《甲寅》月刊的主编之一。李大钊当时在早稻田大学读书，经常向《甲寅》月刊投稿。那时日本盛行'脱亚入欧'，允许西方马克思主义著作在日本发行。因此，陈独秀和李大钊有机会在日本阅读了很多马克思主义的经典著作，思想趋向革命。他们回国后与中国工人运动相结合，创建了中国共产党。"②

吴老谈到在日本留学期间，接触过的许多日本人与中国留学生建立了兄弟般的友谊，产生了爱情，提供了援助。有些马克思主义理论还是从日本介绍到中国的……

日本工农学员们对吴老的回忆感到十分新奇，这些事情是他们过去所不知道的。学员们心情变得尤为激动，让他们没想到的是原来中国的马克思主义理论最早还是从日本学来的！

吴老博学识广，他的讲话让日本工农学员备受鼓舞，很是敬仰！

是的，吴老在延安德高望重，受到人们的敬重和爱戴。1940 年1 月 15 日，中共中央在延安中央大礼堂隆重庆祝吴玉章六十寿辰，毛泽东亲临并致祝词："一个人做点好事并不难，难的是一辈子做

①【日】香川孝志、前田光繁著，《八路军内日本兵》，解放军出版社，第 43 页。

②杨文彬、殷占堂编著，《在华日人反战运动纪实》，解放军出版社，第 18、19 页。

好事，不做坏事，一贯地有益于广大群众，一贯地有益于青年，一贯地有益于革命，艰苦奋斗几十年如一日，这才是最难最难的！我们的吴玉章同志就是这样一个几十年如一日的人！"

毛泽东号召全党学习他"对于革命的坚持性"……

吴老本名吴玉章，名永珊，号玉章。1878 年 12 月 30 日出生于四川省荣县双庙乡，父母早死，1896 年与游丙莲结婚。先后就读于乡塾，成都尊经书院，贡井旭川书院（自贡市旭川中学的前身）、泸州经纬学堂。1895 年开始接受维新思想。为了寻求革命出路，他于 1903 年东渡日本留学，入东京成城学校学习。

吴玉章在延安时期

在日本，吴玉章 1905 年参加了中国同盟会，后被选为中国同盟会评议部评议员。1907 年创办了《四川》杂志。1911 年吴玉章归国后回到四川领导了保路运动，并策动荣县独立。继之又发动内江起义，成立内江军政府。武昌起义后，他参加了中华民国临时政府的成立工作。1935 年 11 月，吴玉章受中国共产党的派遣去法国巴黎负责《救国报》工作。

1938 年 4 月，吴玉章回到中国。1939 年 11 月，吴玉章到延安参加民族抗战，被选为第一届国民参政会参政员，出任延安宪政促进会会长、鲁迅艺术学院院长、延安大学校长、边区政府文化委员会主任，以花甲之龄为国培养各类人才，被尊为延安五老之一。

在延安中共的大本营里，"革命五老"分别是徐特立、董必武、谢觉哉、吴玉章和林伯渠。延安的五老中其他四老都参加了长征，吴玉章虽没有参加红军和长征，南昌起义后，他去了苏联留学，但在党内他是德高望重的。

这次联欢会开得十分成功，学员代表森健（吉积清）也发了言，他说："过去我们受的是天皇主义、军国主义那套'皇道史观'教育，人们只知道崇拜天皇，对军国主义者唯命是听，不知道世界上

吴玉章和陈毅、毛泽东交谈

还有马克思主义和国际主义。通过在延安日本工农学校的学习教育，我们明白了：军国主义分子利用天皇逼迫国民参加战争，日本士兵和日本民众在天皇主义、军国主义的欺骗蒙蔽下被驱使参加了侵华战争。"

他的发言引来热烈掌声。吴老最后说："为了各位的进步与前途，我们将不惜一切予以援助和合作。正是这种友谊和坚强的团结，保证我们最后的胜利与繁荣。"①

联欢会上学员们表演了日本民间歌舞，整个会场洋溢出热情、和谐、鼓舞的气氛。联欢会在大家唱着北原白秋《枸橘之花》的歌声中结束，从学员们的眼神里看到了他们心中充满了坚强的信念。

吴老、李初梨、赵博安、何思敬、王文学和江右书等，同日本工农学员们一一握手问候道别。

①【日】香川孝志、前田光繁著，《八路军内日本兵》，解放军出版社，第47页。

第九章

森健（吉积清）当选为
陕甘宁边区参议会议员

　　一个日本战俘（日本工农学校学员）当选了陕甘宁边区第二届参议会议员，一下子成了延安的新闻，延安的《解放日报》也刊登了这一消息，当时在延安的外国记者也将这一消息传于国外。这不仅仅是日本工农学校教育日本俘虏的成就，而且是延安红色根据地政治生活中的一件大事。

　　这是延安时期中国共产党把陕甘宁边区作为中华民国国民政府时期实行民主政治的典范，是民主政治的产物。

　　陕甘宁边区参议会是抗日民主政治的重要组织形式，参议员通过边区民主选举而当选，是进行不分阶级、不分党派、不分宗教信仰、男女平等、民族平等的民主选举方式。

　　这一"新事物"的诞生，是中华民族全民抗战的客观需要。因而，抗战爆发后，随着抗日民族统一战线的建立，国共进行二次合作。中国共产党为团结抗日，经过与国民党政府多次谈判，将原陕甘宁革命根据地的苏维埃政府，改称为陕甘宁边区政府，1937 年 9 月 6 日正式成立，实行议会民主制度。边区辖有绥德、延安、关中、陇东、三边五大分区。林伯渠是第一任主席，高岗为副主席。边区首府就设立在肤施（延安），边区政府机关就建立在日本工农学校对面的凤凰山下，上下两排石窑洞，几间砖木结构瓦房，与日本工农学校、敌工干部学校隔河相望。

　　国共合作了，陕甘宁边区政府有了合法性，是国民党必须认可的抗日民主政权。1940年3月6日，毛泽东为中共中央起草的关于《抗日根据地的政权问题》的指示中，提出了抗日民主政权在人员构成上实行"三三制"。

三三制民主政权是中国共产党集体智慧的结晶，在中国的民主进程中，可谓是耳目一新。

民主政权之路，是中国民主化进程的一个"跬步"，成就了延安"拨云见雾"的政治新格局。而陕甘宁边区政府实际上就成了三三制政权建设的"试验田"。这一政权，是一种正确的政治策略：对内，可以争取团结一切抗日力量，聚合民心民力，尽抗日守土之责；对外，可以抵抗国民党政权，动摇其执政的合法性基础。

毛泽东非常赞同在抗日民主政权中实行三三制。1940年3月11日，毛泽东在延安高级干部会议上的报告提纲《目前抗日统一战线中的策略问题》指出："在抗日根据地内建立政权的问题上，必须确定这种政权是抗日民族统一战线的政权。在国民党统治区域，则还没有这种政权。这种政权，既是一切赞成抗日又赞成民主的人民的政权，又是几个革命阶级联合起来对于汉奸和反动派的民主专政。它是和地主资产阶级专政相区别的，也和严格的工农民主专政有一些区别。在政权的人员分配上，应该是：共产党员占三分之一，他们代表无产阶级和贫农；左派进步分子占三分之一，他们代表小资产阶级；中间分子及其他分子占三分之一，他们代表中等资产阶级和开明绅士。只有汉奸和反共分子才没有资格参加这种政权。"

《中国革命的延安之路》一书中是这样记述的：1940年4月4日，陕甘宁边区政府在关于"新区"行政工作的决定中指出："各级参议会与政府委员，必须包括各阶级、各抗日党派与无党派之成分，以符合各阶级、各党派、无党派之统一战线原则。"同时还硬性规定："无论任何一政党之党员所占议员或委员之总数不得超过三分之一。"

7月5日，毛泽东在纪念抗战三周年的文章《团结到底》中，又进一步强调，"一切共产党员须知：我们发起了抗日民族统一战线，我们必须坚持这个统一战线"。"在政权问题上，我们主张统一战线政权，既不赞成别的党派的一党专政，也不主张共产党的一党专政，而主张各党、各派各界、各军的联合专政，这即是统一战线政权。共产党员在敌人后方消灭敌伪政权建立抗日政权之时，应该采取我党中央所决定的三三制，不论政府人员中或民意机关中，共产党员只占三分之一，而使其他主张抗日民主的党派和无党派人士占三分之二。无论何人，只要不投降不反共，均可参加政府工作。"言简而情切，表明了共产党人实行三三制的决心和态度。

此后，陕甘宁边区中央局积极推进三三制民主政权建设。1941年，为了在边区实行普遍的选举活动，以建立起真正的模范的新民主主义政权，1月30日，边区中央局在《关于彻底实行三三制的选举运动给各级党委的指示》中指出："根据绥德、陇东、富县各地参议会的经验，认为边区自乡村起可以彻底地实行三三制。""将建立真正的新民主主义政权作为党的中心任务，要求将三三制政策不仅要实行于议会，还要实行于政府机关中。""在这次选举活动中，应仔细地有步骤地大胆地选举非党进步人士到政府机关为行政人员，虽然在数量上不应机械地凑足三分之二，但过去某些党包办式的办法，必须坚决地纠正。"这些指示将各阶级群众拥戴、政治上赞成抗战的非中共人士，吸纳到政府机关中来，发挥了其政府行政人员的作用。三三制让人民有了归属感、价值感。①

事实正是如此，陕甘宁边区有了这样让老百姓备受欢迎的新政权体制，这是前无古人后无来者千年之大变革。

1941年四五月间，延安的山山峁峁慢慢地泛绿，而桃花、梨花竞相开放，香气袭人，边区的农民早出晚归正忙于耕种，享受在没有战火硝烟的环境中。这时候整个陕甘宁边区正紧锣密鼓地筹备召开第二届参议会，参议会议员选举是分片划区进行的。

轰轰烈烈的民主选举运动犹如革命的号角，吹遍了边区每个村村落落。陕北大多数农民不识字，在"普遍、直接、平等、无记名、自由"的原则下，采用投豆豆、烧香洞等方式，参与了边区政府赋

---

① 王东方著，《中国革命的延安之路》，人民出版社。

予自己应有的政治选举权利。对中国农民来说这是几千年来哪有的事，可谓"破天荒"，许多很少出家门的小脚老太太，也骑着毛驴翻山越岭去参加选举，投上自己神圣的那一票。

肤施城区，日本工农学校、敌工干部学校、抗日军政大学、鲁迅艺术学院划为同一个选区，产生一名参议员。这一消息在日本工农学校传开，学员们高兴极了，没想到自己能以主人翁的热忱参与选举，得到了主人翁的尊严，人人沉浸在民主选举的浓厚氛围之中。

选举的那天，天公作美，天气晴朗，碧空万里，远眺凤凰山、宝塔山和清凉山，它们呈"品"字形巍峨矗立。在清凉山下东侧的飞机场设一个选举会场，有选举权的人们都集中在这里。为了选举，机场上搭起了临时彩棚台子，贴着宣传标语，气氛浓烈。

这一选区为文化教育片区，各学校的选民由本校候选人领头，迈着整齐的步伐，配合着乐队，喊着口号，自信地走进会场。

选举组委会规定，除了每一个候选人发表演说外，还要有一个人发表推举演说，候选人的演说为 20 分钟，推举演说规定为10 分钟。日本工农学校候选人森健（吉积清）的推举演说人是梅田照文老师（日本战俘，现为教员），并配备一名翻译，赵安博副校长任日语翻译。

主持人在台上宣布演讲开始，台下掌声雷动，每个学校的选民都在为自己的候选人鼓劲。轮到日本工农学校的森健演讲了，他穿着合身的八路军军服，站起来整了整衣冠走上讲台。他介绍了自己原来是一名铁路工人，1938 年 2 月在同蒲路被八路军俘虏，亲眼目睹了共产党八路军之作为，他们才是正义之师，老百姓的队伍。他说，来到延安日本工农学校，通过学习教育脱胎换骨了，在日本工农学校的教育改造下，被日本军国主义奴化训练扭曲的灵魂和善良人性得到复活，真正认识到日中两国人民共同的敌人是日本帝国主义。现在是一名日本反战人士，做日本人反战同盟的工作……

森健的演讲生动感人，就在几天前召开的东方各民族反法西斯代表大会上曾做了感人肺腑的发言说："日本帝国主义发动的这场野蛮侵华战争，是不符合日本人民利益的，我们在华日人反战同盟，站在大和民族的立场上，对大和民族的敌人——日本军阀，要给予痛击，直到彻底打败他们。这就是日本人民的根本意愿，也是日本人民正确的革命道路。我们全体反战同盟的同志都是忠诚的爱国主义者，我们热爱自己的国家——日本，热爱我们的大和民族，热爱我们的父老同胞。正是为了我们的祖国和人民，我们憎恨好战的日本法西斯军阀。我们要和东方各兄弟民族紧密团结起来，打倒我们共同的敌人——日本法西斯！"①

这一发言，既鼓舞了在华日人反战人士的人心，又引起延安社会各界很大的反响……

而今天的竞选演讲更是感人，他最后说："为了建设未来的民主的新日本，请你们给我们机会，学习边区立法机关的民主政治。"②

紧接着议员推举人梅田照文推举讲演，他说："如果边区参议员选出站在反战立场的日本人，这一消息必定将震动日本军队内的士兵。"③

他俩的演讲博得全场经久不息的掌声，这是尊重与信任的掌声。演讲完毕，选举结果出来了，鲁迅艺术学院院长周扬选票第一当选，日本工农学校学员森健（吉积清）选票第二位当选，取得了参议会议员的席位。

森健当选参议员，使宝塔山下的日本工农学校沸腾了，他们像过节日一样庆贺，在学校礼堂彻夜联欢，食堂准备了丰盛的菜肴美酒，不少人都喝醉了，他们高兴地说："日本俘虏，大难不死，还能当选红色政权的议员！我们的父母倘若知道了这件事，该有多高兴啊！"

日本俘虏能当选红色议员，在延安乃至国统区社会各方面引起不同的反响，特别是日本工农学员们，他们欢呼雀跃，认为政府里有了自己的代表，可以反映他们的利益，发表他们的声音。

是的，他们的代表实实在在地可以参与边区政府行使民主权利

①杨文彬、殷占堂编著，《在华日人反战运动纪实》，解放军出版社，第277页。
②③【日】香川孝志、前田光繁著，《八路军内日本兵》，解放军出版社，第70页。

121

了，这一愿望实现了……

1941 年 11 月的延安，已经是深秋，地上的小草由绿变黄，若铺上了黄地毯，树上的叶子黄了，一阵秋风吹来，一片片叶子像一只只彩蝶在空中翩翩起舞。山坳上枫叶红了，漫山红遍，仿佛燃烧的火焰，在风的呼唤中越来越旺。

深秋就这样悄悄地走来，带来了美丽的秋光美景，带来了丰硕的果实。

就在这硕果累累的季节，陕甘宁边区参议会第二届第一次会议 11 月 6 日在延安举行。听，锣鼓喧天，好热闹，边区大礼堂红旗飘飘，人头攒动，参加会议的代表们脸上露出了内心压抑不住的喜悦，有序地进入会场。

参加会议的议员们都坐在台下前几排，到会议员 219 人，其中共产党员 123 人，民主党派 25 人，无党派人士 61 人。

森健格外兴奋，正襟危坐在第一排，凝视着主席台，近距离亲耳聆听毛泽东主席在开幕会上发表演说：

"各位参议员先生，各位同志：

今天边区参议会开幕，是有重大意义的。参议会的目的，只有一个，就是要打倒日本帝国主义，建设新民主主义的中国，也就是革命的三民主义的中国。现在的中国不能有别的目的，只能有这个目的。因为现在我们的主要敌人不是国内的，而是日本和德意法西斯主义。现在苏联红军正在为苏联和全人类的命运奋斗，我们则在反对日本帝国主义。日本帝国主义还在继续侵略，它的目的是要灭亡中国。中国共产党的主张就是要团结全国一切抗日力量打倒日本帝国主义，要和全国一切抗日的党派、阶级、民族合作，只要不是汉奸，都要联合一致，共同奋斗。共产党的这种主张，是始终一致的。中国人民英勇抗战已有四年多，这个抗战是由国共两党的合作和各阶级各党派各民族的合作来支持的。但是还没有胜利，还要继续奋斗，还要使革命的三民主义见之实行，才能胜利。

为什么我们要实行革命的三民主义？因为孙中山先生的革命的三民主义，直到现在还没有在全中国实现。为什么我们现在不要求实行社会主义？社会主义当然是一个更好的制度，这个制度在苏联早已实行了，但是在今天的中国，还没有实行它的条件。陕甘宁边区所实行的是革命的三民主义。我们对于任何一个实际问题的解决，都没有超过革命的三民主义的范围。就目前来说，革命的三民主义中的民族主义，就是要打倒日本帝国主义；其民权主义和民生主义，就是要为全国一切抗日的人民谋利益，而不是只为一部分人谋利益。全国人民都要有人身自由的权利，参与政治的权利和保护财产的权利。全国人民都要有说话的机会，都要有衣穿、有饭吃、有事做、有书读，总之是要各得其所。中国社会是一个两头小中间大的社会，无产阶级和地主大资产阶级都只占少数，最广大的人民是农民、城市小资产阶级以及其他的中间阶级。任何政党的政策如果不顾到这些阶级的利益，如果这些阶级的人们不得其所，如果这些阶级的人们没有说话的权利，要想把国事弄好是不可能的。中国共产党提出的各项政策，都是为着团结一切抗日的人民，顾及一切抗日的阶级，而特别是顾及农民、城市小资产阶级以及其他中间阶级的。共产党提出的使各界人民都有说话机会、都有事做、都有饭吃的政策，是真正的革命三民主义的政策。在土地关系上，我们一方面实行减租减息，使农民有饭吃；另一方面又实行部分的交租交息，使地主也能过活。在劳资关系上，我们一方面扶助工人，使工人有工做，有饭吃；另一方面又实行发展实业的政策，使资本家也有利可图。所有这些，都是为了团结全国人民，合力抗日。这样的政策我们叫作新民主主义的政策。这是真正适合现在中国国情的政策；我们希望不但在陕甘宁边区实行，不但在敌后各抗日根据地实行，并且在全国也实行起来。

我们实行这种政策是有成绩的，是得到全国人民赞成的。但是也有缺点。一部分共产党员，还不善于同党外人士实行民主合作，还保存一种狭隘的关门主义或宗派主义的作风。他们还不明白共产党员有义务同抗日的党外人士合作，无权利排斥这些党外人士的道理。这就是要倾听人民群众的意见，要联系人民群众，而不要脱离人民群众的道理。《陕甘宁边区施政纲领》上有一条，规定共产党员应当同党外人士实行民主合作，不得一意孤行，把持包办，就是针对着这一部分还不明白党的政策的同志而说的。共产党员必须倾听党外人士的意见，给别人以说话的机会。别人说得对的，我们应该欢迎，并要跟别人的长处学习；别人说得不对，也应该让别人说完，然后慢慢加以解释。共产党员决不可自以为是，盛气凌人，以为自己是什么都好，别人是什么都不好；决不可把自己关在小房子里，自吹自擂，称王称霸。除了勾结日寇汉奸以及破坏抗战和团结的反动的顽固派，这些人当然没有说话的资格以外，其他任何人，都有说话的自由，即使说错了也是不要紧的。国事是国家的公事，不是一党一派的私事。因此，共产党员只有对党外人士实行民主合作的义务，而无排斥别人、垄断一切的权利。共产党是为民族、为人民谋利益的政党，它本身决无私利可图。它应该受人民的监督，而决不应该违背人民的意旨。它的党员应该站在民众之中，而决不应该站在民众之上。各位代表先生们，各位同志们，共产党的这个同党外人士实行民主合作的原则，是固定不移的，是永远不变的。只要社会上还有党存在，加入党的人总是少数，党外的人总是多数，所以党员总是要和党外的人合作，现在就应在参议会中好好实行起来。我想，我们共产党的参议员，在我们这样的政策下面，可以在参议会中受到很好的锻炼，克服自己的关门主义和宗派主义。我们不是一个自以为是的小宗派，我们一定要学会打开大门和党外人士实行民主合作的方法，我们一定要学会善于同别人商量问题。也许到今天还有这样的共产党员，他们说，如果要和别人合作，我们就不干了。但是我相信，这样的人是极少的。我向各位保证，我党绝大多数的党员是一定能够执行我党中央路线的。同时也要请各位党外同志了解我们的主张，了解共产党并不是一个只图私利的小宗派、小团体。不是的，共产党是真心实意想把国事办好的。但是我们的毛病还很多。我们不怕说出自己的毛病，我们一定要改正自己的毛病。我们要加强党内教育来清除这些毛病，我们还要经过和党外人士实行民主合作来清除这些毛病。这样的内外夹攻，才能把我们的毛病治好，才能把国事真正办得好起来。

毛泽东在陕甘宁边区第二届参议会上发表演讲

陕甘宁边区参议会议长高岗（中）、副议长谢觉哉（右）、安文钦合影

各位参议员先生不辞辛勤，来此开会，我很高兴地庆祝这个盛会，庆祝这个盛会的成功。"①

毛泽东主席的讲话引起会场掌声雷动，随后各民主党派人士议员、外国籍议员也发了言，其中森健先后分别用英语日语发言，由专人翻译，他的发言引得阵阵掌声。

这次大会还听取了边区政府工作报告和参议会常驻地的工作报告，通过了《陕甘宁边区政府施政纲领》和《陕甘宁边区政府保障人权财权条例》《陕甘宁边区土地租佃条例》《陕甘宁边区处理债务条例》《陕甘宁边区婚姻条例》《陕甘宁边区战时动员壮丁与牲口条例》《陕甘宁边区各级参议会选举条例》等。

大会审查了边区政府3年来的财政收支，通过了1942年度总概算书，并责成边区政府实行精兵简政政策，开源节流。大会最后以无记名投票方式，选举高岗为边区参议会议长，谢觉哉、安文钦为副议长，林伯渠等18人为边区政府委员，林伯渠、李鼎铭为边区政府正副主席。大会还选出了高等法院院长和9名常驻议员。常驻议员中，共产党人占3人；18名政府委员中，共产党人占6人。

会议开幕式结束后，1941年11月7日的《解放日报》头版头条发表了特讯，详细记述了开幕式的盛况，报道描述说：

———————————

①毛泽东，《毛泽东选集第三卷》，人民出版社。

1941 年，林伯渠（左二）、李鼎铭（左三）与陕甘宁边区二届一次参议会部分参议员合影

　　陕甘宁边区第二届参议会，昨日在延安开幕。出席者有正式参议员高岗、林伯渠、李丹生、安文钦、李鼎铭、贺连城、阿里阿军、巴素华、马国藩、那素滴勒盖、森健等一百九十三人，候补参议员十六人，政府首长到会者有林主席、高副主席、谢秘书长及各厅厅长等五十余人，来宾有第十八集团军朱总司令，军委会驻十八集团军高级联络参谋陈宏谟、周劲武、郭亚生三先生，晋西北行署续主任范亭，晋察冀、冀晋豫、胶东、鲁西、冀中、苏北等各敌后抗日根据地代表，各界来宾等五百余人。各参议员、政府首长、各界来宾准时络绎入场，会场周壁遍悬由各方送来祝贺大会开幕之联幛及边区三年来施政成绩之图表五百余幅，壮丽辉煌，琳琅满目，主席台上高悬孙中山先生大幅遗像及用大字标写的抗战建国纲领、陕甘宁边区施政纲领。各参议员来宾入场后，彼此见面，握手言欢，着

礼帽长袍之银髯豪绅，包头布留发辫的老年农民，着短服之工人士兵，蓄发髻的农村妇女，名流、学者，各民族、党派、阶级团体职业之人民参议员齐集一堂，态度诚恳，情绪热烈，会场内充满感奋的空气。振铃开会后，全场肃静中大会筹备会南汉宸同志报告到会参议员已过法定人数，当即请前届议长高岗同志宣布开会，立时乐音奏起缭绕全场，后唱国歌，向国旗及总理遗像行三鞠躬礼后，由谢参议员觉哉恭读总理遗嘱，并为抗战死难将士静默三分钟。静默毕由高议长致开幕词，首先申述国内外形势，指出这次参议会的主要任务在于团结全边区人民，坚持抗战，检查政府工作，确定今后施政方针，并选出新的政府。后林主席致词，朱总司令、陈联络参谋相继讲话。这时毛泽东同志乘车莅场，立时掌声雷动，会场空气更为振奋。毛泽东同志身着灰色军装入场后与全场参议员来宾颔首为礼，后被请登台讲话。毛泽东同志申述参议会开会之唯一目的，是为了打倒日本帝国主义，实行三民主义。共产党今天实行"三三制"，有义务与党外人士合作，无权利排斥党外人士，共产党员绝对不许一意孤行，把持包办，最后并希望各参议员一本"知无不言，言无不尽"的精神，提供意见，实行三民主义，打倒日本帝国主义。全场参议员兴奋倾听，约三十分钟始毕。后续范亭先生讲话，续范亭先生为老同盟会会员，矢志革命三十余年，语词恳挚，令人感动。后荷印籍参议员阿里阿罕、印度籍参议员巴素华、日籍参议员森健分别用英语日语讲话，由专人负责翻译。何思敬教授，文艺家萧军，绥德参议员安文钦，米脂参议员贺连城、赵亚农，女参议员路志亮，华侨参议员李介夫，工人参议员李平等先后就民主政治之意义及本届参议会之任务发表意见后宣告休会。①

　　森健（吉积清）的名字上了延安《解放日报》，这是莫大的荣光，日本工农学校的学员们围在一起争相读着这一新闻报道。

---

　　①陕甘宁边区红色记忆多媒体资源库。

第十章

日本工农学校学员在延安的政治活动

太平洋战争爆发日本工农学员的反应

1941 年 12 月初，在美国太平洋舰队主基地珍珠港以西约 200 海里，有一日本海军特遣舰队，司令长官是南云忠一，1939 年晋海军中将，为一线指挥官。他雄心勃勃，内心无限澎湃，身着笔挺的将军服趾高气扬地注视着眼前一列列有"红日"图案标识的备飞作战飞机，准备着发令。

舰队终于收到了自东京发来的无线电报："山川草木转荒凉，十里风腥新战场，征马不前人不语，金州城外立斜阳。"

这是空袭珍珠港的作战暗号，7 日清晨 5 时 10 分，南云忠一一声令下，第一拨攻击机群出发轰炸珍珠港，就此拉开了太平洋战争的序幕。

太平洋战争就这样爆发了。这一消息传到延安，日本工农学校的学员也在延安新华广播电台第一时间听到这一消息，日语播音员原清志温柔甜脆的声音他们太熟悉了。消息传来，一时轰动了校园，学员们心情愤慨。于是日人反战同盟延安支部在 13 日组织召开了声讨大会，反对日本法西斯在太平洋上的新的侵略战争。

会上反战同盟成员森健、梅田照文、中小路静男义愤填膺地发了言，声讨日本法西斯的又一罪恶行径，一致呼吁太平洋爱好和平正义国家人民必须团结起来,将人类的共同敌人——日本法西斯蒂,埋葬于太平洋中。

声讨大会通过了《反对日本法西斯侵略太平洋战争宣言》[①]，宣言说：

战争已经爆发了，日本法西斯为了达到其南进的野心，便采取不宣而战的故技，袭击英美的军事据点，太平洋上的大屠杀便从此展开。

这个战争正像他们自己所说：是日中战争的必然归结。这是日本法西斯蒂匪徒，为了弥补其对中国侵略战争的失败，响应德意帮凶而开始的强盗战争。

这是日本法西斯蒂匪徒，假借"圣战"之名，而使日本人民更加陷于涂炭，并使其呻吟于血腥的镇压之下，而进行战争。这是在"建设新秩序"的名义之下，而企图置太平洋，不，企图置全世界人民于日、德、意法西斯杀人魔王的刀枪之下而进行的战争。

我们反战同盟，作为一个真正的日本人民和全世界劳苦群众的一员，郑重宣言：我们要坚决反对这个不正义的战争到底，我们要和英、美、苏、中以及全东亚人民，全世界反法西斯人士共同携手为消灭日本以及一切法西斯强盗而斗争。

日本的劳苦同胞们！希望你们也和我们共同奋起，为反对战争，打倒暴虐的战争政府、建立自由和平的人民政府而斗争！

日本的士兵同胞们！我们要为反对法西斯军部，从战略地区撤兵，回到怀念的故乡而斗争！

现在已经有二十二个国家宣言要打倒日本及一切法西斯匪徒。全世界已经结成坚固的反法西斯统一战线，全世界十分之九的人士，都是我们的战友。法西斯蒂已经孤立起来了。胜利一定是我们的。

打倒全人类死敌日本法西斯军部！

全世界反法西斯统一战线万岁！

最后胜利属于正义的战士！

一九四一年十二月十三日
在华日人反战同盟延安支部

[①]【日】小林清著，《一个"日本八路"的自述》，解放军出版社，第114~116页。

大会气氛严肃而紧张，日本工农学员和反战同盟成员个个义愤填膺。太平洋战争爆发这一铁的事实使日本工农学员们更加看清了日本财阀、军阀政府军国主义的真实面目。

大会是在唱着"反侵略进行曲"中结束……

此后的几天里，日本工农学员和反战同盟成员积极投入到各种反战活动中。

日本工农学校建校一周年纪念

1942 年 5 月 16 日，初夏的嘉陵山麓一片翠绿，宝塔山窝窝里的日本工农学校处在节日的气氛中，原来今天是日本工农学校建校一周年的纪念日，相邻的敌工干部学校的学员被邀请也来参加这一纪念活动，两校的学员除了不在一块上课外，自由活动及体育活动经常在一起，学员之间关系密切。

大会在《国际歌》中开始，日本工农学校副校长赵安博做了报告，总结了工农学校建校一年来，日本工农学员思想进步的情况，一些学员受到点名表扬。八路军总政治部敌工部部长王学文讲了话，他肯定了工农学员一年来的思想革命和政治进步的成绩，特别强调了日本工农学校办学的重要意义。

这一天，朱德总司令也在百忙中赶到会场参加了纪念会，他的到来更加增添了纪念日的热烈气氛。日本工农学员对这位八路军总司令是很熟悉的，因为他很关心工农学校，经常抽出时间到学校视察工作，大到思想教育情况，小到生活起居，如伙食如何等。

朱德总司令在讲话中说，"日本军队在华北很害怕'日本反战同盟'，这说明反战组织为中国人民的抗日战争做出了大贡献，敌人越害怕，证明我们反战同盟的工作越有成绩。"他指出："日本同志还应该从中国革命的斗争实践中，认识到武装斗争对日本革命的重要性。希望大家除了从书本上学习革命理论外，更需学习革命工作的实际经验。尤其是认真吸取八路军十多年来革命斗争的宝贵历史经验和教训，准备在不久将来，创立日本的八路军，为争取日本劳动人民的自由和解放，坚持不懈地继续进行政治斗争和武装斗争。"①

朱德总司令满怀信心地说，太平洋战争爆发以来，全世界反法西斯力量正逐渐增强，全世界爱好和平人民的正义事业一定会最后取得胜利！

讲话使每个在场的人倍受鼓舞。森健代表反战同盟致了答谢词。答谢词是森健用日语宣读的，热情而激昂，引起工农学员们经久不息的掌声，因为他说出了大家的心里话，是共同的心声。

大会还宣读了给毛泽东主席、朱总司令及八路军全体将士的致敬书，表达了学员们一年来接受教育后对共产党八路军的感激之情：

敬爱的毛主席、朱总司令暨八路军全体将士们：

当我校开学一周年纪念的今天，我们日本工农学校全体学生谨以十二万分的喜悦和感谢，向你们致以亲切的敬礼。

回想去年五月十五日的开学典礼上，我们对着使我们再生的恩人、八路军及其领导者伟大的中国共产党致以谢意时，曾经这样宣誓过：我们愿意尽我们所有的力量掌握革命理论，为打倒日本帝国主义而斗争。

转眼已经一年了，我们自那天起踏上了新生的第一步，在你们正确的领导和爱护之下，我们找到了新的希望和光明。

我们直到今天，仍坚守着那天的誓言，然而我们还没有完全掌握革命理论，今后还需要更大的努力。

目前正是世界大转变的前夜。我们再重新宣誓：一定努力向着我们的目标前进。我们的学业，虽然尚未完成，但若有必要，无论何时，我们都愿意在你们的领导之下，和中国兄弟在一起向着共同敌人进行坚决的斗争。

最后敬祝你们的健康，并请对我们多多指导和帮助。

日本工农学校全体学生

①【日】小林清著，《一个"日本八路"的自述》，解放军出版社，第119页。

　　纪念会结束后，朱总司令在赵博安副校长的陪同下又亲自巡查了工农学员的食宿情况。走进宿舍看到被褥叠得四四方方，窑洞收拾得干净利落，查看了伙食菜单，午、晚餐每天都是四菜一汤，他露出了满意的微笑。

　　最后日本工农学员棒球队特为朱总司令表演了棒球比赛。

在华日本共产主义者同盟延安成立

　　晋察鲁豫抗日前线反"扫荡"取得阶段性胜利，战场上被俘的日本士兵越来越多了，陆续被送到延安日本工农学校进行再教育。通过学习，他们彻底认清了日本侵华战争的非正义性及其反动本质。

　　随着反战斗争的需要，要有一个组织来领导，经过林哲校长的精心策划筹备，在延安日本工农学校举行了"在华日本共产主义者同盟"成立大会。

　　就在建校庆祝活动一个月后的 1942 年 6 月 23 日，天气炎热，进入盛夏的延安被烈日烤得人都透不过气来。然而处在宝塔山一侧绿荫中的日本工农学校倒不怎么热，也许是学校坡底一条哗啦啦流过的小河起到了小气候的调节作用，热流悄悄溜走了……

　　会场就设在工农学校的院子里，搭建了一个临时主席台，布置得简朴而庄严。主席台正面悬挂着马克思、恩格斯、列宁、斯大林、毛泽东、片山潜（日本共产党创始人）巨幅画像，并挂有在华日本共产主义者同盟的盟旗，两旁摆着学员们从宝塔山上采集来的一束束鲜艳的各色野花，红的、紫的、粉的、黄的，招来了纷飞的蝴蝶，给会场带来了几分生机气息。

　　隆重而热烈的大会开始了，由林哲校长主持，他 1940 年随周恩来秘密到延安后，因革命工作的需要，日本共产党共产国际代表的身份一直没有公开，还是以工农学校校长的名义作为大会主持人，八路军总司令朱德，总政治部代表李初梨（后为日本工农学校副校长）也亲临会场，在主席台就座。工农学校学员们身着八路军军服，整齐地坐在台下。

林哲做大会主题报告，讲了成立"日本在华共产主义者同盟"的重大意义及作用，以及组织职能。并强调说，"同盟"的成立，对日本的共产主义革命运动是有历史意义的，希望盟员努力工作，克服困难，积极促进日本国内的共产主义运动。

接下来，李初梨也代表八路军总政治部致辞，对在华日本共产主义者同盟的成立表示热烈祝贺。紧接着，会场全体盟员起立，由先进的反战骨干森健带领大家高声朗读"入盟誓词"：

我志愿加入在华日本共产主义者同盟，在日本及中国民众面前，做如下宣誓：

一、为同盟之目的，同盟之利益，贡献我的一生，永不背叛；

二、绝对服从同盟的纪律、决议、命令，严守秘密；

三、加紧学习，自我锻炼、日常生活各方面，均须为他人之模范。

会上杉本一夫宣读了大会给毛泽东的一封致敬信，全文说[①]：

中国共产党委员会及毛泽东同志：

我们仅以满腔的喜悦向你报告，在华日本共产主义者同盟于今天下午正式成立了。

我们中的大多数，在过去都曾是日本军队的士兵，都曾有过反动的思想。但是，我们在中国共产党所领导的八路军的教育感召下，在短短的不到四年的时间里，我们的人生观和世界观已发生了根本的变化，我们不仅知道了现在日本统治阶级对中国所发动的战争是非正义的侵略战争，而且坚决相信为要永远消灭这样的战争，为要使日本的劳动大众从野蛮的天皇制与资本主义的剥削下解放出来，就非得踏着中国共产党和日本共产党的道路——伟大的列宁、斯大林的道路前进不可，并决心为此而贡献自己的一切！在这里，我们深深感到，凡有这样决心和信念的同志，应该好好地团结起来，形成一个坚强的组织，因此，就产生了本同盟。我们将在同盟内努力

①杨文彬、殷占堂编著，《在华日人反战运动纪实》，解放军出版社，第24、25页。

掌握马恩列斯的理论，学习中国共产党和日本共产党的斗争经验，努力锻炼自己，准备迎接未来的斗争。我们过去都没有革命斗争的实际经验，我们在理论上都很幼稚，然而我们不灰心，因为我们是处在中共中央领导下的抗日根据地，这里对于我们的学习和锻炼能给予最好的机会与便利，特别是我们能够得到你的直接领导。今天，当我们向着共产主义的大道踏上新的一步的时候，深切感谢你们过去对我们所表现的崇高的国际主义援助精神，并希望你们今后给予更多的指导和帮助。

此致

敬礼！

在华日本共产主义者同盟

朱德听了杉本一夫给毛泽东主席的致敬信，十分高兴，带头鼓掌，最后他在贺词中说："同志们来延安时间不长，但进步很快。今天在华日本共产主义者同盟成立，我们衷心表示祝贺，现在这个同盟组织规模还不大，人数很少，但必将有惊人的发展，同志们必须利用今天有利的环境，加强学习马列主义，准备将来在日本国内为日本的共产主义做出巨大贡献。希望同志们不屈不挠奋斗到

日本反战同盟华北联合会　　　　冀辽热军区建立日本反战同盟支部

底。"①

大会开得热烈而成功，日本工农学校的学员们兴奋不已，在高亢的《国际歌》中结束。

会后安排了一场篮球比赛，在宝塔山脚下一侧的河滩里，由日本工农学校修缮的篮球场，聚满了看比赛的工农学校学员和敌工干部培训学校的学员。比赛开始了，朱德总司令也作为队员上阵了，别看他五十开外了，健步如飞，他与杉本一夫是搭档，配合得十分默契，投球投得很准，赢得全场观众阵阵喝彩……

杉本一夫后来回忆说，他是日本战俘中唯一同八路军总司令朱德打过篮球的人。

翌日，当毛泽东收到在华日本共产主义者同盟成立大会的致敬信后，马上给林哲同志回复了祝贺信②：

林哲同志：

今天看了在华日本共产主义者同盟创立的消息，我跟同盟诸同志的心情一样，非常高兴。同盟致信于我，我十分感谢。华北日本士兵代表大会也即将召开，我真诚地祝贺大会圆满成功！正如大山同志所说："在华北几十万日本兄弟，必能响应大会的号召，起来反对日本法西斯侵略者，与中国人民一道，为打倒共同敌人而奋斗。"所有同盟及大会的革命活动，都是在你领导之下的，中国共产党完全同意你及一切日本革命同志的革命活动，我们将尽一切可能援助你们，请以此意告诉同盟诸同志。

敬致
中日两国人民团结奋斗的敬礼！

毛泽东
一九四二年六月二十五日

---

①②杨文彬、殷占堂编著，《在华日人反战运动纪实》，解放军出版社，第26、27页。

华中日本反战同盟

由于林哲在延安工作的身份一直是秘密的，所以日本反战同盟的成员认为他们的工作是在中国共产党、八路军领导之下的，毛泽东在同盟成立大会给他的致敬信里敏锐地觉察到了，因而给林哲的回信里公开明确地指出，"所有同盟及大会的革命活动，都是在你领导之下的"，请以此意告诉同盟诸同志。

毛泽东的回函，林哲十分感动，且备受鼓舞……

在华日本共产主义者同盟在延安的创立是一件大事，延安《解放日报》也在毛泽东回复致敬信的当天发表社论，祝贺共产主义同盟的成立，社论评论说：

本月二十三日，日本同志在延安创立了"在华日本共产主义者同盟"。

创立这个同盟和将来要参加的同志，大多数都是曾在日本军队内受过反动的武士道精神的教育，把今天日本帝国主义的侵略战争误认为"圣战"的日本士兵们。这些士兵被我八路军俘虏，在延安日本工农学校或在前线受了一年到四年的教育，他们的人生观与世界观起了变化，他们相信共产主义，并决心终身为此目的奋斗到底，因此，产生了这个同盟。

这表示了什么呢？第一，表示了我中共与八路军俘虏政策的正确性。第二，表示了日本武士道精神教育的力量，对于日本劳动者，并不是那样顽强的东西。参加同盟的，在八路军的平均年月是两年，这绝不是很长的时间。在这较短的时间内，他们竟能把枪口转向曾经奉之若神明的日本天皇和那些将军们。这不但说明了共产主义思想的威力和胜利，而且对我们的敌军工作，给了极大的教训与信心。

这个同盟，正如其盟约所规定并不是共产党的准备组织，目前同盟的中心任务是以共产主义的教育与锻炼在华日本人中间，创造真正的布尔什维克。同时，同盟将努力对在华的日本人进行共产主义思想的宣传工作，并要成为日本同志正在进行着的各种活动，如敌军工作、日本人反战同盟学校等活动的推进力。将来同盟会更进一步发展到积极推动日本国内的革命运动。

这些事情，对于在日本的法西斯恐怖之下与国外断绝了关系，孤军奋斗的日本共产党将有很大的帮助。同时，对我们抗日战争也同样是很大的支援，帮助我们的对敌工作，获得了新的可靠的力量。

这个同盟的组织，起先还只在延安成立，其次是在晋西南，不久这个同盟的组织就会扩大到晋察冀或其他华北各地去，这样一来，同盟对于日本帝国主义，就将成为不可忽视的威胁。

但是同盟的组织，今天只是刚刚诞生，盟员的大部分过去都没有革命运动的经验，并且马恩列斯的理论也还不够。这些弱点，将在他们今后拼命学习与反战斗争的实践中被克服。但这样是不够的，我中共对同盟如兄弟，积极援助，是绝对必要的，这也是我们国际的义务。

同盟盟员一致说："我是在战场上死过一次被八路军救活转来的，这条命要贡献给反战与日本的革命。"这种决心对于革命者是头等必要的条件。在这种决心的基础之上，我们对于在华日本共产主义者同盟的将来，可以寄予更多的期待和信任。①

　　延安《解放日报》的社论一时在日本工农学员中竞相传阅，鼓舞了他们反法西斯的斗志。数百字的评说，给予了"同盟组织"充分肯定并表示支持，高度指出了同盟成立具有重大的意义：

　　一、同盟的成立，证明了中国共产党、八路军对待战俘政策的正确。

　　二、日军的武士道精神教育，对于日本劳动者来说，并不具有长期的决定作用，这些盟员到达延安平均不到两年时间，受到马克思主义教育后，就从根本上改变了人生观和世界观，将枪口转向他们曾奉若神明的天皇和军阀们。

　　三、同盟的成立，对于处在残酷法西斯恐怖下、与国外断绝了联系、孤军奋斗的日本国内共产党来说是很强大的援助，对中国人民抗日战争有极大的帮助。

　　延安成立的"在华日本共产主义者同盟"影响巨大，在全国抗日根据地普遍传开了。当华北、华中等抗日根据地得到延安成立了"在华日本共产主义者同盟"消息后，也积极响应，先后成立了日本反战同盟支部。反战斗争的目标就更加明确了……

---

　　①小林清著，《在中国的土地上》，解放军出版社，第166、167、168页。

第十一章

延安日本反战活动开启了
反战斗争的新局面

延安的活动

1942 年 8 月的陕北气候炎热，有半个月没下雨了，有时候从南边天际飘来重重黑云，乌云翻滚，电闪雷鸣，眼看是要下大雨了，然而狂风大作卷起尘沙飞掠而过，不一会儿，又风过天晴。

真是好雨知时节。说来也巧，8 月 15 日陕甘宁边区礼堂准备召开大会，就在 8 月 14 日夜晚，延安猛猛地下了一场暴雨，昔日温顺的南河一下子形成洪流冲断了宝塔山脚下简易木桥，洪水席卷河槽里的朽木烂草翻滚着流进延河。

翌日天气又放晴了，南河恢复了往日的平静，凤凰山麓被大雨洗涤后，树林葱翠，微风吹过，带来丝丝凉爽，使连日来的炎热稍稍退去，没有几天前那么酷热了。

雨后路上行人多了起来，都在各忙各的营生。而市场沟一侧的陕甘宁边区大礼堂外貌被暴雨洗刷得干干净净，从外观看，它的大门是由 5 个宽大的拱廊，中西结合构造，美观大方。这里又热闹非凡，即将召开"日本反战团体和在华北反战日本士兵"大会。

为什么要召开这样的大会呢？因为，这是随着抗战形势的发展的需要，在中国的抗日战场上，日军的战斗力和士气开始衰落了，与此同时，被八路军俘虏的日本士兵人数增多了。不仅仅在战斗中，日军俘虏增加了，而且，因不堪忍受日军内部痛苦生活也自动向八路军投诚的士兵多了起来。因而，各地相继成立了以他们为主的日本反战团体。如早在 1939 年 10 月，晋东南根据地杉本一夫领导的"觉醒联盟"就是华北地区第一个反战团体。

由于华北抗日前线护送来到延安日本工农学校学习的日本士兵（俘虏）学员越来越多，其间已达百余人。到了 1940 年延安以及华北各地也先后成立了反战同盟支部，在延安森健（吉积清）当选为延安支部部长，并发布了延安支部成立宣言：

"我们做了八路军的俘虏后，八路军不但不以敌人相待，反而把我们视为自己的兄弟。这段时间我们的所见所闻，让我们认清了'圣战'真正目的。所谓'圣战'的宣言都是谎言。日本士兵为什么而打仗？人民为什么受难？为什么现在日本的百姓生活陷入悲惨和贫穷的地狱？我们的尸体扔在异国的山野，我们忍受酷暑严寒、忍受伤病折磨，不停地日夜恶战苦斗，我们究竟得到了些什么？国内的人民大众又得到了些什么？庞大的军费开支、物价高涨、中小工商业的破产、劳动环境的恶化、农村的荒废和受压迫、自由民主被剥夺，这就是发动战争让日本民众所得到的结果。再看另一面，财阀发大财、军阀独裁统治，不就是在'圣战'的幌子下进行的罪恶勾当吗？"[1]

宣言掷地有声，彻底揭穿了日本军国主义所谓的"圣战"真面目。

为了形成更强大的反战力量，以统一各团体，反战同盟延安支部号召，召开华北反战团体大会和在华北反战日本士兵大会，因仅在华北各地就有 8 个反战团体分散活动。故此，筹备召集了各地派代表到延安参加这次会议。

这次大会由林哲亲自领导，大山光义具体协助组织实施。参加大会的边区政府代表和数百名八路军已经到了边区大礼堂，从华北来到延安的日本反战团体代表及住在延安的印度、荷兰、朝鲜等外国人士、记者也来到会场。

8 月 15 日，雨过天晴。头天夜里的一场大雨，使得气温降了许多，不再酷热了，日本工农学校的全体学员涉过被洪水冲刷过的河滩，

---

[1] 杨文彬、殷占堂编著，《在华日人反战运动纪实》，解放军出版社，第 270～271 页。

排着整齐的队伍，身着八路军戎装有序地进入礼堂。

会场座无虚席，主席台正中央悬挂着中共中央赠送的大旌旗和反战同盟的旗帜，中央挂着日本共产党片山潜同志的肖像。周边挂满了八路军、边区政府、民间团体赠送的旌旗。

大会由林哲主持，森健致开幕词说："今天召开的大会，是为了统一华北日人反战力量，与日本军部进行新的斗争。今天我们在此开会，已经预示了日本军部的崩溃，能给大家带来巨大的鼓舞。"①

紧接着他又报告了大会筹备的经过，然后选出 10 人组成士兵大会主席团。他们是中小路静夫、高木敏男、小林武夫、松本敏夫、中川秋男、大山光义、浅井悦夫、山田义次、后藤光昭、龟泽山郎。

同时还选出了名义主席团。他们是斯大林、季米特洛夫、莫洛托夫、铁木幸哥、马尔替、台尔曼、乔治、罗斯福、丘吉尔、蒋介石、毛泽东、朱德、彭德怀、王稼祥、林彪、贺龙、刘伯承、陈毅、刘少奇、林伯渠、高岗、鹿地亘、市川正义、林哲。

接下来特邀贵宾八路军总部朱德总司令在一片热烈掌声中走上主席台向大会致辞。

他说："反法西斯的日本人民大众和士兵是我们亲密的朋友，是创建亚洲今后和平幸福的朋友。你们要团结几百万日本士兵，以反对我们的共同敌人——日本军部。"②

参加大会的还有共产党中共中央大员吴老——吴玉章老先生。他在致辞中说："今天日本的革命家在延安召开这个大会，我祝贺你们反战活动的开展。现在日本的问题并不限于日本一国，他和全世界反法西斯各国有着共同的利害关系。因此，你们的胜利就是我们的胜利，我们的胜利也是你们的胜利。"③

一个是八路军最高首长，一个为中共中央大员，他俩的讲话使参会的日本反战朋友们精神上受到莫大的鼓舞，心灵得到震撼。大会开的气氛热烈，边区政府代表高自立热情洋溢地致辞说，日本朋

---

①②③【日】香川孝志、前田光繁著，《八路军内日本兵》，解放军出版社，第 53、54 页。

友们，中国得到解放，日本人民才会解放，日本军阀被打倒之后，大家才能回到家里去，享受幸福。

是的，台下坐着日本工农学校数百名学员，他们都是在前线被俘的士兵，有幸活了下来，又有谁会不想回家呢？尽管日本军部将伪造的死亡通知及骨灰送回了家乡，父母亲人以为他们战死，家里供奉起了亡灵牌位……

来到延安受到教育，共产党八路军把他们当兄弟看待，通过学习认清了日本财阀、军阀发动侵华战争的反动本质。

国民政府军委会驻延安联络参谋周励武发言说："正是全世界反侵略火热的时候，日本同志此时在延安开会，有着很大的意义。"

最后，延安的国际友人代表也发表了祝贺词，同时号召为反法西斯的侵略战争我们紧密团结起来，共同奋斗！

会议开了4天，8月16日也是会议进行的第二天，会议中心转入具体讨论并制定"日本士兵要求书"这个重要议题，大礼堂里有上千名八路军指战员、政府和民间代表及外国朋友参加旁听。会议还是由林哲主持，大山光义对大会的目的以及士兵要求书提案做了说明，然后进行讨论。

士兵要求的基本方针是：①

1.所提要求应该是日本士兵的痛切要求；

2.但是，不管是多么痛切的要求（如性的要求等），决不能削弱士兵的斗争力量。正当的要求可以激起军队内的阶级斗争（士兵对上级军官的斗争）。

3.要进一步唤起士兵大众（穿军装的工人和农民）和军队外的大众起来共同斗争。

4.为达到此目的，应该尽量利用合法的手段，不做任何解释，士兵就可以了解，并且有可能实现。

拟定出十四项士兵要求：②

---

①杨文彬、殷占堂编著，《在华日人反战运动纪实》，解放军出版社，第287~289页。

②杨文彬、殷占堂编著，《在华日人反战运动纪实》，解放军出版社，第288~289页。

延安日反战同盟人员学习

1. 关于给养方面；2. 关于军纪、教育和私刑方面；3. 关于书信和外出方面；4. 关于读书、集合和政治方面；5. 关于军事行动方面；6. 关于伤病员方面；7. 关于下士官的要求；8. 关于下级军官的要求；9. 关于军属的要求；10. 关于在乡军人；11. 关于兵役制度和入伍方面；12. 关于职业和生活保证方面；13. 关于出征士兵家属方面；14. 对国库的要求。

会上通过制定了《日本士兵要求书》，这是瓦解日本军队的有力武器。除了上述内容外，还通过了《华北日本士兵代表大会章程》①：

第一条：本大会的成员是由驻华北被俘日本士兵及下士官（也包括下级军官、军属）组成，大会的目的是拥护和提高日本军队内外的士兵及下士官的人权和利益。

第二条：本大会的最高决议机关是华北代表大会。大会常任委员会认为必要时可以召集会议。

赞成本大会要旨的全体日本士兵和下士官均可代表其所在部队出席大会。

①【日】香川孝志、前田光繁著，《八路军内日本兵》解放军出版社，第56页。

第三条：大会常务委员会负责处理大会闭幕期间的日常事务。

第四条：本大会可以在华北各地召开地方士兵代表大会。

根据这一规章，选出了大会常务委员会：议长为大山光义，委员有中小路静夫、茂田江纯、高木敏男、重田唯好、松木敏夫、谷川直行。8月19日最后一天，大会在热烈的掌声和《国际歌》歌声中闭幕。

会议通过了《抗议日本军部暴行宣言》，将发给反战同盟人员，广泛地向各地日军宣传。

各地反战活动展开

延安"日本反战团体和在华北反战日本士兵"大会的召开，鼓舞了在华日反战士兵的志气，开启了反战斗争的新局面。

1943年3月晋冀鲁豫根据地积极响应演的号召，在晋东南一二九师八路军前线总司令部驻地麻田镇召开反战大会。30多名反战同盟成员（日本士兵俘虏）出席会议，刘伯承司令员致了辞。他说："延安的在华反战日本士兵大会意义重大，向在华日人反战斗争提供了经验。今天，我们在这里召开反战大会，就是让反战同盟的日本士兵们，走向前线对日本士兵做宣传：认清自己是被日本财阀、军阀利用的战争牺牲品；分清谁是我们的朋友，谁是我们的敌人，用国际反法西斯统一战线的政策，反对日本法西斯侵略者，打倒共同的敌人——日本帝国主义。"

刘伯承的讲话，令日本士兵（俘虏）倍受鼓舞，增强了晋东南反战同盟的工作。

在冀鲁豫地区也召开了士兵大会，朱德总司令和彭德怀副总司令十分重视，并亲书贺帐"日本人解放之灯塔"一副。"大会选举出松田英男为晋冀鲁豫日本士兵代表大会分会会长，田村为副会长，山田一郎、吉田太郎、秋山良照、水野靖夫、度边等七人为执行委员。"[1]

---

①杨文彬、殷占堂编著，《在华日人反战运动纪实》，解放军出版社，第293页。

日本俘虏参加新四军

　　同时，在华中新四军的根据地，成立了苏中支部、苏北支部，在安徽成立了淮北支部、淮南支部等，以及华中地方协议会。

　　于是在华日本反战人士反战斗争在华北、华中广泛展开，各地的日本反战同盟组织，在延安的林哲指导下，在八路军、新四军支持下，根据当地的实际情况，展开了轰轰烈烈的瓦解日军据点士兵的活动。在延安日本工农学校学习毕业的学员，纷纷奔赴前线和八路军一起活动，对日进行宣传工作。主要方法：一是散发传单和送慰问袋；二是打电话或用话筒喊话。

　　传单的内容是鼓动有正义感的日本士兵认清战争的真相，起来反对日本军阀，反对法西斯侵略战争。

　　传单《告日本士兵书》[1]晓之以理、动之以情地表述说：

　　亲爱的战友们：

　　我们和各位一样，都是日本士兵，我们中间有的是逃出可恶的军队，有的是自己在战斗中当了俘虏，不得已而来到八路军的。

_____

① 【日】小林清著，《一个"日本八路"的自述》，解放军出版社，第126页。

现在我们在八路军内，不但没有被当作敌人，却被当作国际朋友般的对待。我们过着自由的、快乐的日子。八路军是我们日本兵的真正朋友。

战友们，像你们所知道的，不论在内地是怎样一个独立的男子汉，但到了军队以后便不值一文钱。一切都借口于命令、军纪，强制你执行。人比步枪、马匹更不值钱，尤其是战争延长，实行现地教育后，日本军队就更加局促可厌了。长官的横暴比敌人的袭击更可怕。我们士兵的生活不自由，所有的士兵都愿意生活得更像人一些。即使在军队内，我们的自由也应该广泛些，过得稍微好一些、舒服随便一些的生活。这种情绪，虽嘴上不说，却是每个人的心里都有的……

受委屈的战友们，请你们想想，我们日本士兵和人民在这场战争中得到的是什么？是血和泪的海洋！是军费、公债、税务！是贫穷和死亡！除此之外，还得到些什么呢？

但是，为什么我们非要忍受这样的痛苦和不自由不可呢？究竟是为了什么？

这都是为了战争的缘故，如果没有战争，当然不会有这样的事！

本来，假使这个战争是真正的正义战争，是真正为了东亚民族解放战争，那么我们就有忍受任何不自由和艰难的决心。但是现在军部所进行的战争，究竟是不是这样的战争呢？

1937年7月7日，日中战争爆发后，军部向国民说这个战争是自卫行动。但是，战争到了今天，日本军队占领了比日本本国还要大得多的中国领土，杀戮了千百万无辜的中国人民。军部和财阀的野心昭然若揭，连三岁的小孩都明白是谁在这场战争中发了财，升了官。"日支共存共荣"也好，"大东亚共荣圈"也好，不过是军部和财阀们为了掩盖其真实目的作为借口而已，而我们劳苦人民和士兵们却付出了血、泪、生命，付出了巨大的牺牲和代价。

战友们，当你们明白了战争的真相，就勇敢地起来反对这场不正义的、使中日两国人民受苦受难的战争吧！

请你们来八路军参加真正站在日本人民立场上的反战同盟吧！

我们永远等着你们！

在华日人反战同盟

据点里的日本士兵，读了这些以情入理的传单，琢磨里面讲的一些道理，慢慢地被吸引住了，因为传单说的都是日本人自己的切身事情。后来，偷偷跑出据点投靠八路军的越来越多……

据反战人士杉本一夫回忆说，八路军发动的"百团大战"给华北日军以沉重打击。他参加了关家垴战斗，就在这次战斗中，对日本士兵进行了火线喊话……

那是1940年10月，已进入深秋的晋东南天气已经冷了起来，人们还没有换上冬装，早晚凉意寒人。根据地形势紧张，日军出动大批兵力展开秋季大"扫荡"，采取惨无人道的烧光、杀光、抢光的"三光"政策，所到之处房倒屋塌一片灰烬，看不到一个人、一头牛。幸存的妇孺老人们见到八路军，跪倒在地号啕大哭不起来求他们报仇雪恨。

10月下旬，机会来了，八路军一二九师的385旅和386旅、直属队和迫击炮队，还有平汉纵队（原属国民党军一个地方部队和八路军合并）把日军三十六师百武部队、冈崎大队1000多人包围在山西东南方向武乡县城东的一个小庄子关家垴。

战斗打响了，十分激烈，敌方伤亡惨重，我方伤亡也重大。罗瑞卿焦急地在指挥所接通直接指挥的刘伯承将军和邓小平政委汇报说："师长，激战两天了，敌人退到了一个山岗，依靠农家的土坯房子为屏障顽固抵抗。无法突破包围圈的敌人调来了战斗机对我方阵地疯狂扫射轰炸，我方阵地树木很少，目标裸露伤亡很大。"

刘伯承师长在电话中说："想尽一切办法，一定要啃下这块硬骨头！"

邓小平政委从刘伯承手中接过电话说："罗瑞卿同志，你身边不是有个日本反战友人吗？可以发挥他的作用嘛！"

邓政委的提醒，罗瑞卿拍击了一下脑门喊道："我咋不记得了！"

他放下电话喊道："警卫员，请杉本一夫！"

杉本一夫就在指挥所，听到首长喊他，马上回答："到，请首长下命令吧！"

罗瑞卿说："现在正用到你了，快去平汉纵队，那里需要你。"

警卫连的两名战士护送杉本一夫越过一条沟，绕过几个山峁，穿过一片灌木丛，来到平汉纵队司令部，纵队司令范子侠正低头看着地图。

"报告首长，杉本一夫前来报到，有什么任务请吩咐！"杉本一夫行了个标准军礼。

范子侠将军抬起头说："来得正好，你是日本人需要你火线喊话，号召日本士兵投降。"

"可以吗？"他补充道，"保证完成任务！"杉本一夫斩钉截铁地回答了。

范子侠向杉本一夫简单地谈了一下战斗情况，便说："我带你到前沿阵地去！"

话音落地，站起来提了支德式冲锋枪就走。纵队参谋长急了拦他说："范司令你是指挥员不能去，我带他去。"

此时的范子侠，把参谋长的话全当耳边风，头也没回就冲出指挥所，警卫员和杉本一夫紧紧随后。

范子侠司令拿着望远镜在前沿阵地观察，同敌人相隔也只不过二三百米，子弹嗖嗖地不断从耳边飞过。

杉本一夫在回忆文章描述说："飞机扔完炸弹之后就飞走了。我方的迫击炮开始集中攻击，整个战场硝烟弥漫，气味难闻，不一会儿日军飞机又出现了，这边也用机枪和步枪射击。眼看着一名排级干部刚站起来，立即又倒了下去。根本无法喊话，不得不推迟到晚上……"

夜晚日本飞机不来了，枪声也停止了，身经百战的老兵都心里明白，这是开战前的间隙寂静，马上就有一场恶战。在黑暗中，我八路军部队活跃起来，做政治动员，重新组织部队要进行最后攻击。一二九师385旅乘着夜色悄悄地通过山谷，慢慢靠近山岗敌人阵地，利用山岗上每一层相隔一米到一米五的梯田做掩护，隐蔽在那里。

午夜，突然敌人胡乱地开枪，似乎发现了什么，从枪声判断离隐蔽点也不过50米。枪声停止了，杉本一夫开始用自制的话筒喊话：
"日本士兵们！现在八路军停止了射击，你们也不要打枪，听我讲
话。我是日本人，本来是你们的同伴。现在，我在八路军内，但我
是地地道道的日本人。在八路军内，原来的日本兵成立了觉醒联盟，
目的是早日结束战争，尽量多挽救一个日本士兵的生命。你们现在
被八路军四面包围，逃不出去了。你们坚持到现在，已经尽了军人
的职责，继续顽抗是没有用的，唯一的办法是放下武器停止战斗。
八路军不杀害俘虏，我本人就是一个证明，你们不要上长官的当，
你们放心过来吧！八路军保证你们的名誉和生命安全。"①

　　这股日军很顽固，话音未落，机关枪就扫射过来，并听到叽哩
哇啦的喊声。

　　警卫战士问："他们说的是什么？"

　　杉本一夫说："日军长官在喊：这是谋略，不要上当，开枪，
打！"

　　枪声停了，杉本一夫又重复了喊话，敌人再没有打枪，看来日
本兵在注意听。

日本反战联盟成员阵前喊话

① 【日】香川孝志、前田光繁著，《八路军内日本兵》，解放军出版社，第
150、151页。

不久号声吹响，八路军总攻开始，突击队爆破组在炮火的掩护下冲向山岗，刹那间日军阵地堡垒浓烟滚滚，敌人阵地被攻破，枪声、喊声逐渐消失了……

这次战斗日军冈崎大队长战死，捉到的俘虏后来送到野战政治部，名叫近松的日本兵对杉本一夫说："你在火线上的喊话，日本兵很注意听，有的说你是日本人，有的说你是朝鲜人，今天见到你真的是日本人。"

后来，近松成为勇敢的反战战士，他曾单身进入日军据点，劝说日军解除武装……

山东反战同盟的反战活动也十分活跃，于1943年7月召开了山东在华日人反战同盟代表大会和在华日军士兵代表大会。

这次大会讨论通过了《致伪军书》，反战盟员首先对伪治安军、伪警备队发起了政治攻势策反，将油印书散发各据点。

反战盟员以自身经历对伪军实施攻心术，在《致伪军书》中陈述说：

伪治安军、省县警备队的士兵们：

我们对于日本军队对你们的暴行，怀着极大的愤慨。"下贱的奴才"，这是日本军官强迫我们这样叫的，并且说："中国人是天生的鄙蠢笨猪，假使你不骂他，不打他，他是不会干活的。"军官们还说，"支那人在表面上看是嘻嘻哈哈的，其实是非常狡猾的，所以不论他们怎样装好，皇军都是不能相信的。"他们还说，"这些贪金钱的奴才，除用金钱收买外，还要有武力压迫。"这样就造成了日本军队打骂你们治安军、警备队的现象。有些不觉醒的日本兵，打骂你们治安军、警备军之后，还得意扬扬地说："我们是长官的奴才，治安军、警备队是我们的奴才。"

日本军队发给你们县警备队一些弹药，你们很高兴，似乎"皇军"已信任你们。日本军队长官暗里偷笑着说："县警备队很高兴！这正是死的预兆，下次讨伐让他们当前锋部队！"

后来在日本军队中流传着一个给县警备队的诨号——咱们的钢

冀中反战同盟为瓦解日军，墙上写的"八路军绝对不杀俘虏"日文标语

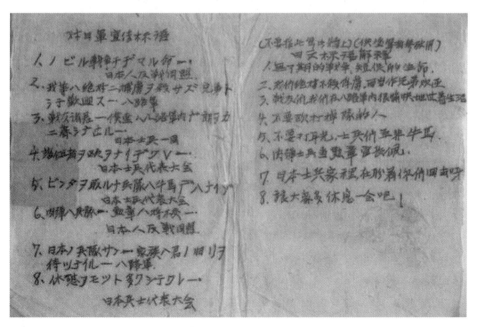

反战同盟对日宣传标语

盔。就这样唆使着中国人屠杀中国人。"讨伐"后开追悼会时，日本军官在台上表扬你们某治安军、警备队如何壮烈，如何值得做"标榜"。但会后却又向日本军队讲，只有这样恩威并施，才能使他们出力，实际他们还不是一路人，下次就要表扬今天到会人们了。

我们日本士兵同病相怜，爱惜着可怜的被奴役的中国人，有时你们还要做皇军的宣传工具，不论"占领品"或"匪品"，皇军命令强迫你们抢掠、奸淫以后，又把你们的几个治安军在老百姓面前斩首示众。显示"皇军"是大仁大义的。

你们饱受日军压迫的郏县警备队，去年七月间预谋哗变，反抗日本中队，因事机不密，全被解除武装，押赴城外。二十九人用绳捆绑，被一小队全副武装的日军包围着，多氏指挥官挺起胸脯，圆瞪鼠眼，拿出战刀命令士兵，把警备队当靶子练习刺杀！当时稍有犹豫的某班长，被指挥官砍了一刀，殷殷见血，于是士兵们被迫展开了惨绝人性的以人当靶子的屠杀演习。当时那种悲惨的哀叫，飞溅的鲜血，真使我们毛骨悚然，热泪盈盈，背转了面孔，再不忍看这人间悲剧了。这是"中日亲善"呢？还是"东亚共存"呢？所谓圣战的真面目不是已经很明白了吗？！

另一次，日军与警备队一同出发"扫荡"，在一个村落中，日军被八路军包围，炸弹、子弹像雨点般地落下来，这时，中队长决心牺牲全部警备队，掩护中队安全突围。于是他命令警备队集中全部力量，向八路军主力方向突击，中队长却领着日军妄图向北仓皇逃走，但又被八路军阻回，于是又命令警备队为前锋，向前冲去，日军随后突围。警备队如有退却，日军就架好机枪扫射。警备队只好冒险突围，伤亡惨重。这难道不明白"皇军"为什么给你们发枪支、弹药吗？

如上所述的例子，举不胜举。总之，日本军阀是没有把你们治安军、警备队当人看待，他们是以极低的代价来实现"以华治华"的目的。"削减华军，使皇军兵力甚感不足，故建设县警备队，是皇军当务之急。"这是独立混成旅团向上级报告的内容。条件是"绝对服从皇军，节衣缩食，逐渐使之远离家乡，必要时调往南洋战场"。

这说明日本军部之所以采取一切欺骗手段，都不过是要把你们变成"替死鬼""开路先锋"来完成战争的手段罢了。

今天我们彻底了解了侵略者的罪恶，你们不要为法西斯卖命，要和八路军站在一起去消灭这场侵略战争。我们诚恳地呼吁：你们要赶快回头呀！①……

《致伪军书》如重磅炸弹在日伪军营开花。他们明白了真相，有谁愿意继续当汉奸呢？受够气的伪军和警备队，纷纷投诚，有的甚至调转了枪口……

---

① 【日】小林清著，《一个"日本八路"的自述》，解放军出版社，第180~183页。

第十二章
诺尔曼·白求恩似的日本军医

在晋察冀八路军抗日根据地，诺尔曼·白求恩的名字家喻户晓，这时期同样一个日本军医也在晋鲁豫八路军根据地的名气很大，称为太行名医。他是 1939 年 7 月 31 日，被八路军在山东梁山战斗中俘虏的日本军医，名叫山田一郎，被俘后改名为佐藤猛夫。

一个东京帝国大学医学部毕业的日军高级军医，如果没有战争，前途是无量的，可惜的是日本军国主义挑起了侵华战争，使他卷入了这场非正义的侵略战争旋涡之中。

他经历了一段从俘虏到日共中央顾问转变之路，从日本战俘到八路军的特殊心路历程。

故事可以这样说起，山田一郎是日本横滨人。横滨是仅次于东京的日本第二大城市，位于日本关东地方南部，东临东京湾，南与横须贺等城市毗连，北接川崎市。拥有日本国内仅次于东京都区部的人口数，也是最多人口的市级行政区，市内有位于东京湾西岸的横滨港，被视为是东京的外港，沿岸设有大量的港埠设施与伴生的工业与仓储产业，是日本东西方交流的重要城市。

横滨市属于柯本气候分类法下的副热带湿润气候，一年四季温差较大，但日夜温差却不大，位于沿海地方，面向太平洋，雨量集中在春季及秋季，冬天大多数时间放晴，不易看见积雪，气候宜人。它是日本第一个开港的城市，有迷人的海景，就像东京的后花园一样，没有东京那么繁华，却也安逸自得。

1910 年，山田一郎就出生在这样一个美丽城市的富有家庭，被称为富家子弟。

20 世纪初，日本流行传染的结核病，由于几位亲人都死于无法治愈的肺结核疾病，受其影响，山田一部从小立志学医，做一名医生。

功夫不负有心人，23 岁的山田一郎终于以优异的成绩考上了东京帝大医学部。4 年后学业已成的山田一郎有幸到东京同爱会医院当了一名主治医生，圆了救死扶伤的梦。一年后同一个漂亮女子结婚，家庭幸福美满，事业上也是一帆风顺。但是，一纸"征兵召集令"打碎了他的幸福美梦。

那时的他同样从小受的是天皇主义和军国主义教育，形成了效忠天皇，为帝国效命的人生观，扔下娇妻，就入伍了。经过新兵集训，山田一郎升为中尉军医，服役于入侵中国的部队中，1939 年 5 月漂洋过海来到中国山东汶上县城。

顽固俘虏的醒悟

刚到中国两月有余，山田一郎就随同日军大队讨伐抗日八路军。由于八路军面对的是武装到牙齿的日军，采取的是游击战术：敌进我退，敌驻我扰，敌疲我打，敌退我追。所以日军所到之处，村村扑空，连八路军的影子也没见到。

一天下午，疲惫的日军赶到一个村庄准备宿营，没想到八路军343 旅在这里布下了口袋阵，正等着日军往里钻，大队日军一进伏击圈，霎时，轻重武器万弹齐发，手榴弹如同雨点般地落到敌群，日军猝不及防，死伤惨重。此时的山田一郎懵了，缩在一个墙角，突然一颗手榴弹落在不远处，嗤嗤冒烟，旁边一个卫生兵抓起就要甩出，可惜慢了一秒手中爆炸，炸得血肉模糊倒下。一个军医亲眼目睹自己的同胞惨死，他恐惧了，找机会逃脱。

枪声渐渐稀少，日军惨败，混乱中山田一郎逃了出来，向汶上县城方向奔去，一口气跑了七八里路程，心想总算捡了一条命，准备休息片刻，再逃回日本军营，可惜晚了！

杨文彬《在华日人反战运动纪实》中描述说："山田一郎跑了

不远，3个扛扁担的青年农民又挡住了他的去路。山田一郎装着镇定的模样走上前去，用谁也听不懂的中日混合语，恳求青年给点水喝。3个青年见山田一郎是个日本鬼子，举起扁担劈头盖脸打了过去。山田一郎一躲，顺手抱住一个青年。那青年顺势朝山田一郎的胳膊狠狠地咬了一口，疼得山田一郎跳了起来。紧接着第二个青年的扁担又打了过来，山田一郎头一偏，'嘭'的一声，重重砸在他的右肩膀上，疼得哇哇大叫，还没回过神来，第三个青年的扁担又重重砸在山田一郎的脑袋上，两眼直冒金星，一头栽倒在地昏了过去。梁山泊农夫3扁担俘虏了一个日本兵，在当地群众中一时传为佳话。"[1]

山田一郎就是这样被俘的。一个中尉军医官，没被八路军抓住，却被农夫俘虏，山田一郎觉得这是最大耻辱。他同被俘的十几名日本官兵集中到一个大院子里，个个垂头丧气，面无血色，一副副绝望的神色，等待八路军的处罚，因为他们受日本军部的宣传蛊惑：说八路军杀俘虏。

这时候，一个中等个子的八路军，腰间挂着带皮套的手枪，身后跟着几个随员，走进大院，猜他就是八路军长官，这位长官端详着面前灰头灰脑的俘虏，微笑地说："你们放下了武器，就成了我们的朋友。你们放心，八路军不杀害俘虏，好好地养伤吧！愿意回原部队的，可以放你们回去。愿意参加八路军的，我们欢迎。有什么不方便的事，可以提出来，我们尽量满足。"[2]

一位年轻的八路军女战士用日语流利地翻译了首长的话，并介绍说，刚才讲话的人是我们冀鲁豫军区首长杨勇将军。俘虏们听了不知是感动还是敬畏，肃然起敬，不约而同鼓起掌来了。

山田一郎没有鼓掌，受日本军国主义极深，在他以为：武士道精神是日本军人的高贵品德，你们要杀就杀，不杀我总是要逃回日军的。因而，山田一郎日谋夜算伺机逃脱。

---

[1][2]杨文彬、殷占堂编著，《在华日人反战运动纪实》，解放军出版社，第135、136页。

为躲避日军"扫荡"，八路军化整为零，疏散在湖泊的一个小岛上，偶遇连日风雨大作，阴雨连绵，山田一郎看到机会来了，同其他6名俘虏乘哨兵熟睡之际逃跑了。

由于地形不熟，在芦苇荡里深一脚浅一脚地瞎撞，疲惫不堪，饥肠辘辘，天亮后还是被八路军抓回。本想这次抓住肯定是死定了，没想到不但没有严惩，反而给他们做了好吃的饭菜，并有热水澡洗，而八路军自己吃的却是野菜粗窝头。

敌工部的干部讲，八路军优待俘虏，不杀！你们跑是没用的，即使跑回去也会受到日本军部的惩罚——剖腹谢罪。他们还讲了很多道理，讲日本侵略中国是非正义的战争，责任在于日本军部，你们蒙受了日本军国主义教育的欺骗。

日本名牌大学毕业的高级军医山田一郎，毕竟文化水平高，明白了以前从来没有听说过的道理。他想："如果没有这场战争，我何必在新婚蜜月被征兵来到中国送死呢？八路军对俘虏这么好，为什么军部却宣传八路军杀人如麻呢？中国人又没有去打日本，日军为什么要来中国打仗呢……"①

山田一郎已经开始反思这些问题了。不久，根据实际情况，山田一郎被送到八路军后方，来到河南北部涉县王堡村八路军一二九师政治部驻地。在这里山田一郎认识了八路军敌工科科长张香山和日本"觉醒联盟"的负责人杉本一夫。

张香山懂日语，对山田一郎说："觉醒联盟的同志参加八路军比较早，你们可以交谈交谈。我们这里有一些日文书籍，希望你静下心来读一点书，你的视野会大大的开阔。在生活上有什么困难，可以提出来，我们尽可能想办法解决。"

杉本一夫热情欢迎又一个日本同胞来到"觉醒联盟"学习。山田一郎跟盟员一起学习讨论，心情好多了，情绪逐渐稳定，自由地和日本同胞交流思想，感到欣慰。

在这里认真阅读了日文版《贫乏物语》《辩证法唯物论》和小

---

① 杨文彬、殷占堂编著，《在华日人反战运动纪实》，解放军出版社，第138页。

林多喜二的《蟹工船》，河上肇的《日本历史读书》等著作，思想认识改变了。从此，山田一郎遇到人生转折点，走上了"背叛帝国"的反法西斯道路。步入人生的转折点。

新生活的开始

1940年5月，山田一郎离开"觉醒联盟"，来到了山西武乡县一个偏僻的山区羊角村，这里是八路军在晋东南的后方医院，他重操旧业，不过这次不是服务侵略者，而是服务于反侵略的八路军，开始了救死扶伤的革命人道主义工作。

野战医院所处的羊角村，是在一条深山沟里，很隐蔽，条件虽然十分简陋，都是新建的土坯房屋，但墙壁用白石灰粉刷得很干净，全院仅有一台显微镜，手术室和药房都在土坯屋子里，院长宿办合一，在一个旧庙里。

山田一郎的到来使八路军野战医院院长十分高兴，紧紧握住山田一郎的手自我介绍说："我姓钱，你就称呼我老钱好了。"山田一郎看到钱院长没有一点官架子，说话和蔼可亲，使他精神感觉轻松了许多。钱院长对山田一郎说，从今天起，你就是八路军的高级医生了，在政治上开始了你的新生命。你的到来我们是保密的，为了安全，你改一下名字为好，山田一郎想了想说，那我就叫佐藤猛夫吧！

钱院长为山田一郎的到来专门开了一个欢迎大会，没有宽阔的广场，就设在一个小山坡上的树林子里，豫北的5月天，苍山葱翠，已经是一片绿色，参加欢迎会的医护人员和轻伤员席地而坐，也觉得十分惬意。

钱院长说："今天我们在这个小山上召开个大会，欢迎日本东京帝大医学部毕业的高级军医佐藤猛夫同志，这是一件大喜事啊！我们山沟沟里的土医院医务人员都是没有上过大学的工农同志。医术水平不够高，前线送来不少重伤员，我们正愁着缺乏高水平医生呢，今天老天爷赐给了我们一位高级军医，这是伤员同志们的一个福音啊！"①

院长话音刚落，坐在土坡上的伤员起立热烈鼓掌表示欢迎，不言而喻，有了这样高超医术的军医，除了可以减少病痛外，还能避免不必要的截肢手术，对于重伤员来说真是福音！

佐藤猛夫在羊角村野战医院的几个月里，救活了很多八路军重伤员，伤兵痊愈后又上了战场。

不久，日军开始了对太行抗日根据地残酷的夏季大"扫荡"，野战医院成了日军"扫荡"的主要目标。所以，医院不得不从晋东南武乡县羊角村转移到了豫北武安县青塔村，青塔村虽说是在深山区里，但却是战火纷飞的抗日前线，危机随时会发生。

一天，正当佐藤猛夫为一个重伤员做手术时，突然接到火速撤离的命令，手术不完哪能撤呢？这是医生的职责。为了保护佐藤猛夫的安全，院长说："伤口缝合我来替你做，你先撤吧！"

佐藤猛夫回答："我的病人，我是主治大夫，必须由我来完成，你先撤吧！"

佐藤猛夫一丝不苟的敬业精神，使院长十分敬佩。

抗日前线不断有伤员送来治疗，只要是重伤员，都是佐藤猛夫亲手治疗，他主动放弃了自己的休息时间，不分昼夜地拼命工作。他说："每治好一个伤员，就感到为中国人民做了一件实事。"

每当一位八路军伤员痊愈出院走上前线，佐藤猛夫脸上露出欣慰的微笑。然而，他因劳累过度倒下了，不慎传染上了伤寒病，卧床不起。顶梁柱倒了，急坏了院长和医院所有医护人员。消息传到了一二九师总部，刘伯承专程快马扬鞭来到青塔村看望，备受感动的佐藤猛夫说："感谢首长的关怀！"

刘伯承师长说："你是我们医院的专家，为我军挽救了那么多伤员，应该感谢你！"

一个中国八路军将军，专程来看一个日军俘虏，使得佐藤猛夫

---

①杨文彬、殷占堂编著，《在华日人反战运动纪实》，解放军出版社，第141页。

终生难以忘怀……

日军的夏季"扫荡"被太行山军民粉碎了，佐藤猛夫又回到了八路军总医院羊角村。

原来的野战医院改名为"白求恩医院"。白求恩是加拿大人，伟大的国际主义战士，1938 年来到中国参与抗日革命，1939 年 11 月 12 日凌晨因病逝世。

全院掀起了学习毛泽东《纪念白求恩》一文的热潮，至此，佐藤猛夫才知道在中国的抗日前线有外国医生白求恩等。通过学习心灵受到震撼，他在日记中写道："白求恩的事迹难以用语言来表达，我一定向白求恩大夫学习。在困难的环境下，想方设法做好战地医务工作。"①

为了解决抗日前线医护人员的短缺，医院办起了医护人员培训班，东京帝国大学毕业的佐藤猛夫，固然成为培训医务新兵的主要教师。一边每天不断地治疗前线送来的重伤员，一边还要徒步到医护训练班讲课，用他的话说，身体虽累而精神充实。在工作的实践中人生观渐渐得到转变，彻底抛弃了逃回日军的念头，坚定了服务于劳动人民的医疗观，决心为中日人民服务终生。

佐藤猛夫在白求恩医院的日子里表现突出，全院上下尊称他为"日本白求恩"。1943 年年底被任命为白求恩医院副院长，从他的日记里我们可以看到长期的工作实践佐藤猛夫已经成长为一名共产主义战士。

他在日记②里写道：

1942 年 7 月 29 日　雨　青塔村

读了高尔基的《母亲》，自然想到母亲和妻，她们可能不了解我加入中国共产党的愿望。也许有人会骂我是卖国贼，但我不怕，

---

①②杨文彬、殷占堂编著，《在华日人反战运动纪实》，解放军出版社，第 144~148 页。

因为我是走在追求真理的光明之路。我坚信我们背后有广大的日本人民为后盾，更有日本共产党广大党员的信任。我仿佛听到他们在高喊"八路军中的日本同志，加油干！勇往直前，直到流尽最后一滴血！"我浑身的热血在沸腾，一定不辜负他们的热望。

1942 年 10 月 2 日　西隘峪口村

不管多么艰难，自己一定要成为一名共产主义战士。不管多么曲折，自己一定要在通往真理的道路上前进。国内的父老乡亲、兄弟姐妹，受着痛苦的煎熬，抗日战争早一天胜利，人民就会早一天解脱煎熬。

1942 年 11 月 15 日　西隘峪口村

明天要给卫生学校上课，今天要认真备课，必须深入浅出，才能让学生理解，特别是脑神经科，更要仔细准备，画出图来。掌握医学知识是革命的需要，共产党对科技人才是优待的。对自己是否优待过了头？自己并未做出特别贡献，今后更要严格要求自己，拼命工作。

1943 年 3 月 3 日西隘峪口村

不能隐瞒自己的缺点，不要害怕在人前暴露自己的弱点。做到这两点就可以做到人前人后言行一致，胸怀坦荡，只有愉快虚心地接受批评，才能大踏步前进。

……

佐藤猛夫日记的字里行间充满了做共产主义战士的激情。1943年 6 月，他光荣地加入了中国共产党，9 月被选举为晋冀鲁豫边区参议会参议员，《新华日报》记者采访，他曾说："我们要把这自由幸福的边区，当作第二故乡，把边区人民当作第二父母。"①

一个深受日本军国主义教育的侵略者，转变为坚定的反法西斯侵略战士，彻底脱胎换骨了，这是人生灵魂的一次复活。

佐藤猛夫到延安深造

1944 年夏季，日本败局已定，中国的抗日战争正如毛泽东所料，进入了第三阶段，即战略反攻阶段。这个时候，佐藤猛夫来到一二九师司令部，刘伯承师长和邓小平政委热情地接待了他，邓小平政委问道："佐藤君，今天到这里有什么要求尽管说，我们一定设法解决。"

佐藤猛夫说："我想到延安去，到日本工农学校学习，请首长批准！"

刘伯承接过话头说："好呀！你不仅对我们一二九师八路军有功，而对中国的抗日是有贡献的，我们满足你的要求。"

当面向刘伯承和邓小平提出申请说要去延安日本工农学校学习，这是大好的事情，邓小平政委当即拍板同意，特批他离职学习。

几个月后的一天，佐藤猛夫离开野战医院。青塔村和西隘峪口村的一草一木他都是熟悉的，他已经把这里当作自己的家。

村口来送行的医护人员和八路军战士依依向他道别送行，钱院长紧紧握着佐藤猛夫的手不愿松开说："真不想让你走啊！"

佐藤猛夫也动情地说："我会回来的，还愿意同大家一起工作。"

说完，挥挥手就同护送他的八路军小战士上路了……

经过两个月的翻山越岭，艰苦地跋涉到了晋西黄河渡口，过了黄河就是陕甘宁区域了。

佐藤猛夫来到碛口渡口，站在黄河岸边，心情激动，生在日本横滨，从小在海边长大，第一次看到黄河。从这里看黄河，黄河水自北向东而去，浪涛一个跟着一个，雪崩似地重叠起来，卷起了巨

---

① 杨文彬、殷占堂编著，《在华日人反战运动纪实》，解放军出版社，第 150 页。

大的漩涡，狂怒地冲击着堤岸岩石，发出呼啦啦响声，涌起一堆堆灰白的浪花，又慢慢地隐没在深黄色的旋涡里。

黄河真大呀！世界上没有哪条河流和它相比，沿河两岸，明清风格的建筑群、依稀可辨的古窑址、苍凉厚重的晋西北古商道，或密集、或星落，无不透着古风古韵，令人驻足沉思、浮想联翩。

中国人常常把"黄河"比作"母亲"，就是因为黄河在中下游是属于地上河，而中下游又是我国的缺水地区，于是黄河两岸不少的城市、农村都是引用黄河水，用黄河水来浇灌农田，黄河就像母亲，那些在黄河岸边的孩子们，就是吸乳黄河水长大。

停在渡口的一条木帆船上有一个50开外的船夫，在等待着过河的行人客商，小战士走上前去问："老伯，现在开船吗？"

船工见来者是两位穿着八路军军服的年轻男子，心里明白是怎么回事了，说："上船吧！"

半个小时左右，他们顺利地到达对岸吴堡镇，这里是边区老根据地了，所到之处都得到热情接待。

不日南下，经过绥德、米脂、清涧，两天后就到了延安桥儿沟，顺着延河向西行进，远远就看到了宝塔山。

佐藤猛夫终于在1944年12月29日顺利抵达延安。初冬的延安宝塔山微寒中矗立在嘉陵山麓，山窝窝里的日本工农学校学员，热情地把他迎接到暖融融的窑洞里。

早些到达这里的梅田照文、杉本一夫、吉积清等同佐藤猛夫激动地热泪相拥，问这问那，路上顺利不？安全不？等等，犹如久别亲人刚回到家一样的关怀。

工农学校宿舍一律是窑洞，用白灰粉刷过，干净利落，冬天热烘烘的土炕睡下十分舒服，也许是路途的疲劳，此刻精神得到放松，佐藤猛夫很快就入睡了。

第二天一大早佐藤就起床了，这是他在野战医院形成的习惯，走出院子站在硷畔上，抬头看到的就是宝塔山。顺着蜿蜒的小道，走上宝塔山，宝塔巍峨矗立于山巅，站在塔下能俯瞰到延安古城全貌，狭长的两条街道南北平行而向，房屋错落有致，清一色的灰瓦房顶冒出缕缕炊烟，人们都在忙着做早饭了。眺望延河与南河哗啦啦地顺着古城墙在宝塔山脚下交汇，聚成大河向东湍流而去……

佐藤猛夫感到这里的一切既新鲜而又亲切，终于实现了他到延安学习的目的。

休息了一天后，佐藤猛夫在八路军特派员马凤武的引领下，进入古城小东门，穿过热闹的二道街，出北门口，向北走了5华里，踩着结了薄冰的延河上了河岸小坡，来到杨家岭冈野进的住处报到，冈野进在延安的身份已经公开，是日本共产党中央代表。

冈野进住的也是窑洞，陈设朴实简单，一张大床，一个办公桌，一对半新不旧的沙发。秘书庄涛热情地招呼来客落座，泡上茶之后就退出去了。

冈野进热情地说："欢迎到来，你长期在前线工作辛苦啦！"

"你比我更辛苦呀！"佐藤猛夫说。

冈野进问道："你在前线干得很好，为什么要来延安呢？"

佐藤猛夫答："从形势发展来看，日本快要战败了。我想回国为民主日本建设做一点事情。但是我一直从医，缺乏政治斗争的理论和经验，想在您的指导下学习和锻炼，争取回日本后更好地工作。"

冈野进同佐藤猛夫谈话中觉得，眼前这位年轻人已经是一个成熟的共产主义战士。他高兴地说："很好，你干得不错。但是仅仅学理论不行，必须将理论和实践有机结合。工农学校分A、B、C3个班，根据你的情况，就直接进C班吧。"[1]

就这样，佐藤猛夫在延安日本工农学校又开始了新的生活。他积极参加在华日本共产主义者同盟活动，并申请加入了同盟组织，已经是一个具有中国共产党党员和在华日本共产主义者同盟盟员双重身份的共产主义战士。

在工农学校学习的日子里，佐藤猛夫积极参加各种反战活动。在工农学校一边学习革命理论，一边结合学校的卫生健康，进行医

---

①杨文彬、殷占堂编著，《在华日人反战运动纪实》，解放军出版社，第150、151页。

疗服务。冈野进校长的课他特别爱听，他的思想受到启迪，他记得一次讨论课交流的时候冈野进对他说："光学好革命理论还不够，医学研究也不能放弃，应结合学校的卫生、保健、伙食，研究大众医学，回到日本之后，为广大日本人民在医疗方面服务也很重要，也是为人民服务。"[1]

佐藤猛夫行医技术高超，一时"日本白求恩"大夫在延安附近传开来，甚至周边的市民百姓也慕名来看病。他虽然很累，但能为延安老百姓看病心里很欣慰……

1945年4月22日，是佐藤猛夫终生最难忘的日子。这天，他得到消息，中国共产党七大于23日要在杨家岭中央礼堂隆重召开，他被指定为大会旁听代表，佐藤猛夫激动得彻夜难眠。作为一个日本人（曾经战俘，现为共产主义战士）能参加如此盛会，是人生中莫大荣光，怎能不高兴呢！

翌日，佐藤猛夫精神抖擞，手持入场证进入会场，光荣地出席了大会。亲耳聆听了毛泽东主席做的《论联合政府报告》和朱德总司令做的《论解放区战场》报告。

中共七大代表进入会场

特别是冈野进《建设民主的日本》的演讲，让他精神振奋，十分赞赏冈野进建设民主日本的指导思想。决心跟随冈野进回日本大干一场！

---

①杨文彬、殷占堂编著，《在华日人反战运动纪实》，解放军出版社，第150、151页。

第十三章

延安新华广播电台
的日本女八路播音员

　　1941 年，正是日军侵华最为疯狂的时候，日本大部分陆军以及大量的甲种师团投入到侵华战场。同时对许多占领区实行"三光"政策，使得中国的抗战进入了最艰苦岁月。日军对华北地带的扫荡这年是最疯狂的，敌华北方面军对我太行、太岳区和晋西北抗日根据地发动了两期"驻晋日军总进攻"。2 月，日军以 1200 余人的兵力"扫荡"太行区，以 7000 余人的兵力"扫荡"太岳区。而我八路军主力抓住机会乘隙转入外线，一个月作战 390 余次，歼日伪军 3000 人。5 月，敌发动第二次进攻，以 25000 余人"扫荡"太行北部，7000 余人"扫荡"大岳南部地区。经 38 天作战，八路军又歼灭日伪军 3000 余人。在日军"扫荡"晋冀豫根据地时，晋西北部队也粉碎了敌人集中万余兵力的扫荡，其中著名的田家会战斗，给进犯日军以歼灭性的打击。

　　面对日军对我华北的疯狂"扫荡"，中央军委和北方局多次发出对敌斗争指示，提出了内线坚持，外线出击，以武装斗争为中心，组织党政军民把军事斗争与政治斗争结合起来。在广泛开展游击战的同时，为了扭转敌进我退之不利局面，我晋冀鲁豫八路军根据总政治部敌工部指示：利用在华日本反战同盟的作用，对日军进行反战宣传。

　　各地区反战同盟成员，配合八路军深入敌占区、边沿区，用散发传单、喊话等方式瓦解敌人，号召日军士兵停止战斗、争取和平，早日回国与亲人团圆。特别是我党建立的新闻广播媒体也起到了巨大作用……

一天，驻华北日军独立混成第四旅团司令部里，司令长官与往日一样例行打开收音机听广播。突然一个神秘频道被捕捉，动听的日本"樱花之歌"吸引住他，歌声过后，一个日本妇女特有的温柔声音发出：延安新华广播电台现在开始播音，请记住，我们的频率是波长 61 米，周率 4940 千周。

日本同胞们，在延安刚刚召开了"华北反战团体大会和华北日本士兵大会"，大会通过了《日本士兵要求书》[1]，全文播送如下：

亲爱的战友们！

我们和各位一样都是日本士兵，我们中间，有不敢受压迫逃离军队的，有战斗中被俘者。现在我们在八路军的部队里，非但没有因被俘受到虐待，反而得到国际友人般的对待，我们的生活很快乐。

战友们，大家都知道，当兵前我们都是自由独立的男子汉，自从当兵以后，一切行为都要服从于命令、军纪，人还不如枪和马值钱。尤其是战争延长，实行现地教育后，连战地的华北，也像内地部队似的感到不安。长官们的强权，比敌人的袭击更可怕。我们士兵的生活很不自由，大家都愿意生活得像正常人一样。即使在军队内部，我们的自由也应该广泛些，过稍微舒适一些的生活。这种情绪大家嘴里不说，但却是每个人的心声。代表这些受委屈的战友们，我们要公开发表意见，为了改善日本士兵的生活，提出来供大家参考。因此，我们在延安召开了士兵代表大会。大会讨论的结果，总结出228 条要求。从各方面代表了全体战友的希望和要求。

这些希望和要求的实现，只能是靠大家团结起来向长官提出才能达到目的。

战友们，请你们好好地读一读我们的提议，大家商量后，勇敢

---

[1] 杨文彬、殷占堂编著，《在华日人反战运动纪实》，解放军出版社，第32、33 页。

地向长官提出，必定实现，我们将为实现这些要求坚持到底，而且永远支持你们。

旅团司令官耐着性子听完了广播，气急败坏地关掉收音机，骂道："八嘎！（日语'混蛋'之意）"

他狠狠地按下桌上的电铃，招来副官，立刻命令日军通讯部门，用强大的电波干扰延安广播。日本军部听说有一个日本女人，在延安中共电台播音，搞得皇军士兵人心惶惶，既恼怒又恐惧，严令各驻地及基层据点，统统不许收听延安广播，违者，格杀！

一个日本女子播音，竟然引起日军如此震动与恐慌？！

那是在延安一个简陋的窑洞里，一位29岁，来自日本的普通妇女，名叫原清志。

原来这红色电波来自距延安15公里左右的王皮湾小山村的一个角落，播音间是半山腰间一孔窑洞，放着一张旧桌子和一张小板凳，十分简陋，整个屋子里黑黑的，只有一点光能从窗户照射进来。原清志走进广播电台播音室，用她的母语日语，开始对日本侵略者播音。她对着话筒用自己的切身经历和被俘日军的悔过书，向日军传达反战的声音。许多日本兵听到她的播音后，悔过自新，加入反战的行列中。

有时候在敌方强大的电波干扰下无法正常播音，原清志就日夜守在播音室，敌人干扰她就停，敌人休息她就抓紧广播，出色地完成了日语播音。

说起延安新华广播电台，它的建立是来之不易的，那是1939年9月，周恩来远赴莫斯科疗伤，1940年春天平安返回延安时，他从共产国际争取到一台10千瓦的广播发射机，这台庞然大物被拆卸成散件，装在一个个大木箱中，千难万险运回了延安。

中共中央决定成立广播委员会，由周恩来任主任，新华通讯社、中共中央军事委员会三局等单位的负责人任委员，领导筹建广播电台的工作。

电台的主要设备，是周恩来从苏联带回的一部功率为10千瓦的广播发射机。广播电台的建设者们在小河南岸的山坡上挖成了 3 层 3 排窑洞。第一层是利用地面 30 多米高的山石，挖出了两间大面积的石窑洞。石窑洞既能防日本的空袭，又可防止敌特从地面进行破坏。两间石窑，一间作为电源车间，另一间作为广播机房。电源车间的发电机是靠一部汽车引擎带动的，引擎发动的燃料则是靠木炭炉供给的一氧化碳；广播机房的正中安置着 10 千瓦的广播发射机；窑门的左边，安放着一部军委三局制造的 500 瓦的文字广播发射机。

1941 年 12 月 3 日，延安新华广播电台首次进行日语广播，广播对象主要是侵华日军。稿件由八路军总部政治部敌工部提供，内容主要是揭露日本侵华战争的反动和残忍，宣传中国共产党的政策，号召日本士兵积极投入反战活动。广播时间每周五一次，每次 30 分钟，播音员就是威震敌胆的原清志。

据原清志回忆，日语广播首播那次，她的心情紧张而激动，科长看到她的样子，走进广播室，用搪瓷缸给她倒了杯热气腾腾的开水，笑微微地说：“别紧张，可以开始了。”

就这样，一道红色电波载着日文，从山沟里发出……

提起原清志，在日本工农学校的学员中人人知道她，她是个具有传奇色彩的日本女子，而不是战俘，比起日本工农学校的学员来说，是个老资格的革命家了。

她是一个日本穷人家的孩子，早年父母双亡，18 岁嫁给一个医生，丈夫是个可敬的日本共产党党员，因反对日本侵略中国，被日本政府逮捕入狱折磨而死。后来为了生计她到一家书店打工，结识了留学日本的中国进步学生中共党员程明升，受到进步思想的影响，经程明升介绍 1937 年 3 月来到中国。抗战爆发后，她参加了八路军，并加入了中国共产党，在唐天际将军领导的晋豫边支队任敌工科科长，开展对日军的宣传瓦解工作。

由于原清志工作出色，一时间在晋东南传开来八路军中有个日本女八路。一二九师 385 旅旅长陈赓将军亲自看望了原清志，见到后开口就问：“在部队生活有什么困难？工作上有什么要求？”

原清志激动不已，性格直爽的她开口就说：“我要一匹战马。”

延安新华广播电台编辑部旧址

周恩来从苏联带回的广播发射机　　　有关报纸报道原清志

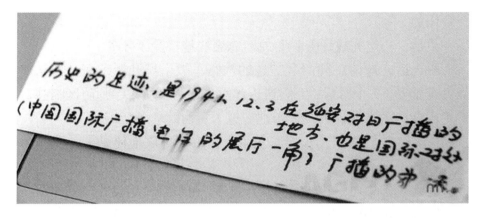

在这张照片的背面，原清志老人用中文记录下照片的时间和地点。她特别写到 1941 年 12 月 3 日，这是对外广播的第一天，是她终生难忘的日子

　　一匹战马，在当时是奢侈的事，指挥打仗团以上干部才能配备，而陈赓将军却爽快地答应了她。

　　第二天，一匹橘黄色高头大马送到了原清志手里。"从此以后，原清志就和这匹橘黄马结下了战斗的友谊。悉心喂养、苦练骑术，骑着它驰骋疆场，为打击日寇立下汗马功劳。"①

　　不久，日本女八路原清志之名，传到朱德总司令耳朵了，适逢延安刚刚建立起新华广播电台，开辟日语播音，朱德就推荐了原清志。一份电报发到晋东南武乡县麻田镇八路军野战司令部，彭德怀接到电报后马上派出通信兵，通知原清志来司令部报到。原清志飞马来到司令部，气喘吁吁地进入彭总办公室，举手一个标准的军礼报告道："原清志前来报到，请首长指示！"

　　彭总递给她电报说："你自己看吧！"

　　一看，是朱德总司令来电让她到延安担任新华广播电台播音员。突如其来的好消息，使她既高兴又担心，高兴的是她想去延安的梦实现了，担心的是自己胜任不了播音员。于是说："报告彭总，我的文化低，只上了 5 年学，胜任不得呀！……"

　　彭总打断了她的话说："在工作中学习，我相信你能克服困难，

_____

①杨文彬、殷占堂编著，《在华日人反战运动纪实》，解放军出版社，第 252 页。

会胜任的。"

"是，一定完成任务！"原清志爽快地接受了任务。

两天后，原清志同两名护送的八路军战士离开晋东南，快马加鞭飞奔延安。一个月后，她们到达晋西北八路军一二〇师防区临县，贺龙司令员派来专人负责护送她们过了黄河。

进入陕甘宁边区，一切安全了，在绥德舒服地休息了一夜，第二天就到了延安八路军总部。

见到朱德总司令，原清志十分高兴，一个多月的疲劳一扫而空，觉得眼前这位 50 多岁统领千军万马的将军，更多的像是一个慈父，他亲切地说："你到得真快，我们等着你呢！"

原清志说："一切听从您的安排！"

朱总司令说："把你从晋东南调回来，让你到刚刚建立不久的延安新华广播电台工作，新华广播电台是党的喉舌，是团结人民、宣传真理、打击敌人的重要武器。"

就这样原清志在王皮湾这个山沟里马不停蹄地开始工作了。从此，一个用日语播音的红色电波从这里传到大江南北，乃至世界……

原清志是日本人民反对侵华战争的优秀代表，从法西斯军国主义政府统治的日本投奔到抗日的红色中国，从八路军基层敌工干部变成了延安新华广播电台播音员。

第十四章

"迟到"的欢迎大会

林哲从莫斯科来到延安已经四年多了，他的真实身份一直被保密，直到共产国际宣布解散，延安才公开了其真实身份。

那是 1943 年 5 月 22 日，一条来自苏联莫斯科的消息传到延安枣园。

这天下午任弼时气喘吁吁地来到毛泽东住处，将第一时间得到的电报消息告诉毛泽东，此时的毛泽东习惯性地白天休息晚上工作，刚刚起床在院子里的老槐树下抽烟喝茶，任弼时的到来令他很高兴，热情地站了起来握手相迎。

毛泽东说："你来啦，我高兴呀！刚才树上喜鹊在叫，我估计会有消息到，还真应验呢！"

任弼时说："是的，刚刚收到从莫斯科发来的电文，5 月 21 日在斯大林的办公室召开了联共（布）中央政治局会议。莫洛托夫宣读了共产国际执委会主席团关于解散共产国际的决议。"

毛泽东笑呵呵地说："这是预料到的事，国际形势发生重大变化，他们不得不这样做。"

任弼时接着说："据可靠消息，会上加里宁指出，敌人会利用这个行动。但斯大林深刻阐述了解散共产国际的理由，并说经验表明无论是在马克思、列宁时代还是在现在，由一个国际中心来领导世界上所有国家的工人运动都是不可能的……当我们建立共产国际的时候，我们过高地估计了自己的力量，以为我们可以领导所有国家中的工人运动，这是我们的过错。共产国际的继续存在会败坏国际主义的思想名声，这是我们所不想要的……"

毛泽东沉思了片刻分析说，共产国际的领导体制已经不能适应变化了的国际形势和共产主义运动发展的实际需要。经过 20 多年后，国际政治形势发生了极其重大的变化，尤其是在指导各国革命几经挫折后，共产国际的领导体制的缺陷已经充分暴露出来。

任弼时也分析说："主席，你说的十分正确，季米特洛夫来电说，解散共产国际的提议：'主要原因在于这种国际联合的集中的组织形式，已经不能适应各个国家共产党进一步发展成为本国（本民族）的工人政党的需要，并且还成为其障碍。'①我认为目前苏联在外交关系方面有了突破：一是虽然苏联取得了斯大林格勒战役的重大胜利，但战争的形势仍很严峻，需要盟国的大力援助；二是拟议中的第二条战线迟迟不得开辟，苏联独立承担着抗击德国法西斯的重担。从减轻苏联的战争压力，争取'在最短时间内击溃希特勒'的期望出发，亟须推动美英开辟第二条战线。因此需要与英美等国修好。而英美等资本主义国家对苏联领导共产国际在世界开展共产主义运动是恐惧和担心的。斯大林出此举措，应该是为了消除英美疑虑，改善与英美关系的一大努力。这也是他急于公布共产国际解散文件，让共产国际在一个月间匆忙解散的主要原因。"

毛泽东重重地吸了口烟，说："我们应该马上召集在延安的全体政治局委员开会，传达此消息，并做出相应的决定。"

任弼时说："很好，我立刻通知与会人员，时间就定在二十六日吧！"

毛泽东又补充说："通知林哲同志也参加会议。"

5 月 26 日，就在毛泽东的住处中共中央召集在延安的政治局委员开了一次政治局会议。这次临时召集的会议就在毛泽东的会客室里，日本共产党代表林哲也应邀参加了会议，他赶到毛泽东住的窑洞时，中共中央政治局委员全体成员已经到齐了，大家都坐在简陋的沙发椅上围着粗糙的茶几一边喝茶一边开会。

---

①杨奎松著，《毛泽东与莫斯科的恩恩怨怨》，江西人民出版社，第 122 页。

会议上毛泽东传达了来自莫斯科的电文内容：共产国际执行委员会关于解散共产国际的决定。并且强调说，随着世界革命形势的发展，曾经对世界革命做出过重要贡献的共产国际完成了它的历史使命，宣布解散了。这是共产国际执行委员会的决定，我们中国共产党表示赞成。

说到这里，毛泽东转向坐在旁边的林哲问说："林哲同志，你是共产国际的执行委员，又是日本共产党的代表，有何看法可以谈谈？"

林哲似乎早有准备，爽快地回答说："这个决定是正确的，我非常赞成。"

紧接着会议上中共中央做出了《中国共产党中央委员会关于共产国际执委主席团提议解散共产国际的决定》，完全同意共产国际提议，并肯定地指出"中国共产党在革命斗争中曾经获得共产国际的帮助"。

会后，毛泽东对林哲建议说："你的真实身份可以公开了，再不必保密了，在中国公开活动，在政治上影响将更大。"

从此，延安的林哲恢复了日本名字冈野进，真实身份是日本共产党代表。

1943年6月5日晚，中共中央在党校礼堂连着召开了"欢迎日本共产党中央代表冈野进同志"大会和延安干部大会。

冈野进1940年就从莫斯科秘密到达延安了，由于身份特殊，一直保密，中共中央一直未安排欢迎会，如今共产国际解散了，借机举行欢迎会具有一定的政治意义。这是一次"迟到"的欢迎会。

延安的初夏是美丽的，披着一身的绿叶儿在暖流里跳动着来了，万物竞绿。延河两岸杨柳树的叶子在阳光底下一动一动地泛着一层绿光，那山山坬坬，各色野花都开了，红的、紫的、粉的、黄的，像绣在一块绿色大地毯上的灿烂斑点，成群的蜜蜂在花丛中忙碌着，吸着花蕊，辛勤地飞来飞去。

白天黄土高坡被太阳烤得热烘烘的，但到了下午气温降了十分凉爽，晚风带着枣花和月季花的幽香吹进家家户户，也吹进了延安中央党校礼堂，让人心旷神怡。

晚8点，党校礼堂张灯结彩布置得像过节一样，主席台中央悬挂着有镰刀和锤子交叉图案的党旗，一幅"热烈欢迎日本共产党中央代表冈野进同志"的横幅十分耀眼，这是延安近年以来特别隆重的欢迎大会，来参加会议的有中共在延安各级机关的主要干部2000多人，日本工农学校的学员代表也参加了这次欢迎大会，各路人马涉过延河陆续到达会场。

当毛泽东、朱德陪伴冈野进同志进入会场走上主席台时，参会人员自发起立热烈鼓掌。中共中央办公厅主任李富春主持大会，他高声宣布：热烈欢迎日本共产党中央代表冈野进同志大会开始！

中共中央代表任弼时同志致欢迎词，说："冈野进同志来到延安，是我党、八路军、新四军以及全中国人民最兴奋的一件大事，这证明了，我们的抗日战争不仅有英美等盟国共同打击日本法西斯，而且有日本人民配合反对日本法西斯。日本共产党自'九一八'事变，尤其是'七七'事变以来，一直组织人民进行反战斗争，并取得显著成绩，故冈野进同志不远万里来到延安，使中国人民增强了取得抗战胜利的信心，对于日本军阀则是一个重大打击。同时对于我们了解日本法西斯的军力、弱点等方面，以及我们如何组织抗日战争，均有极其重大的意义。"①

此时，最高兴的莫过于日本工农学校的学员代表，他们不时地发出热烈的掌声打断了任弼时热情洋溢讲话，任弼时继续说："中国共产党和日本共产党是兄弟党，不仅地域相连、年龄相仿，而且都曾经过艰苦斗争的考验。中国共产党在进行三个阶段的革命历程中曾创造了若干经验，而日本共产党在日本反动政府高压下所进行秘密的和公开的斗争中，也积累了丰富的经验。"②

任弼时最后补充说，冈野进同志三年前就秘密来到延安了，他化名为林哲，是以日本工农学校校长的身份工作于延安，而真实身份是共产国际执行委员，日本共产党代表，由于共产国际未解散前，不宜暴露其身份，共产国际刚刚宣布解散，就此公开他的身份，恢复原来名字冈野进。今晚召开欢迎会，这是一次"迟到"的欢迎会，之前中共中央未安排欢迎会。如今，共产国际解散了，借机举行欢

---

①②杨文彬、殷占堂编著，《在华日人反战运动纪实》，解放军出版社，第40、41页。

迎会具有一定的政治意义。

接下来,在雷鸣般的掌声中,冈野进同志兴奋地走到主席台讲话。他说:"同志们,我代表日本共产党,向中国共产党的亲爱同志们致革命的敬礼!大家最关心的是日本共产党究竟是一个什么样的党呢?日本共产党人数虽少,但是影响巨大,也是最勇敢的党!日本共产党在日本反动政府极度高压的状态下,迄今已有二十一年的历史,是具有反战传统的党。九一八事变后,日本共产党曾进行过积极的反战运动。许多干部在进行农村、城市反战英勇斗争中光荣牺牲。但无论反动政府如何屠杀,反战运动仍然坚持与继续进行。日本共产党及先进的无产阶级同中国人民反对日本军阀作战的目标是一致的,一定会取得胜利的!"①

台下的日本工农学员知道了林哲校长的真实身份兴奋不已,没想到朝夕相处亲临教诲他们的长者、教授、校长原来竟是日本共产党负责人。冈野进的讲话再次激发了反战同盟盟员加入共产党组织的欲望和热情……

也就在当晚的延安干部大会上宣布了来自苏联莫斯科的消息:共产国际解散。

中共中央书记处做了报告,进一步肯定了共产国际在帮助中国革命事业所做的伟大功绩,并解释了共产国际解散的原因,指出共产国际解散是一件"划时代的大事"。毛泽东在会上明确指出共产国际的存在太久了,不了解中国革命的实际,该解散了。

共产国际的解散,使毛泽东松了口气。正如学者杨奎松在《毛泽东与莫斯科的恩恩怨怨》一书里说的那样:"长期以来,共产国际始终在扮演着'父亲'的角色,尽管中共在毛泽东领导下已经日益长大成熟起来,经常违拗其意志,但作为其下级支部之一,中共中央仍旧无法摆脱其权威和复杂的亲缘隶属关系。不管俄国人这时的报告是否完全准确,双方的关系经常使毛泽东倍感束缚与不快,甚至还不能不为自己搞坏与王明等人的关系而感到担心,应当是事实。共产国际的解散,对毛泽东来说,确实可以看成是一次政治上和组织上的大解放。"②

---

①②杨文彬、殷占堂编著,《在华日人反战运动纪实》,解放军出版社,第41页。

冈野进　　　　　　　日本共产党员冈野进领导的驻延安"反战同盟会"

同时，共产国际的解散，对冈野进来说也是一件大好事，他的身份公开后引起延安各界的关注，并在各种大会上频频露面。

1943年6月6日，延安《解放日报》发表消息：中共中央在6月5日晚举行的延安干部大会上，热烈欢迎日本共产党中央代表冈野进同志。

6月12日，在宝塔山一侧的日本工农学校礼堂又举行了盛大的欢迎会，由在华日本共产主义者同盟、华北日本人民反战同盟联合会、日本工农学校3个团体联合举办。因参加者都是日本同胞，冈野进第一次在异国他乡用家乡语——日语，发表了热情洋溢的演讲。

此后，八路军总部直属机关在王家坪专门举办了一次露天晚会。毛泽东、王稼祥等人特意赶来参加，八路军总参谋长叶剑英致欢迎词，朱德总司令致辞。他们代表八路军、新四军全体将士，对冈野进表示欢迎！

在此期间，许多记者采访了冈野进。

《解放日报》记者报道说：虽然是一位五十一岁的饱经风尘的革命家，但却像三十多岁的青年学者，他就是我们延安最近来的嘉宾——日共中央代表冈野进同志。前天下午三时，他于百忙中抽时间接见了本报记者。

我们会见的地点，是在他的绿茵满园的临时别墅内。他的办公桌临窗，向外看去蓝天白云，非常适合思考问题。墙上挂着斯大林同志的肖像和日本风景画，房间的布置简单朴素。

每当他讲话回答问题时，右手习惯地按在前额，面带微笑有条不紊地娓娓道来。偶尔微风吹过，夹在黑发中的丝丝白发就随风飘动。这是一位思想丰富、温和健谈、风度翩翩的政治家。

冈野进在联合国驻华记者爱泼斯坦采访时说："我来延安只有一个目的，就是要和中国人民紧密地携手为反对中日两国人民的共同敌人——日本法西斯军部而战。在这一方面，中国共产党积累有不少的经验，利用在延安的机会，我要向伟大的中国共产党及其领袖毛泽东同志学习，并且愿意与中共和八路军分享我的相关知识和经验。"[1]

冈野进的身份在延安公开后，频频出席各种演讲活动，如此多的公开露面活动，更加坚定了冈野进革命的信念。抗战爆发六周年时，他在延安《解放日报》上发表长篇文章《告日本国民书》，阐述了侵略战争给中日两国人民带来的灾难，揭穿日本军部及大财阀的欺骗宣传和发动战争的罪恶！

---

[1]杨文彬、殷占堂编著，《在华日人反战运动纪实》，解放军出版社，第43页。

第十五章

美外交官约翰·艾默生
访延安日本工农学校

　　1944 年中秋，位于陕北黄土高原的延安的坡坡洼洼上的枫叶红了，犹如给大地铺上红色的地毯，秋风吹过发出哗啦啦的响声，好似鼓掌欢庆这绚丽的景色。

　　10 月 21 日早晨，延安古城披上了缕缕霞光，蔚蓝色的天空中漂浮着几片洁白如雪的白云，那长长的条条白云，像是美丽的纱巾，给山城增添了一道风景。

　　这时候一架美国军用飞机穿过云彩从南飞来，降落在城东机场，舱门打开后，走出了约翰·艾默生和有吉·幸治，还有《纽约时报》在重庆的美国人记者塞奥德·怀特。

　　延安的中共领导人非常重视这一行"天外来客"，亲自来迎接。来机场迎接的人有毛泽东和八路军总司令朱德、总政治部主任王稼祥、总参谋长叶剑英等领导人，他们走上前同美国人一一握手。

　　毛泽东身材高大，身穿粗布衣服，宽大而随便，短发，帽子戴得很低遮住了他那宽阔的前额，目光炯炯有神，看上去年轻而有精神。翻译向来宾一一介绍说他就是毛泽东主席。

　　当有吉·幸治介绍自己是技术军曹时，毛泽东笑着看看翻译，说："这就是被派到中国、印度、缅甸战线，作为战争情报局（OWI）的技术军曹？"

　　翻译回答："是的。"

　　毛泽东握着有吉的手说道："欢迎你到延安来调查八路军对日

军的心理作战。"

有吉·幸治的任务是考察八路军对日军的宣传原则和技术，特别是对日本俘虏的教育方法。他过去曾写文章道："有一条消息说在红色中国，共产党对日本俘虏的教育取得了成功，我表示怀疑。"

很显然，他这次延安行，是来证实的……

艾默生他们是后于美军观察组而到的延安。中共对美国人在延安提供一切便利，真诚的合作态度令他们十分满意，八路军总部给他们提供了大量有关日军的情报，因为美军观察组到延安其中有一主要任务就是收集关于日军的重要情报。

延安有所"日本工农学校"，引起外国记者的极大关注和兴趣：他们知道在太平洋战争中，日本法西斯的武士道使得日本士兵毫无理性地杀人。即使被俘了也顽固不化，骄横、残忍、剖腹自尽。怎么在延安竟能将这些毫无理性的杀人狂，改造成反侵略战争的坚强战士？

一天，约翰·艾默生和有吉·幸治，《纽约时报》记者塞奥德·怀特涉过延河来到王家坪八路军总部。朱总司令就和叶剑英参谋长出迎，热情接待了他们。

朱总司令笑呵呵地说："你们三位来有什么要求？"

艾默生说："自到延安以来，整个延安为我们完成各种任务提供了种种方便，对你们诚心的合作，我们表示感谢！"

怀特插话道："我们今天来，是请求批准我们参观一所学校。"

朱总司令问道："哪所学校？"

艾默生说："日本工农学校。"

叶剑英说："噢，你们要参观日本工农学校，那好呀！不用批准的，给他们通知一下就可以啦！"

朱总司令说："我们同你们的合作是真诚的，你们不论到哪里参观，找任何人谈话，都可以不受限制，不需要批准。"

共产党人的豁达胸怀使艾默生很感动，他说："我们非常感谢中国共产党对我们敞开胸怀的合作。延安有一所日本工农学校，是我们意料之外的。在参观前，请总司令先简要地介绍一下办这所学校的情况行吗？"

朱总司令说："日本工农学校是在林哲同志的建议下，由八路军总政治部创办的一所教育改造日军俘虏的学校。于1941年5月15日在文化沟八路军大礼堂举行了开学典礼，林哲（冈野进）同志任校长。"

叶剑英补充说："朱总司令出席了开学典礼，做了重要演讲，林哲以校长的身份也讲了话，延安各界两千人参加了开学典礼。"

艾默生问道："林哲同志何其人？"

朱总司令介绍说："林哲是日本人，真名叫野坂参三，1940年由苏联秘密来到延安，为了保密改名冈野进，林哲是他的中国名字。"

叶剑英又补充说："林哲同志是日本共产党的重要领导人，因受日本法西斯的追捕逃到苏联，在共产国际工作多年，所以我们也称他同志。"

有吉·幸治惊讶地说："林哲就是日本著名的共产党领导人野坂参三啊！我早就听说过，想不到他在延安办起了一所世界历史上没有过的特殊学校！"

朱总司令说："这个学校是有些特殊，它教育、改造了一批深受日本法西斯奴化教育的顽固战俘，使他们成为坚强的反法西斯战士，这在世界战争史上是无先例的。"

艾默生感叹道："这是一个伟大的创举！"

叶剑英说："日本工农学校是从1940年10月就开始筹建了，1941年5月15日正式成立的。校址就在延安风景优美的宝塔山一侧，一排窑洞，是边筹建边办学中逐步发展起来的。学校宗旨：和平、正义、友爱、勤劳、实践。以培养协助八路军做日本军队的政治工作人才为具体任务。学校的总则规定学制为一年，学习期满，根据需要或志愿分配到前线各地，参加反战同盟的实际工作。"

朱德总司令说："毛泽东主席对日本工农学校很重视，亲自题词为：'中国人民与日本人民是一致的，只有一个敌人，那就是日本帝国主义与中国的民族败类。'日本工农学校的成立，对中国人民和日本人民都是具有重大意义的一件大事。中日两国是一衣带水的兄弟邻邦，子子孙孙应该永远友好下去。"

怀特问道："这所学校是改造日本战俘的，校名为什么叫'日本工农学校'而不叫'日本战俘学校'呢？"

叶剑英回答说："因为这些日军战俘大多数为被压迫被奴役的工人、农民，农民占到大多数，文化程度都不高，多数只受过非常少的教育，他们中百分之八十的是列兵。所以就叫'日本工农学校'。要是叫'日本战俘学校，是对他们的不尊重，不利于教育和改造他们。"

叶剑英的回答更具有合理性和共产党的人道意义，使得美军观察组诚服。

艾默生问道："学校有多少学员？"

朱总司令说："刚开办时，有30多人，后来逐渐增加，由于学员不断地毕业，分到各个抗日根据地从事反战、瓦解日军的工作，现在学员还有60多名。"

"根据1944年5月15日，工农学校开学三周年纪念日统计学员总数为六十九人，其中两名非军人，六十七人是被俘的日本兵。从兵种而言，步兵占百分之七十九，其他是工兵、辎重兵、卫生兵和宪兵。从军内等级看，二等兵百分之十点七，一等兵百分之五十六点一。上等兵、伍长为百分之二十五点七。总之，百分之九十二点五是士兵，下上官以上的仅百分之七点七。从年龄而言，最小的二十岁，最大的四十岁，二十岁到二十九岁的青年占百分之八十二点六。从入伍前的职业来说，工人占百分之五十六点五，农民占百分之十五点九，职员占百分之十三点一，店员占百分之七点二，商人占百分之五点八。这一统计表明，一旦脱去军服，被俘的士兵都是日本劳动群众。"①

叶剑英接着说："由于八路军、新四军不断地有战俘送来，增加到300人，延安的日本工农学校容纳不下，为了解决这个问题，

---

① 【日】香川孝志、前田光繁著，《八路军内日本兵》，解放军出版社，第80页。

日本工农学校除了在延安设立总校外，1943年7月7日，成立了日本工农学校晋西北分校。1944年7月7日又成立了日本工农学校山东分校。这样就节省了各地往延安送战俘的人力物力。"

有吉·幸治惊叹地说："我曾了解过，在重庆郊外的一个监狱里关押着25个日本战俘，与你们相比较，就可以看出国共两党抗日情况了！"

艾默生感慨地说："共产党把日军教育、改造成反战同盟者，而国民党把日军关在监狱里，成了囚犯。两相对比，共产党英明伟大！共产党的人道主义、文明程度显而易见。"

有吉·幸治说："我们非常感谢朱总司令和叶剑英参谋长的简要介绍，使我们对日本工农学校更加感兴趣，一定会从日本战俘那里直接获取到日军的内部情报。"

塞奥德·怀特高兴地说："这是我们获取日本情报的一个新的渠道，我们必须和他们交朋友！"

朱总司令说："具体情况你们到工农学校去看看，眼见为实嘛！"
……

日本工农学校，离美军观察组驻地约有六七华里，约翰·艾默生和有吉·幸治及《纽约时报》记者塞奥德·怀特是骑马去的。美军观察组包瑞德、谢伟思是开着吉普车去的，由黄华和陈家康陪同，向宝塔山半坡一侧的日本工农学校而去。出了小东门，涉过小南河上个坡就到了。

日本工农学校已经接到了约翰·艾默生和有吉·幸治、《纽约时报》记者塞奥德·怀特及美军观察组部分成员要来参观的通知，校长林哲带领这些学员们，整理内务，打扫环境卫生，安排伙食，排练文艺节目，做好了接迎工作。

这天，林哲校长和全体学员及教员，都穿着整洁的八路军服装，他们手里还拿着山菊花、山丹丹等野花扎成的花束，在大门口列队欢迎。

当来访一行人员走到校门前，林哲校长和副校长李初梨等学校负责人快步迎上去，同他们一一握手，互致问候，穿过夹道欢迎的师生们，把他们迎接到学校会议室里。李初梨副校长热情地介绍了学校的组织、课程和日本人民解放联盟，小叙片刻后就开始参观。

学员们住宿都是窑洞，上下床铺，都是统一的被褥，被子叠得方方正正、有棱有角，整洁美观。教室是新建的4间房子，光线明亮，给人舒适的感觉。

包瑞德曾在《美军观察组在延安》书中回忆说："具有特殊价值的情报来源是在延安的日本战俘。我第一次访问他们的宿舍——它没有被称为'俘虏拘留营'或者'监狱'。第一次见到他们的时候是在大厅里，他们大约十个人为一组围在大厅里的桌子旁，所有的战俘都穿着共军的制服，大约有一百五十人。这个数字同被国民政府关在重庆郊外的二十五个相比较，似乎给我留下了深刻的印象。当然这些'囚犯'中的一些人可能和中国人很像，换句话说，中国共产党人的样子和日本人一样。即使如此，我们小组成员后来会见的那些囚犯都是纯血统日本人。很明显，他们热情地竭尽全力地帮助我们做一切事情，给我们提供了大量的各种有价值的材料，这些材料正是我们希望得到的。很可能他们已经完全脱胎换骨了，他们的改造过程没有花多长时间。可惜这个方法没有被普遍采用。"

参观校舍后，日本工农学校副校长李初梨介绍说：

"日本工农学校的教育目的是进行政治教育，启发战俘的阶级觉悟，争取在思想上转化，使得他们从日本军国主义、武士道精神教化下扭曲了的灵魂复活到善良、热爱和平上来。使其成为反侵略战争和为日本人民解放事业而奋斗的坚强战士。

学校教育分3个阶段，刚入校者，预科教育两个月，然后转入10个月的长训。学校根据学员的年龄、文化、入校时间的差异，编为A、B、C3个组：

A组的学生文化水平较低，很多都是工农家庭，被俘不久。由香川孝志（梅田照文）担任教员，他也是一名日本俘虏，文化水准较高，思想转变快，我们接纳他为教员讲授"政治常识"，这是一门用马克思主义观点来阐述经济与政治的初级课程，讲从原始共产主义社会到资本主义社会的社会发展过程，讲阶级和战争发生的原因。

B 组的学员是来到八路军一年后的俘虏兵。由我八路军敌工部部长王学文任教员，他曾留学于日本，是个日本通，讲的内容是分析帝国主义时代的政治和经济。

C 组属于高级班，由我们工农学校校长林哲担任主讲教授联共党史，日本问题和时事问题。

A、B、C 三组共同学科是时事问题和学习中国语。

学校的教育宗旨是：理论联系实际，贯彻共产党的战俘政策，通过政治上、物质上的优待和思想上的教育转化工作，达到他们立场和世界观的根本转变。"

艾默生插话问道："这些日军战俘有无敌对情绪？他们能那么容易改造吗？"

"有啊，他们一开始是不容易改造的。"李初梨回答。

"接着继续说，这些战俘虽然大多数是备受压迫的农民，但由于日本帝国对他们进行军国主义教育，对侵华战争进行歪曲和欺骗宣传，他们成了建立一个新日本最狂热的拥护者。在他们看来，他们国家的恶劣状况，局势动荡，人民吃不饱饭，致力于发动战争，是因为他们别无选择。

可见，这些俘虏怀着一种深深地狭隘民族主义情绪。他们初来时，尽管学校多方体贴、关怀，但大部分人还是坐立不安自暴自弃，企图逃跑自杀，以种种方式表示反抗。有的甚至组织小团体与学校对抗。凡此种种表现，给教育改造他们增加了难度。"

塞奥德·怀特问道："你们是如何解决这种对立情绪的？"

李初梨说：

"首先在精神上尊重他们的人格和信仰，学校不设卫岗高墙，不体罚打骂，而是以诚相待。以民主的，说服教育的方法，消除他们的法西斯思想毒素，逐渐把其民族自尊心引向正确的方向。在物质生活方面给予优厚待遇。

当时八路军月津贴分为五等：战士一元五角，排级两元，连级三元，营、团四元，师级以上五元。日本工农学校的学员，都按连级发给津贴，主食以大米、白面为主，每餐都有肉，大大超过了延安各机关的生活水准。

有位叫谷川的学员因学校'伙食好'写了一篇文章《在食堂里》，张贴在校内墙报上：饭桌上摆满了日本式和中国式的菜。班长一声令下，大家就开始动作起来。我的筷子首先伸到鸡素烧（烧牛肉）里，我吃了一口，不由得大声说：'美极了，这是天下最好吃的菜。'别的桌子上，有人说：'我们真幸福！在日本国内生活一天比一天差，而我们在这里的生活倒一天比一天好。'

在政治上给予信任，如森健就被吸收为陕甘边区参议员，小路静男被吸收为延安市参议员，使得他们直接参与政府的工作。

在管理上，学校以学员自制为原则。由学员自己组织开展各种政治文艺活动，不仅激发了学员的政治热情，而且使学员的生活充满了民主快乐的生机，促进思想的转变。

政治上的信任，生活上的优待，消除了他们的敌对情绪，对八路军优待俘虏的政策有了认识和了解。林哲校长曾做了个'民意'调查，他们对日本侵华和日本对美作战进行了谴责。他们相信日本将要战败。大部分人都希望如果日本战败而不是战胜的时候，他们可以回到日本。八路军不杀害或虐待战俘，反而善待他们的事实，使他们明白了日本军国主义发动侵华战争必然要失败的。被日本军国主义奴化教育下，泯灭了的良心得到'发现'。

为了配合课堂教学，学校举办各种问题的讨论会、报告会和讲座。讨论会分为'星期一讨论会''分组讨论会'和'读书会'3种，尤其是以星期一讨论会的规模最大，全体师生都参加，讨论的内容最多、最广泛。"

有吉·幸治非常感兴趣地说："今天正好是星期一，我们能不能旁听你们的星期一讨论会？"

冈野进校长愉快地说："只要你们感兴趣，欢迎参加。"

李初梨副校长接着介绍说："通过讨论'劳动者努力工作为何贫穷？''什么是正义和非正义？''为什么说日本军国主义

奉行者是亚洲和日本人民的敌人？''日本法西斯给人民带来些什么？''怎样打到法西斯？''为什么说法西斯是短命的？''八路军和日本军的比较'等等问题，他们的思想认识发生了质的变化。使学员们明白了帝国主义的侵略战争与民族解放战争的本质区别，看清了日本法西斯欺骗和驱使了他们成为这场侵略战争的炮灰。过去他们仇视中国，愿为日本军国主义牺牲一切的战俘们，经过教育改造，现在是个个对日本法西斯主义深恶痛绝。从1941年5月15日学校开办以来，共有300多名学员自愿参加了八路军。他们与八路军一起，在前线勇敢战斗，瓦解日军，在后方积极宣传我军优待俘虏的政策，对教育改造俘虏起到了非常大的作用。"

副校长李初梨还说："现在有许多学员，就是通过阵前喊话、发送信件等方法瓦解投诚过来的。初进校时还是满脑子'圣战'观念的学员，在一段时间学习后，逐步改换了思想，由衷地呼喊：'中日人民团结起来，把日本军队从中国赶出去'，'到前线去，和八路军在一起'，逐步成为瓦解日军的一支重要力量。"

长时间没说话的美军观察组上校包瑞德称赞道："中国共产党独创的日本工农学校，将一批深受法西斯奴化教育的顽固俘虏教育改造成坚强的反法西斯战士，这是一个伟大的创举，可以说他抵得上一个军团。"

美观察组组长谢伟思也赞同地说："这就是共产党比国民党英明之处，国民党应该学习共产党。"

要看的还真多，不知不觉中就到中午了。

冈野进说："午餐准备好了，上午的汇报就结束了。"

午餐就备在日本工农学校。餐厅明亮宽敞，饭菜丰富花样众多，除有延安的风味小吃外，还特意上了美国的西餐和日本料理。真是一席中、日、美合璧的午餐宴会。酒是延安南泥湾酿制的纯粮食性烈白酒，喝上几杯，心就会咚咚跳，甚至喝上一小杯也会觉得心上发烧。包瑞德已领教过这种酒，很害怕，他说这是"警报酒"。约翰·艾默生和有吉·幸治、《纽约时报》记者塞奥德·怀特，虽然在重庆时隔三差五地到饭馆里喝过茅台酒，但对这种南泥湾烈酒，还是心里发怵。

午宴气氛热烈，大家纷纷向美国客人敬酒。包瑞德只喝了两杯就浑身冒汗，有些腾云驾雾的感觉。谢伟思有点酒量，可是推辞不过，喝了十几杯，虽然心里明白要注意美国人的尊严，但身子已经飘起来了，坚决不再接酒杯了。约翰·艾默生和有吉·幸治、《纽约时报》记者塞奥德·怀特，也喝得晕晕乎乎，伸出拇指说："中国菜好，酒也厉害。"

午餐结束后，安排美军观察组进行一次现场观摩星期一讨论会，日本工农学校的全体师生参加，他们提前坐进了会议室，当美军观察组在林哲校长的陪同下走进会场时，大家起立鼓掌欢迎。部分美军观察组成员，开着吉普车又赶来旁听了。

讨论会由副校长李初梨主持，讨论的主题为"灵魂的复活"，李初梨讲了讨论会的宗旨后，学员们争相发言。尽管有美国人参加，但学员们并不紧张，认真畅谈自己的感受。

首先发言的是小青松山，他说："我是日本大阪府松原市人，父母靠经营一个小杂货铺为生，节衣缩食供我上学，期望将来帮助父母经营扩大铺面。随着侵华战争的持久，日军战线的扩大，兵力消耗剧增，日本法西斯政府在国内大量征兵补充兵员。1943年春天我被强征入伍，被迫放弃了学业。经过武士道精神指导下的严酷军事训练后，我的灵魂被扭曲，善良的人性泯灭了，我渐渐变得骄横、残忍起来。把剖腹自尽、杀身成仁当作日本军人的武士道精神，被俘当作最大的耻辱。我就是这种思想，被编入陆军大阪十二师团开赴中国战场的。半年后，我由下等兵晋升为上等兵和机枪手，同时也由一个恋家孝子变成一个仇视其他民族，效忠天皇大日本帝国的军人。在一次'扫荡'八路军的战斗中受伤被俘了，我感到耻辱，准备自刎，但未成。俘虏后我自杀未遂，八路军还给我疗伤。使我震惊的是，在武士道精神之外，还有一种更强大的精神，那就是共产党八路军革命的人道主义精神。在解放区现实生活中我所看到是：八路军官兵平等，首长和士兵关系融洽，而日军等级森严，长官动辄打士兵耳光；八路军英勇善战，自觉地为中华民族的生存而战，而日军厌战恐战，常以酗酒嫖妓来麻痹战争带来死亡的恐惧；共产党八路军优待俘虏，实行人道主义，而日军残酷虐待、杀害俘虏。两者相比，占据在我脑海中的武士道精神开始动摇以至崩溃了。到了延安，在日本工农学校的教育改造下，我被扭曲的灵魂和被泯灭的善良人性得到复活！"

说到这里，小青松山情绪激动，提出提前毕业参加八路军。全场热烈鼓掌，紧接着名叫田山孝方、水野秀夫等人发言，他们的发言大同小异，都叙述了自己被俘的经过和在解放区看到的一切。要求发言的一个接着一个，个个讲得精彩真实动人。他们讲述了日本工农学校怎样把崇尚武士道精神的日本战俘，教育改造成国际主义战士的，在延安获得精神再生，灵魂复活的过程。

约翰·艾默生和有吉·幸治、《纽约时报》记者塞奥德·怀特，美军观察组的人员在这次星期一讨论会观摩中深受感动，他们高度赞扬中国共产党创办日本工农学校，教育改造日本战俘，是一个绝无仅有的历史创举。

晚上，为了欢迎美国客人，日本人民解放同盟和日本工农学校联合在陕甘宁边区政府大礼堂举行欢迎文艺晚会。演出的节目是：

第一、民谣、歌曲

（一）《盟员歌》（合唱）
（二）《越过山丘》（合唱）
（三）民谣《三部曲》(独唱)
（四）民谣《大岛谣》（独唱）
（五）《军队生活苦》（合唱）
（六）《反战进行曲》（合唱）

第二、舞蹈

（一）《拜庙》（单人舞）
（二）《樱花舞》（集体舞）

第三、武术

（一）剑术
（二）柔道

第四、舞蹈

（一）《捉泥鳅》（单人舞）
（二）《斗笠舞》（集体舞）

第五、活报剧《空袭》

樱花舞表演

第六、话剧《岛田上等兵》

序幕：送别
第一幕：中队长室
第二幕：兵营
第三幕：日军碉堡前

文艺晚会气氛热烈友好，节目精彩热闹，掌声、笑声不时地在礼堂里响起。

艾默生在延安的两个月中，被所看到的一切感动，回到重庆专访了重庆的日本俘虏收容所，发文叙述道："一九四五年一月十五日，我和鹿地亘一起去参观日本收容所，同我们见面的日本俘虏，慢腾腾地走出来，脚上有镣铐，都是困在一把锁上的。我们努力想使他们开口，但几乎毫无反应。这与在延安那些快快活活的工人、农民（指被俘士兵）相比，真是鲜明的对照。"①

日本工农学校学员

他还说："在太平洋战场，如何对待日本俘虏，这是最伤脑筋的。因此美军想要知道日本工农学校的经验，我也很愿意把工农学校的情况介绍给他们。但是，我怀疑，美国军队能够从阶级的观点对俘虏进行教育吗？"②

事实上艾默生的怀疑是有根据的，有关资

①②【日】香川孝志、前田光繁著，《八路军内日本兵》，解放军出版社，第77、79页。

料披露：美军军官向士兵灌输仇日思想："身上每一根神经都要充满对狗杂种的日本鬼子的仇恨。"

据说美军发明了很多折磨日军俘虏的方法，白天用沾了海水的鞭子毒打战俘，到了晚上，就在战俘的身上涂上吸引蚊虫的液体，再加上没有医疗救护，很多日本战俘死于各种疾病。

此外美军还发明了一种叫做"刺笼"的酷刑，每一个"刺笼"都是一个小铁圈，

美军士兵对待日本俘虏

长 1.5 米，宽 1 米，高 1.5 米，磨得十分锋利的尖刺指向里边。战俘在里面坐不能坐站不能站，只能缩在一团，还时常被扎。过个几天再来看，就已经死在里面了。据统计，美军二战期间共击毙了 130 万日军，其中光是虐杀的日本俘虏就在 3 万人以上。

有吉·幸治也曾说道："通过与工农学校学员座谈，使我打消了对共产主义者宣传工作取得成就的怀疑。"①

回到重庆把延安看到的一切报告于美军司令魏德迈和大使赫尔利，警告他们支持蒋介石打内战的危险性，并得出"如果发生内战，胜利属于共产党"②的结论。

---

①②【日】香川孝志、前田光繁著，《八路军内日本兵》，解放军出版社，第 77、79 页。

第十六章

风靡延安和华北的反战剧

1944 年的隆冬，延安边区大礼堂十分热闹，人们争相观看由日本工农学校排练演出的反战剧《岛田上等兵》。按常理看个戏嘛，竟能引起如此轰动，也许是新鲜剧目的缘故，但大多数人是想看看日本战俘学员演日本戏，先睹为快。

《岛田上等兵》剧本编写的背景都是日军内曾发生的真事和自己的亲身经历：日军内部的等级制度，下级士兵受到长官的种种压迫似乎是天经地义的，轻则打耳光，重则体罚是常有的事。

工农学校的学员多数是下级士兵，身受过其害，故此，集体讨论编出该剧目。如有一士兵刚刚结婚，蜜月未满就被征兵服役来到中国，妻子来中国寻找丈夫，没找到却被军部欺骗征为慰安妇，在慰安所同丈夫相遇，夫妻在这样境况下相遇，相拥抱头大哭，自杀了！还有一士兵在训练刺杀中，中队长让他刺杀活人练胆，他不从被毒打惩罚，一气之下射杀了长官，他也自杀了，等等。

就是以这些活生生的事实为依据出台了诸多剧目。在华北晋东南根据地也上演了，如《岛田归营》等剧目。

《岛田上等兵》梗概是：日本士兵不堪受辱，向他们的上司——中队长提出了正当的要求，可是不但没有得到答应，反而受到肉体惩罚。于是，士兵们打死了中队长，投向了八路军……

这个剧本，就是受到华北日军内部发生的事件启发而创作的。延安鲁艺学院艺术指导员颜一娴女士亲临日本工农学校指导排练，从细腻的演技指导以及舞台装置，都是鲁艺学院的人协助的。剧组出场的既有日本兵，又有八路军战士，共 15 人。演八路军战士的是与工农学校相邻的敌军部工作干部学校的学员，演日本士兵的就是日本工农学校的学员。

延安上演日本工农学校学员排演的新剧目，引起中共高层的重视与支持。

初次公演的时候，毛泽东也来观看了。因是冬天，他穿着厚厚的粗布棉衣坐在台前，旁边放了木炭火盆取暖。副校长赵安博陪看，因他精通日语可以既做解说又当翻译。

剧幕拉开，随着剧情发展，观众中不时传出阵阵的掌声和喝彩。

毛泽东似乎也被剧情感染了，坐在他身边的赵安博解说道："这些演员都是我们学校的日本工农学员。扮演主人公岛田上等兵的演员名叫吉田太郎，是所有日本工农学员中汉语说得最好的。1938 年 7 月在山西被我们俘虏时，他曾刺伤咽喉企图自杀。瞧，他脖子上的那条伤疤就是那时留下的。那位戴近视眼镜、扮演日军中队长的叫梅田照文，他是 1940 年 8 月百团大战时被我们俘虏的，思想进步很快，现在是工农学校的政治常识教员。排演这个戏分配角色的时候，日本学员都不愿意演日军中队长这一反面角色，都觉得这个角色不光彩……"

毛泽东插话问道："后来这个问题是怎么解决的呢？"

没有等赵安博回答，毛泽东自言自语地说："你们一定是用硬性摊派的方法喽！"

赵安博说："后来我们做了点儿工作，说从艺术角度考虑就他的形象符合角色。他总算勉强同意了。但在演殴打士兵那场戏时，他下不了手，经鲁迅艺术学院派去的指导老师反复启发才出了效果。"

毛泽东笑笑说："看来反角不好演嘛！"

演出结束后，毛泽东高度称赞道："这个戏很好，内容很丰富，演员演技也不错。"

后来，这个原本计划只上演 3 天的剧目，因为很受欢迎，延安各机关也要求演出，累计公演了一个月。

在抗日军政大学演出时，美军观察组也来了，他们听说日本工农学校学员编排的话剧很好看，上校包瑞德特意带领着观察组成员来看风行延安的话剧《岛田上等兵》。这些年轻的美国兵，个个头戴船型军帽，身着标准的美式军服，精神抖擞地来到剧场，受到抗大学员的欢迎。

演出开始后，随着剧情的高潮，日军中队长对下级士兵施暴，日本士兵不堪受辱反抗，打死了中队长，投向了八路军的时候，台下的美军观察组成员用英文高喊："Finish him！（干掉他！）Well done！（干得好！）"

他们的行为引起来看戏的观众和抗大学员们的共鸣，全场掌声热烈，不约而同地高喊"干得好！"……

同样，在华北抗日根据地，也有一话剧《岛田归营》成功上演，它是太行"觉醒联盟"支部剧团编写的。《岛田归营》话剧是根据反战联盟成员自己经历的事编排出来的，真实感人，先后演出46场，在俘虏士兵以及日军内引起巨大反响。

为了深入贯彻抗日民族统一战线政策，决定对日伪展开政治攻势，一二九师政治部所在游击区召开了一次有当地士绅参加的参议会。会后当晚，邀请反战同盟太行支部的同胞剧团演出话剧《岛田归营》。

剧场是在一个镇子上的大庙里，临时搭建的舞台上挂着两盏汽灯照得周围如同白昼。周边村子的男女老少闻知这里演戏，早早地赶来看稀罕，挤在台下周围，黑压压一片，前排长木凳上坐着邀请来的士绅们和八路军首长，部分八路军战士整齐地在台下席地而坐，静静地等候剧幕的拉开。

《岛田归营》剧情为四幕：上半场二幕大意是日本重伤俘虏士兵岛田被八路军军医救活，伤痊愈要求归营，已经参加八路军的日反战士兵劝他说："我希望你留下来，回去会被枪毙的！"

岛田说："感谢你们救了我，但想回去，我的服役期快到了，家有年老多病的双亲，我放心不下他们。"

八路军战士把岛田护送到日军据点，他含泪致谢。走进中队部，中队长就恶狠狠地骂道："你被八路俘虏也有颜面回来！"递枪让岛田自杀。岛田怒了，反驳说："我是负了重伤被俘的，你丢下我不管，顾自己逃命，你配做大日本皇军军官吗？自杀的应该是你！"

中队长被岛田的反击气势所吓倒，十分尴尬，灰溜溜地滚下台……

敌工部翻译高声说："岛田胜利了！"

台下发出一阵叫好声和掌声，上半场落幕。

就这样，话剧《岛田归营》一时风行晋东南抗日根据地，先后演出46场，它是对日心理作战的一把尖刀，其威力抵得上一个师团。

第十七章
延安举办日本问题展览会

当抗日战争进入中后期，日本国已经内外交困了，就在这个时候，延安的日本"反战同盟组织"举办了一次日本问题展览会。此次展览会引起延安各界的关注，受到中共领袖们的高度赞扬。

这是一次在延安有很大影响力，且很有意义的展览会。是由日本工农学校筹办、学员积极参与，发挥各自特长而举办的。梅田照文回忆，周恩来很重视这次展览，在展览开幕前他就来到日本工农学校参观了预展："他一边看，一边赞扬说：'很不错！很不错！'他发现一份英文说明书里错了一个词，是拼音错了。我还以为他不过是粗粗地浏览一遍，没想到他看得很仔细。"①

正式展馆是在中央党校的礼堂，礼堂位于（延安）城北，出了北门4华里的大砭沟。毛泽东主席也在正式开展之前看了展览，他在留言簿龙飞凤舞地挥笔写道："看了这一展览，很有收获。内容说明很系统。"②

1944年6月，展览会开幕的那天人流涌动，延安的各机关干部都来参观。环境幽静的中央党校礼堂布置得整齐而有序，展板悬挂在雪白的墙壁上，展览内容分三部分：第一部分为日本国内生活情况；第二部分为日本军内生活情况；第三部分为反战同盟的活动情况。有资料、图表，还有漫画(秋山良照制作)、模型，图文并茂。

---

①②【日】香川孝志、前田光繁著，《八路军内日本兵》，解放军出版社，第87页。

第一部分　反映日本国内生活情况（附有图表）

文字介绍说：

由于战争规模越来越大，所以日本政府财政和资源的缺口也越来越大。没多久外汇储备就用光了，财政也开始入不敷出。因日本无法在国外借到钱，所以只能从国内百姓身上想办法。为了支援前线，日本人开始节衣缩食，民众纷纷把积蓄拿出来购买政府发行的公债。但没多久，日本国民就已经没有什么积蓄，日子全都过得紧巴巴。

没钱不可怕，节衣缩食还能对付一下，问题是日本发动的侵略战争是个无底洞。为了维持战争，日本把国内所有的资源都集中到军事上，并加大了对国内民众的掠夺，连日本国民的口粮都被征用了。

城里人再也吃不上雪白的大米，即使条件好一些的也只能吃一些掺杂粗粮的糙米。而乡下的农民就更惨了，他们辛辛苦苦种出来的粮食基本上全部上交国家，自己只能吃粗粮和野菜。冬天来临，很多没吃没喝的日本农民根本撑不过寒冷的冬季。所以，每年日本农村很多地方都会出现饿死人的情况。

资料介绍说，日本国内市民每一个人每天领到的粮食都是有限的，就算有钱都无法从市面上买到粮食，吃不饱的人只能拿着财物，到农村或者黑市用以物易物的方式换取食物。当然，这样的行为完全是违法的，只要被军警发现，被抓之后就会面临很严重的惩罚。但即使如此，日本很多市民都会为了吃饱肚子铤而走险。

日本国民不仅忍饥挨饿没饭吃，他们的日用生活品也非常匮乏。由于执行配给制，日本国民手里又没有钱，所以他们只能分到数量很少、质量极差的生活品。大部分日本人分到的衣服是一种用木浆和树皮混合着粉碎的废旧棉布制作的粗制服装。至于糖、油、肥皂等生活日用品，对于日本人来说完全属于奢侈品。战争后期，为了满足战舰的燃油需求，日本政府把老百姓炒菜做饭的豆油都给征用了，老百姓做菜只能用水煮。

由于盟军的轰炸，大量房屋被炸毁，很多人只能住又脏又臭的下水道，和老鼠住在一起。有一图片展示：1943 年 7 月，在大阪西

当时日俘虏士兵提供的照片

区，日本少年团正在进行避难训练，他们在地面挖掘洞穴，周围用泥土堆砌起来，成为简易的避难壕。而日本官方依旧选择负隅顽抗，让国民时刻生活在危险之中。

更让人难以忍受的是，国民没有任何自由和权利，除了为国家卖命什么都不能做。即使不被拉到前线充当炮灰，也要在后方像机器人一样进行超长时间和超长强度的乏味工作，忍受着折磨，为所谓的大日本帝国"圣战"服务。

特别让人心酸的是，战士（日军）在前线拼杀，奋勇作战，妻子在国内连小米都吃不上，为了维持生计和养活孩子，只能靠做艺妓补贴家用。丈夫看到了妻子的来信抱头痛哭，只得把自己省吃俭用省下的几块压缩饼干给妻子寄了回去（饼干有几块还是湿的，因为上边沾满了泪水）。

有一图片展示：一位准备开赴战场的日本兵与妻儿告别，因为

俘虏士兵提供服役前的离别照

他知道，自己是再也回不去了。

不想服兵役最终自杀的娘小哥时有发生，日本当局近乎疯狂地宣传天皇是"现人神"而不断降低征兵的标准和要求。受军国主义的唆使，七八岁的孩子都身穿军装作为课堂作业，足见二战时的日本有多疯狂。

第二部分　军内生活情况

文字介绍说：1943 年 10 月起，日本政府引入"学生从军"制度，学生们需要"解放大东亚""奠定和平·的基础"这样的理念，给死亡赋予意义。但到了军队里，残酷的军营秩序只会浇灭学生的热情。首先，老兵和下级军官会将从上级军官那受到的压迫转移到新兵身上，大多是实施私刑。粮食配给经过层层盘剥，一个二等兵只能拿到"麦子、稗子或粟，那也只有半碗"，而小队长的碗里堆得像座小山。

在日本的军队当中，在上级打下级的时候，下级还要表现出一副驯服的表情，不然迎接他的将是一顿更残酷的拳打脚踢。甚至用棍子打，这种棍子长60厘米，士兵在被处罚的时候，必须双手扶墙，两腿张开，屁股翘起来，狠狠地打下去，最少要打3下，多的甚至有10多下。打完之后，屁股基本上是要暂时性报废了。不要问为什么打你，因为打你不需要理由。在这样的军队气氛中，日本士兵心里变得扭曲。一个日俘虏新兵说："对于新兵来说，可怕的不是敌人或者上战场，而是那些比自己等级高的长官。"

在山东峄县，一个日本兵排队等候慰安妇的"服务"。轮到他的时候，却发现对方是自己的恋人。原本以为恋人还在日本本土，却在这种时候这种场合见到她，这个日本士兵羞愤不已。不久后，这位日本士兵先将恋人杀死，自己也自杀身亡。

这种现象在日军当中属于常态，正是这样种种突破心理和生理极限的暴力，使得日军逐渐厌恶服役和战争。

到了抗战的后期，许多日本士兵的心理防线也开始逐渐崩溃。他们已经远离家乡很多年，本来以为扛过前几个月就可以回家，但是在中国停留的时间越长，发现自己的待遇水平就越来越差，从一开始的有鱼有肉变成了到最后只能吃红薯、土豆。这让他们从身体上和心理上都不能接受，便开始消极作战。

文字介绍结尾说："军队内士兵如此状况，你们觉得日军还能打赢吗？"

如图为日本士兵被打或体罚漫画：[1]

---

[1]《陆军步兵漫话物语》斋藤邦雄，1941 年入伍，原日军第六十三师团机枪射手，曾在华北与八路军作战多年，战争结束时被苏军缴械。战后回到日本的斋藤写下了多部著作，描述在军队所经历的种种情形。还有斋藤自画的漫画插图。

第三部分　反战同盟的活动情况

由于日本俘虏逐渐增多，各地陆续建立起了以日本战俘为主的反战团体，活跃于延安、华北、华中等地，诸如反战同盟延安支部，太行地区、冀鲁豫地区、冀南地区反战同盟支部，华中的苏中支部、苏北支部，在安徽成立的淮北支部、淮南支部等。到1944年各地发展为13个支部，共有盟员223名。

展板图文结合，介绍了各地反战同盟活动的情况。特别是延安支部号召召开了"全华北反战大会"统一了各团体。朱德、吴玉章参加了大会，并致了辞。在晋南麻田镇召开的反战大会上，有30多名日本俘虏士兵出席大会，八路军刘伯承将军致了辞。

在华北、华中的反战同盟成员踊跃上前线，亲历用散发传单、送慰问袋、喊话等方式进行反战活动。有的甚至献出年轻的生命，如盟员砂原利男，山东支部盟员的今野博，冀中日本反战同盟支部长田中实，华中在华日本共产主义者同盟支部长坂谷义次郎等。

这次展览会举办得很成功，受到延安各界的好评。在延安的西北参观团和美国记者及美军观察组也光临看展览了，他们用闪光照相机咔嚓咔嚓地照个不停，竖起大拇指嘴里不住地喊："OK！OK！"

第十八章

俘虏与将军

抗战胜利 60 年后的一天，在北京八宝山公墓杨勇将军陵墓前，一位头发斑白的日本老人神态凝重，深邃的眼眶里含着泪水，双掌合一默默祈祷，小心翼翼地将两束鲜花献上，深深地三鞠躬。

这位老人叫水野靖夫，他感谢恩人使自己获得新生，走上了人生的新征途。

那是发生在抗战时期，八路军一一五师 343 旅主力在冀鲁豫敌后抗日根据地的事。

1939 年 8 月的一天，一个大队的日伪军，在一个名叫长田的大队长带领下，向八路军根据地梁山泊进行疯狂"扫荡"。

梁山泊，就是小说《水浒传》中农民造反的聚集之地，八路军在这里开辟根据地后，有群众基础，343 旅旅长杨勇已经事先获得情报，设伏消灭这队气焰嚣张的日伪军，于是派出八路军小分队诱敌深入，伏击扫荡之敌。

敌人进入这个区域后，处处扑空，老百姓早已转移，未见到八路军一个身影。

一天，疲惫的日军当晚夜宿在一个叫作前集庄的村子里，这队日伪军做梦也没想到，他们已经被八路军包围。

343 旅在杨勇将军的指挥下，分别从 4 个方向，乘着夜色悄悄地把日军围了个水泄不通。杨将军深谙用兵之道，准备在凌晨敌人最麻痹的时候发起进攻。此刻他在旅部临时指挥所里来回踱着步子，不时地抬手看看手表，等待着各团、营到达指定位置的消息。一刻钟后，陆续得到消息，各团、营就位，杨勇将军命令，拂晓以见信号弹发起进攻。

翌日拂晓，八路军343旅突袭进攻开始了，日军被突如其来的炮火打得晕头转向，八路军很快攻进村子，展开激烈的巷战，敌人的炮兵失去了作用只顾逃命。一小队日军发起反扑妄图突围搬救兵，然而被八路军突击营强大的火力逼回在一个大院里，日军大队长长田也困在院子里，无力回天切腹自杀。

这次战斗消灭日军一个大队，俘虏十几个日军士兵，水野靖夫就是其中一个。他被炮弹炸昏，多处负伤昏死过去，苏醒后见八路军卫生员给他伤口抹药、消毒，包扎好后又扶着他随部队转移。然而没走几步，昏晕坐地。这时候一个骑着枣红战马的八路军长官见状下了马，扶着负伤战俘上了自己的坐骑。

这是水野靖夫做梦都不会想到的事，原来这就是343旅旅长杨勇将军。从此以后，水野靖夫就与这位赫赫有名的将军结下了一段情缘。

八路军343旅在前集庄消灭日军一个大队后，迅速撤离回到宿营地，十几个俘虏集中在一个农家小院里，垂头丧气，水野靖夫蜷缩在角落，想着如何被杀死。他们心里清楚，八路军是不会轻饶的，因为每次"扫荡"日军烧杀抢掠无恶不作，每个人心里所想的就是等待八路军杀死自己。

就在这时候，一个年轻八路军敌工干部同卫生兵进来，这些俘虏惊慌惶恐，八路军见状，用不流利的日语说："你们不要害怕，卫生兵给你们受伤者换药了。请你们放心，我们八路军是不杀俘虏的。"

水野靖夫心想：不杀，谎言吧！怎么可能？不管怎样，还是想办法逃跑。

过了几天，打了胜仗的八路军驻扎在梁山泊休整。

据有关资料记载，梁山泊从五代到北宋末，滔滔的黄河曾经发生3次大的决口，滚滚河水倾泻到梁山脚下，并与古巨野泽连成一片，形成了一望无际的大水泊，号称"八百里梁山泊"。

《水浒传》第十回、第十一回这样描述梁山水泊："山东济州管下一个水乡，地名梁山泊，纵横河港一千条，四下方圆八百里……山排巨浪，水接遥天……阻当官军，有无限断头港陌。遮拦盗贼，是许多绝径林峦。鹅卵石迭迭如山，苦竹枪森森如雨，深港水汊，芦苇荡荡……断金亭上愁气起，聚义厅前杀气生……"

其实，此时的梁山泊并不像小说中说的那样玄乎，而梁山泊属于河成湖，即湖泊水势兴衰完全取决于注入的河水量，而这条梁山泊的母亲河正是黄河。因而这一带就是一个黄河滞洪区，每年接收经由古济水道而来的大量黄河水。等到唐末五代，中国气候开始进入一个冷暖转折期，大规模降雨成为黄河中游的一种常态，这就导致黄河在滑、澶多次决口，大量泥沙涌入巨野泽并不断堆积，推动巨野泽由南向北移动，逐渐包围了北面的梁山，形成梁山泊。

这里生长着大片大片的芦苇荡，形成无数块大小不等的小岛，而供船只行驶的水道就如曲径通幽般潜藏在芦苇荡里，如果没有向导带路，船只很容易迷失，人若进入犹如进入迷宫。

正是因有这一地理环境优势，八路军与日军周旋，抓住战机歼灭来犯之敌。

前集庄战斗中被俘的十几个俘虏也被带到这里，八路军特别优待他们，吃的伙食比八路军好，竟然有鸡蛋和湖里抓来的泥鳅吃，但他们还是寻找机会逃跑。九月的鲁豫一带进入雨季，一下就是几天。一天晚上，水野靖夫等6个日军俘虏，乘着夜色逃跑了。杨勇将军命令必须找到，一个不能少，派出小分队连夜寻找。

绵延几百公里的芦苇湿地，四面环水，形成了一块块小岛。夏秋之季，茫茫湖面芦苇丛生，将湿地变成了一片绿油油的大海，当风雨穿行而过时，芦苇发出沙沙、沙沙的声音，小船在碧绿的波浪湖面上摇曳穿行，进入此地就如走进迷宫，要想走出芦苇荡真不容易。

6名战俘深一脚浅一脚地瞎撞，3名战俘陷入沼泽淹死，水野靖夫和另两名俘虏得以幸存，惊恐地躺在苇丛中。

八路军战士钻进了芦苇丛寻找着，湖水发出的湿湿的腥气，与腐烂芦苇的气味混合在一起,有点难闻，他们极力搜索着每一个地方，向预定的目标挺进。果然，天亮后发现芦苇丛中迷迷糊糊睡死的俘虏，抓住了他们。

水野靖夫想：这次八路军是不会饶恕的，就等着杀头吧！

出乎意料的是八路军不但没有枪毙他们，反而给他们煮姜汤喝，驱寒暖身子，换上干衣服，关切如初，杨勇将军冒雨徒步涉水亲自看望他们来了。

此时的水野靖夫见到扶自己上马的将军，既感动又羞愧，低着头不敢正眼。将军说："你们想回日军的心情是可以理解的。我们之所以不放你们回原部队，是保护你们。以前我们放回过几个俘虏回原部队，据了解他们都被日本军法部门枪毙了。你们已经在我八路军度过了一个多月，放你们回去，不是明白送你们去死吗？请你们放心，一旦条件成熟，一定送你们回国与家人团聚。我们是朋友，有什么困难尽管提出来，我们尽可能帮助解决。"[1]

杨将军富有人情味的话语，像火一样温暖了水野靖夫的心，让他十分感动。他想：看来八路军优待俘虏是真的，不是假话，日军的宣传纯属欺骗，孝忠天皇，是愚弄士兵的。

水野靖夫觉醒了，放弃了逃跑的打算，出于感激之情，他给杨将军写了一封信说："尊敬的将军，我虽然是个日军俘虏，但受到八路军的人道优待，这在日军是看不到的，他们对待俘虏是折磨和残杀。特别是我受伤不能行走，将军您扶我骑上你的马，并治好了我的伤，我的命是您救的，就这样我还寻机会逃跑，真是羞愧至极，过去受日本军国主义教育太深。在八路军的这段时间里，亲身经历备受感动，我明白了这场战争是非正义的侵略战争。我在日军是个炮兵，受过炮兵技术训练，我愿意留下来参加八路军，打击侵略者。"

杨勇将军看了水野靖夫的信后十分高兴，亲笔写介绍信于水野靖夫，到鲁西军区教导三旅报到，被任命为上尉炮兵教官，教八路军炮兵操炮技术。

随着反战形势的发展，1941年8月在冀鲁豫成立了一个"觉醒

---

[1]杨文彬、殷占堂编著，《在华日人反战运动纪实》，解放军出版社，第210页。

联盟冀鲁豫支部"。杨勇将军亲自点名调水野靖夫从教导三旅回到343旅政治部工作。杨将军的厚爱，水野靖夫感恩备至，积极工作以报答八路军的关怀教育，决心勇敢地献身于伟大的反战事业。

冀鲁豫觉醒联盟支部建立后，水野靖夫积极投入反战活动，他带领一个宣传小组，到日军据点发传单，送慰问袋及信件，瓦解日军。有趣的是他选择了中秋夜晚，与日军据点士兵举行了一个"月夜歌咏会"，以表达怀念父老乡亲的共同心声。

这天夜晚，满月高照，据点周围一片寂静，偶尔青蛙的叫声打破了寂静的夜。水野靖夫举起铁皮卷成的喇叭，用日语大声喊道："士兵同胞们，我是水野靖夫，前几天给你们少尉队长一封信，约好来联欢的，听到了吗？请队长回话。"

这时碉堡里七嘴八舌乱了营，有的说八路军来了，有的说是投降了八路军的日本人。停了会儿，那个叫清水的少尉队长回话了，他说："水野靖夫君你好，欢迎你们来联欢，中秋之夜，聊聊家常，

2007年10月，水野靖夫访华期间为老首长杨勇扫墓（殷占堂摄）

唱唱歌好吗？"

"好呀！"水野回答。

碉堡里一个士兵开口说："我是山口曹长，你的家乡是哪里？"

水野靖夫让身边的联盟成员回答他，于是这个盟员高声说："我是静冈县人，是丸山部队的上等兵，半年前的战斗中，我的右肩、右腿受了重伤，八路军冲上来，长官丢弃了我，被俘了。八路军把我当兄弟看，送医院治了三个月，伤好后我参加了在华日本人反战组织觉醒联盟。这次我们来就是想跟你们讲一讲，我们在八路军这边生活得很好，我们每个人每月领三块钱津贴，相当于享受连级干部待遇，官兵平等、行动自由、精神快乐。有人可能会骂我们背叛了日本，错了，我们只是背叛了日本军阀、财阀，站在中日两国人民一边，打倒军部，回国建立民主和平的新日本。这些就是我想向你们讲的心里话。"①

碉堡里的士兵一时静了下来，也许是心里受到感动，也许是半信半疑。那个少尉队长发话了，他说："月夜联欢，不谈政治，唱唱歌吧。"

水野靖夫说好呀，于是高声唱道："渡过海洋，翻山越岭，来到战场，所为何由？军阀逼迫我们，去牺牲宝贵的生命，有这样的蠢人吗？回去吧，回去吧！回到你怀念的故乡，回去吧，回去吧！回到等待着我们的妻子儿女身旁！"②

这时碉堡里传出歌声："月下站岗在战壕，远离故乡日难熬。跃出战壕问家信，无奈只托夜空鸟。清晨出门母亲面，浮想联翩热泪掉。"

这悲壮的歌声，回荡在静静的夜空，思乡的泪水挂在日本士兵的脸上……

这次联欢传到日本军部，震动很大，日本士兵人心惶惶。水野靖夫和盟员们，对清丰县日军展开全面宣传攻势，写信、发传单、

①②杨文彬、殷占堂编著，《在华日人反战运动纪实》，解放军出版社，第214、215页。

打电话，告诉日军即将战败的形势及八路军对待日俘虏的政策，使日军开始厌战、思念家乡，丧失了斗志，有的主动投诚八路军，有的厌战自杀。

水野靖夫的反战行动取得重大成绩，受到杨勇将军的高度赞扬，他见到水野说："你们'觉醒联盟'的工作有功，胜过一个师团。"

日本投降后水野回到自己的祖国，但他没有忘记中国共产党、八路军，没有忘记救命恩人杨勇将军，2007 年闻知将军逝世，赶来北京八宝山公墓拜祭……

第十九章
曾是和尚的日本八路小林宽澄

2015年9月3日是中国抗战胜利日，在北京天安门观礼台上，有一位97岁高龄的老先生坐在那里，参加纪念抗战胜利70周年活动，这位在世的日本人老八路被中国政府请到了北京，与中国领导人一起，在天安门城楼观礼台上检阅中国人民解放军。

这位老人他叫小林宽澄，当年在延安日本工农学校学习过的"日本八路"之一。小林宽澄曾参加日本侵华战争，被八路军俘虏后，成为一名八路军战士，中国共产党党员，其经历色彩传奇。

故事还得从头说起：

1918年在日本群马县中南部，关东地方西北部的前桥市满善寺，一个小生命降临了。头发斑白，历经沧桑的母亲抱起瘦骨伶仃的男孩子喃喃自语道："孩儿，你来得不是时候，这年头，怎么才能长大呀！"

这个幼婴就是小林宽澄，出生在满善寺的一个和尚世家。人们不禁要问，和尚还能结婚生子吗？是的，在日本和尚是可以结婚生子，有继承权的，他家祖辈是和尚，他的出生给这家既带来了欢乐，也带来了忧愁，"乐"是家族延续了香火，"忧"是缺吃少喝能否成活？

小林宽澄来到这个世上，真不是个时候，1918年大正时代的日本是迷茫的，也是动荡的。这个时代积累的严重的社会矛盾，使得军国主义分子得以在昭和时代大行其道，为日后军国主义埋下了祸根。

早在半个世纪前的明治维新之后，日本国力增强，成为列强，但其国内的阶级矛盾却越来越尖锐，日本的改革本来就不彻底，农村经济中残留了大量的封建主义成分，所以日本的农民和城市贫民的生活是非常艰苦的。

到了1918年国内矛盾终于到了顶点，因受到俄国"十月革命"影响，日本全国的工农也开始有了革命思潮，然而这个时候，日本政府却做出了武装干涉苏联——入侵西伯利亚的举动。由于政府穷兵黩武，军队用粮激增，奸商又囤积居奇，1918年当年日本米价暴涨，发生了"米骚动"事件：

在日本州岛中部傍海的富山县，到处是荒凉的景象，没有牲畜和家禽的鸣叫，没有人们的欢声笑语，各个村子一片死气沉沉。偶尔能见到一些老人和孩子，都是面有菜色，没精打采。女人们顶着烈日辛劳了一天精疲力竭，还得挎上菜篮子去挖野菜回来充饥。但是，野菜也越来越少，都快挖光了。

男人们为了养家糊口，早早地就去了北海道渔场打鱼。但打到的鱼越来越少，有时出海一整天，竟然一无所获。一个月下来，卖鱼所得的钱还抵不上自己的伙食费，哪里还能往家里寄钱？

前桥市大胡町镇虽远离海边，但小林宽澄家也没粮食吃了。更为要命的是，米价却一直在暴涨，本来上一年年底每升米只卖一角二分，进入1918年8月，已经是三角八分了。事实上，许多人家都已断炊。

日本是个到处都产米的国家，怎么会突然缺米呢？原来，进入20世纪以来，日本正迅速向工业社会转变。落后的仍然处于小农生产方式的农业已跟不上工业的发展。城市的扩大，非农业人口的增加，使得大米供应开始出现紧张。而这时，日本政府不但不想法调整和加强农业生产，反而不断征调大米以供它对外进行武装干涉和侵略。当军队用米量大增时，一些米商和地主又趁机囤积居奇哄抬米价。

不断暴涨的米价使得人们怨声载道，积累已久的怨愤终于爆发了，这是日本历史上爆发的第一次全国性的大暴动。这次革命暴动最初是以渔村妇女抢米为开端，以抢米形式爆发，所以在日本历史上习惯地称为"米骚动"。

"米骚动"从抢米而发展到与地主、资本家进行面对面的斗争，与反动军警进行搏斗，而且在群众中公开提出"打倒寺内内阁"的口号。可以看得出：这一运动本身可以说是一次革命性的政治斗争。

可见，小林宽澄出生之年，可谓"不详"之年哪！

不过，饱一顿饥一顿的他总算长大成人了。19 岁那年通过考试获得和尚资格证，在满善寺剃度出家，总算有了一条谋生的路。

然而，就在这一年（1937 年 7 月 7 日）日本侵华战争爆发。日本当时的形势是男子都得服兵役，也可以说是全民皆兵，几乎所有的男人都当兵去了前线。小林宽澄本为和尚家族，但也难于幸免，家中的哥哥 1937 年当了兵去中国打仗。

日本军国主义政府，欺骗日本人民，在日本国内到处贴着："明朗华北，敌影不见"的宣传画，告诉应征青年，中国的天空是明亮的，也是漂亮、和平、安全和看不见敌人的，甚至告诉大家，对中国的战争已经结束了，去中国再也不需要打仗了，而且还给发钱。

1939 年，皈依佛门的小林宽澄 21 岁了，这时候哥哥受伤后回到日本，他告诉父母说："日军在中国的死亡人数很大，我差点送命回不来了。"

善良的母亲说："佛祖保佑，活着回来了是大幸！"

哥哥回来的消息，大胡町镇公署的人马上就知道了。公署职员来到小林家告诉母亲说："军政府规定国民每户家有两个男丁者，必须要有一个当兵服役，你家长子已经回家了，那么二儿子必须去服役当兵，国家急需兵员。"

母亲含着泪说："我家大儿子当兵服役在中国，是负伤回来的，已尽国家之责，我们再没有这个义务了。更何况我丈夫刚病逝不久，二儿子皈依佛门。"

公署职员一时语塞，悻悻离开时还是说了句："你们准备吧，是免不了的，我们明天还会来的。"

小林知道后对母亲说："公署来人再催，你就答应了吧，我出家之人忌口多，营养不良，身体肯定不合格，不可能体检上的。"

由于日本发动的侵略战争已经陷入泥潭，中国战场急需兵员，不管是和尚、尼姑，还是教授、大学生，最后连中学娃娃都被骗来或强行拉来从军。所以，体检降到最低标准，甚至故意作伪，不合格也在表上显示为合格。

报名后的第二天，小林就被催着体检了，结果没想到竟然在体检的时候还是"过关"了，而且还是甲种合格。其实小林那么虚弱，身体肯定不够甲种，最多也就是乙种罢了。

小林回到家把体检情况告诉了母亲，母亲说："这怎么可能呢？我找他们说理去。"

小林拦住母亲说："别去了，除了不起作用，还可能会被定个破坏征兵罪，我就去吧！大不了为国捐躯，把自己的生命光荣地献给天皇。"

小林也是在军国主义教育中长大的，所以对母亲说出了这样的话。

1939 年年底，小林宽澄放下木鱼和佛经走出佛门。几天后家里就收到了一份红色"征兵令"，同时公署人还送来了一套被褥、军装、皮靴、自救包、水壶、饭盒、洗漱用品。半个月后，小林宽澄接到军队大召集的命令，他就要离开家乡了，离开年老体弱的母亲，看着母亲依依惜别的样子，心里十分难受。当天夜里他赶到木县政府所在地的宇都宫集合，被编入华北派遣军第十二军第十四师团，同时配发了礼服、作战服、钢盔、刺刀和崭新的三八式步枪以及手榴弹。

据小林宽澄回忆说：

1940 年 1 月 10 日夜，军队用一辆运载货物的厢式火车，把我们秘密送往东京芝浦港。火车里面一片乌黑，没有暖气，没有电灯，而且很慢，直到 12 日半夜才到码头，当时已经有一艘 120 米长 30 米宽的货轮在那里等着我们。货轮是 5 层，除了最底下一层是军马和军犬，其他每层都是士兵。甲板上还建了 4 个临时厕所，厕所直通大海，蹲在里面很害怕，如果不小心掉下去，就直接掉到海里去了。14 日深夜，我们到达广岛的宇品港，在宇品补充完物资，当天晚上就离开了宇品，在海上走了整整两天两夜。16 日晚上，我们将近 1 万人在中国青岛登陆，当时青岛的气温很低也很冷。在青岛没几天，就有一个日本老兵对我说，一定要小心，这周围到处都是"敌人"，非常危险，稍不小心就没命了。我一下就意识到日本国内的宣传完全是假的，而且根本不是什么正义的战争，既然青岛都这么危险，说明日军在中国的占领并不是那么牢固和安稳，所以我觉得有些上当受骗的感觉。可是，这时候想回也回不去了，只能跟部队在一起。

经过将近半年训练，我成为第十二方面军第十四师团独立混成第五旅团第十九步兵大队第二中队第三班的轻机枪手。训练结束后，我被分发到青岛和济南之间的益都，益都的西边有个辛店火车站，辛店北边 30 公里处有个桐林，我们就是当地最有名的桐林分遣队。那时候年轻，一心想为死去的皇军报仇，也想为国捐躯，想把自己的生命光荣地献给天皇，所以整天扛着一挺轻机枪到处去打仗。①

就这样，小林宽澄同其他侵略中国的士兵一样，陆续参战了……

1941 年 6 月，日军开始了"扫荡"胶东地区八路军根据地，而八路军胶东军分区第五旅旅长吴克华，面对日军的"扫荡"向来有自己的一套打法——游击战术，诱敌深入，打伏击战。

当日军"扫荡"到了海阳县北部午极镇的一个村庄，一小队日军被八路军打了个伏击。八路军的突然袭击打得日军晕头转向，损失殆尽，小队长也切腹自尽。小林宽澄是机枪手，盲目胡乱地扫射，想逃出包围圈，但无路可逃了，情急之中他想到了自杀。

小林宽澄记得："准备自杀的时候，突然想起了父母和兄弟，但不管怎么想，也得死。我把头挨着枪口，用脚趾头扣动扳机，叭叭叭几枪，我就倒在地上昏死了过去。等我睁开眼睛的时候，发现自己满身是血，这时八路军已经把我拖到了田地的中间。八路军就用日本话对我说，我们优待俘虏，不杀你。他们准备用担架把我抬回去，当时我挣扎着不上担架，他们强迫着把我压倒在担架上，过

---

①引自炎黄春秋网，黑明 / 文。

河的时候，我又跳了两次河，他们最终还是把我从水里拉出来。这时候我的头部伤口已经疼得动不了，大概走了一个多小时，他们把我抬到一座寺庙里，给我包扎了伤口，晚上做好饭让我吃。我心想我是日本军人，肚子饿也不能吃你们的饭，所以他们吃，我不吃，后来饿得实在不行了，心想那就吃一半留一半吧，意思是还想保持一点日本军人的身份。结果饿了，而且觉得很好吃，一口气就把一碗饭吃完了，当时觉得很难为情。"①

军国主义思想教育在日本年轻人中毒害之深，在中国和东亚战场上表现尤为突出，宁可战死不当俘虏，因而小林宽澄的行为并不为奇。

小林宽澄被俘后，处处受到八路军的优待。开始他总是有着敌对的情绪，后来他看到的和所感受到的一切，觉得八路军同日本军队确实不一样。敌工科干部知道小林的身世后，用日语给他讲了很多道理。特别指出：你是个皈依佛门的和尚，是以慈悲为怀，普度众生为理念，心经里讲"度一切苦厄"，你怎么能拿起武器来杀害手无寸铁的中国老百姓呢？这不是违背了佛教的教义吗？！

小林宽澄自惭地说："我入佛门也仅仅是谋生，服役当兵是被逼来的。来到中国发现我受骗了，并不是日本军部所说的建立'东亚共荣圈'。"

小林宽澄有文化，当和尚时读过很多经书，是有善念的。八路军敌工干部又让他读了一些反战理论的书籍，所以很快就觉悟了，认为日本发动的这场侵华战争是非正义的法西斯之战，他仔细想来，日军跑到别国的领土进行掠夺，横行霸道，中国人民反抗这种侵略行为不是理所当然的吗？

小林宽澄通过敌工科干部的教育进步很快，思想观念就彻底变了，觉得八路军并不坏，而是日本军坏，所以狭隘的日本民族主义观念也就放弃了，甚至是死掉了。

两个月后，八路军在牟平县午极镇召开了"九一八"纪念大会。

---

① 炎黄春秋网，黑明／文。

八路军又让小林参加了大会，激励了他脱胎换骨的决心，灵魂深处得到唤醒。从此，他走上了反战道路，自愿加入了八路军。年底就被派往延安日本工农学校学习，并且参加了由杉本一夫 1939 年 11 月在山西最早成立的日本士兵觉醒联盟这一反战组织。

在延安日本工农学校学习的这段日子里，小林受到的教育更大，让他欣慰的是认识了很多日本朋友，特别是校长林哲的授课让他耳目一新，林哲主讲联共（布）党史课程，由于他是日共中央领导，对日本有深刻的了解。当时化名林哲的冈野进真实身份是日本共产党中央派驻共产国际的代表，在莫斯科共产国际工作多年，对苏联共产党的历史和列宁、斯大林的理论著作熟悉。在他的教育下，学员们对理论能深入理解，进步很快。

小林宽澄回忆说，在工农学校学习，使人的灵魂得到洗礼。林哲校长教我们的是马列主义，不是枪炮，不是训练一支武装部队配合八路军作战，而是用批判的精神武器，去清除日本俘虏头脑中的军国主义与天皇主义思想，认清这场战争的本质，从侵略者转变为反战斗士，去前线宣传、教育、瓦解日军斗志，争取广大日军士兵，停止战争，建设和平民主的新日本。

97 岁的"日本八路"小林宽澄应邀参加中国抗战胜利日大阅兵观礼，2015 年 9 月 3 日摄于天安门城楼（小林阳吉 摄）

1942 年 3 月，小林宽澄从延安回到山东纵队政治部敌工科，成立了胶东地区觉醒联盟，组织上就任命他为秘书长和宣传部部长。后来，又他让担任了反战同盟山东协议会的执行委员和鲁中支部、滨海支部的支部长，在反战活动中十分活跃。

从此，在八路军和日军的无数次战斗中，小林宽澄都是跑在最前面，有时甚至走到二三百米的地方向日军喊话。每次打仗前反复用日本话向鬼子兵喊："我是小林宽澄，原来是第四独立混成旅团十九大队第二中队的，现在是日本反战同盟的支部长，我们发起的这场战争并不是一场正义的战争，我们不该来中国打仗，更不该杀人，我们这里有很多日本人都幸福地活着，欢迎你们也来参加反战组织。"

起先据点岗楼里的日军听到喊话开枪射击，后来喊话时间长了，他们也能听出小林宽澄的声音，不反对他的喊话了，也不再开枪了，在静静地听。

反战同盟的活动，引起了日本军部的恐慌和仇恨。1943 年春，日军对鲁中地区发起"扫荡"，打出高价悬赏反战盟员头颅，组织上为了掩护反战盟员，把小林宽澄安排隐蔽到了沂蒙山沂水县龙廷区土门村，藏入村外山坡上的一个洞里近一个月，妇救会主任一家每天晚上冒险送吃的，并还给他做了一件棉袄，像对待自家人一样，让他备受感动：一个普通的中国妇女，竟能像母亲关心儿子一样待我这个日本人，我还有什么不可放弃的呢……

1945 年 8 月日本投降后，大部分日本在华反战成员陆续回国，而小林宽澄因工作需要却随山东的八路军奉命进军东北。他一年后又返回山东积极参与了接受日军投降缴械工作，这时候的小林宽澄已经是一个成熟的共产党领导下的八路军战士了。

当时日军的主力在华北和华东，为八路军、新四军所包围，而国民党军主力则在大西南、大西北。如果就近受降的话，日军大部都将被八路军、新四军所缴械，这种情况显然是美国和以蒋介石为代表的国民党所不愿意看到的。

1946 年年初，新四军奉命来到山东接受受降任务。一天山东军区政治部主任舒同陪同陈毅司令员找到小林宽澄，陈毅亲切称呼说：

"小林同志，我们对山东日军的情况一点都不知道，我们共产党的军事代表要和日本军队谈判，可日本军队只认国民党，他们不愿意把武器交给我们。你是日本人对日军了解，配合我们完成好这项工作。"

舒同接过话题说："日本兵投降之后，思想波动都很大，你的中国话说得好，组织上让你去教育他们，事先同日军谈判。"

"保证完成任务！"小林宽澄爽快地接受了任务，带着准备好的写有谈判条件的字条，作为共产党的军事代表，去和日军谈判了。

来到日军据点，小林宽澄自报家门，日军曹长和小队长听说是小林宽澄来了，热情接待了他，并且问说："你是小林宽澄吗？"

"你们怎么知道我叫小林宽澄？"他反问道。

"你的名气很大呀！这一带你出了名，日军士兵都知道你。从说话的声音就知道了。"

小林宽澄说明来意，把陈毅和舒同交代的字条给他们念了一遍，小队长说："我接到上司命令是向国民党军队缴械。"

小林宽澄说："你们所在区域是新四军所管辖范围，向新四军缴械是理所应当的。"

"这事我没权利回答，但一定会报告上级的。"小队长说。

小林宽澄说："那好吧，我们新四军等待你的回复。"

据点里的士兵们把小林围了起来，问这问那的十分亲热，说这几年怎么样，共产党军队里还好吧？小林宽澄一一回答了他们提出的问题。日本士兵听了很羡慕小林宽澄，还请他吃了饭、喝了酒。

半个月后，日军据点小队日军向新四军缴械了。

小林宽澄顺利完成了任务，为事后陇海铁路新安镇日军据点日军接受投降仪式打下了基础。

最让小林宽澄难忘的是加入了中国共产党。

他回忆："1946年2月20日，是我一生最为难忘的日子。那天，舒同找我谈话，希望我加入共产党，我说我是日本人也可以入党吗？他说当然可以。因此在舒同主任和联络部部长刘贯一的介绍下，我加入了中国共产党。"

战后的日子里，小林宽澄在山东省济南市政府外事科做遣返日本侨民和日军的工作。1948 年济南解放后，他把自己的名字改成了中国名字高云。1953 年，从济南调到了内蒙古工作，担任了丰镇县医院副院长。1955 年 12 月 15 日，小林宽澄一家随第 12 批回国团 200 多人从天津塘沽港乘坐日本兴安丸号客船回国。

70 年后，他感慨地说："我在中国一共生活了 15 年，对中国的感情特别特别深，所以我的中国话带有浓郁的山东味儿，也会很多山东特有的方言表述。"①

是的，小林宽澄由日本帝国士兵俘虏后转变为反法西斯战士，并成为一名中国共产党党员，是人性的回归，人生的复活……

①炎黄春秋网，黑明 / 文。

第二十章

大生产运动中的日本工农学员

"花篮的花儿香，听我来唱一唱，唱一呀唱，来到了南泥湾，南泥湾好地方，好地呀方，好地方来好风光，好地方来好风光，到处是庄稼，遍地是牛羊……"

这首欢快优美的《南泥湾》，一听到它的旋律，人们就会想起南泥湾，想起大生产运动。

那是抗日战争进入相持阶段后，由于日军作战逐步转向敌后战场和国民党实行消极抗日积极反共的政策，陕甘宁边区和敌后各抗日根据地在财政经济上日益困难。为了解决和克服边区经济上的严重困难，1939 年 2 月 2 日中共中央在延安召开了生产动员大会，毛泽东在会上发出"自己动手"的号召。1941 年，中央再次强调走生产自救道路。各抗日根据地党政军学人员和人民群众响应号召，掀起了大规模的生产运动。

1941 年 3 月，中央命令八路军第 359 旅开赴荒无人烟但土质肥沃、适于开垦的南泥湾。359 旅刚进驻南泥湾时，南泥湾是一片人烟稀少的"烂泥湾"，那里梢林满山，荆棘遍野，野兽出没。战士们这样描述："南泥湾啊烂泥湾，方圆百里山连山；雉鸡成伙满山噪，狼豹成群林里窜；猛兽当家百年多，一片荒凉没人烟。"

没有房子住，官兵们搭草棚、打窑洞；粮食不够吃，就在饭里掺黑豆和榆钱；没有菜吃，到河边挖野菜；缺少穿的，将士们夏天光着膀子开荒，冬天砍柴烧炭取暖；缺少开荒工具，就用捡来的炮弹皮、废铜烂铁自制农具……

在延安的数万名党政军学各方面人员，也都投入到大生产热潮之中。部队、机关、学校根据不同情况，担负不同的生产任务。毛泽东、朱德等中央领导人带头参加生产劳动,经常利用休息时间开荒、种菜。

战斗在晋察冀、晋冀鲁豫、晋绥、山东、华中、华南等地区的各敌后抗日根据地军民，也在"劳动与武装结合""战斗与生产结合"口号下，一面战斗，一面生产，在十分艰苦的环境中，创造了开展大生产运动和进行经济建设的多种形式。

与此同时，延安日本工农学校也积极参加了大生产运动。当时的情况是："中共中央在下发的有关大生产文件中，把日本工农学校和延安的医院、保育院等机构划为'政府保证一切必要经费'的一类单位，并未要求学校学员参加大生产运动。但是极为自尊的日本学员们，听说中央把他们和医院、保育院的妇女儿童划在同一行列，觉得很丢面子，纷纷向上级提出要求参加大生产运动，不愿坐享别人的劳动成果。后经中央批准：在不影响学习的前提下，可以参加生产。"[1]

于是,在日本工农学校学员们的强烈要求下积极投入了大生产，他们自动组织起农业组、防线组、木工组、糊火柴盒组等群众生产组织，各显其能，会木工的修理窑洞，会打铁的制造工具，利用早晨运动时间和晚饭后自由活动时间以及星期天，开始了生产劳动。

刚刚来到延安日本工农学校学习的学员新川久男，服役前为务农出身，在开荒时脱掉军装赤膊上阵，甩开膀子干，带头搞起劳动竞赛。在他的带动下日本工农学校学员们谁也不甘心落后，分成几个小组，由当地农民做指导，抢起镢头开垦荒山。老农笑哈哈地说："这些日本后生们还真像个干活的。"

木工组的中岛，服役前是日本一个木器工厂技工，特邀到南泥湾359旅，设计和指导建造南泥湾大礼堂。

为期一个月的施工中, 中岛起早摸黑, 顺利完成了任务。竣工宴上, 王震旅长亲自陪中岛坐在一起, 握着他的手说："你是功臣, 谢谢你！"

---

①杨文彬、殷占堂编著，《在华日人反战运动纪实》，解放军出版社，第15页。

中岛激动地说："应该的，应该的。"

宴桌上饭菜十分丰富，猪肉、牛羊肉全是自己养的，猪牛羊下水是上等的下酒好菜，菜是自己种的，萝卜、豆腐、青菜、西红柿等样样齐全，饭菜自然是很丰盛了，还有自己酿的九龙泉酒。竣工宴开始前，满脸胡茬的王震将军讲了话，他扯开嗓门说："同志们，南泥湾礼堂圆满竣工，现在我给大家介绍一个朋友，他叫中岛，是延安日本工农学校的学员，礼堂就是他亲手设计的。"参加宴会的人听说礼堂设计人是日本朋友，给予热烈的掌声！

大生产运动中359旅成了边区的典范，仅仅3年时间在南泥湾就办起1个纺织厂、1个被服厂、2个机械厂、2个纸厂、4个木工厂、3个军鞋厂、3个铁厂、1个肥皂厂、2个油坊、8个粉坊、6个豆腐坊、7个盐井、2个煤窑，农业生产种植面积达到26.1万亩。

而日本工农学员也不逊色，"到1943年春节，工农学校总共开垦荒地70余亩，平均每人开荒1亩7分地，超过延安人民开荒平均值，收获9石大豆玉米，1万斤土豆。《解放日报》报道：工农学校学员生产的价值是60石"[1]。

大生产运动极大改善了日本工农学校的生活，几乎天天有肉吃，顿顿花样翻新，主食也由小米改为白面，每星期还有一次大米饭。

中国人民革命军事博物馆中展出当年延安日本工农学校生活委员小路静夫记录的一周菜谱[2]：

星期一
早餐　萝卜烧羊肉、牛肉炖土豆、白菜粉条、西红柿汤
午餐　面条
晚餐　炸菜丸子、猪肉丸子汤、熬白菜

星期二
早餐　羊肉炖土豆、菠菜豆腐汤

---

[1][2]杨文彬、殷占堂编著，《在华日人反战运动纪实》，解放军出版社，第15、16页。

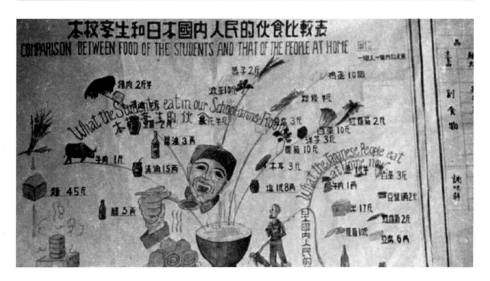

日本工农学校伙食菜谱

午餐　丸子汤面
晚餐　馅饼、蔬菜汤

星期三
早餐　猪肉炒白菜、洋白菜汤
午餐　炒饼、焖南瓜、西红柿汤
晚餐　稀饭、馒头、咸菜

星期四
早餐　炒土豆、炒菠菜、豆腐汤
午餐　丸子汤面
晚餐　西式凉拌青菜、炸茄子、洋白菜汤

星期五
早餐　牛肉炖白菜、西红柿汤
午餐　面条
晚餐　蒸鸡蛋羹、南瓜丸子、萝卜汤

星期六
早餐　猪肉炖土豆、豆腐白菜汤

大生产运动　　　　　　　　　　　王震在南泥湾

八路军 359 旅在南泥湾开荒时的情景

午餐　丸子汤面

晚餐　炖（焖）制食品、南瓜饼、醋拌凉菜

　　可见，大生产运动使得延安日本工农学校的学员们的经济生活好于同一时期的日军士兵和国民党士兵。

　　在大生产运动中，日本工农学校学员新川久男被评为陕甘宁边区特等模范，出席了边区劳模大会。农业组的日本工农学员前岛、纺织组的西村、木工组的中岛，被评为学校劳动模范。

　　毛泽东评价大生产运动说："这是中国历史上从来未有的奇迹，这是我们不可征服的物质基础。"

　　是的，延安大生产运动不但是中国共产党史上的伟大创举，而在日本工农学校学员们的心中也留下了难以忘却的记忆……

第二十一章
整风运动中日本工农学校学员的反省

抗日战争时期，在陕甘宁开展大生产运动的同时，中国共产党在延安以及其他根据地开展了"整风运动"。这次整风运动本为中国共产党内的一次思想教育运动，然而也影响了日本工农学校，他们效仿中国共产党也展开了整风活动，通过这一活动，日本工农学校学员们的思想受到极大教育，灵魂得到复苏。

那么，为什么要开展整风运动呢？这是中国共产党为了从思想上统一认识，是加强党的建设的必然要求。

1935 年 1 月遵义会议后，党中央领导虽然克服了"左"倾和右倾的机会主义错误，但错误的思想根源还没有来得及彻底清除，仍然束缚着某些人的思想。这就是说，党内斗争并没有结束，"左"的路线还困扰着人们。中央红军到达陕北后，虽然找到了家，然而刚刚落脚不久，进住延安后的党中央除了要巩固边区根据地外，还有很多事情要做。再加抗战爆发后，在战争残酷的条件下，中国共产党还没有时间来彻底清算左倾路线错误的思想根源。

也就是在这个时候，王明从苏联回延安了。

那是 1937 年 11 月 28 日，延安机场纷纷扬扬地飘着雪花，如同无数的白蝴蝶漫天飞舞，陕北黄土高原银装素裹，白茫茫的山峦犹如原驰蜡象，甚为壮观。

29 日一早，天气格外晴朗，没有一点云彩，阳光照在厚厚的雪地上，一出门十分地刺人眼目。古老的肤施城如盖了一层棉絮，安详地坐落在宝塔山、清凉山、凤凰山之间的峡谷中。延河与清河在宝塔山脚下交汇，形成湍急的大河——黄河向东流入。

就在清凉山脉下不远的延河岸边，有一个用硕大石块砌成的飞机场，跑道上的积雪已经被打扫开。从宝塔山和清凉山上俯瞰飞机跑道，这里今天聚集了数千人，他们是来迎接一个神秘的人物。

8点时分，一辆由爱国华人赠送经改装后的老式救护车卷起带着泥土的雪浆快速驶入机场，轿车戛然停在跑道边上，毛泽东、张闻天、周恩来、任弼时、朱德从车上下来，彭德怀、叶剑英、张国焘等也早早等候在机场。这些中共的领袖们都身着草灰色粗布戎装，看起来很精神，而特别显眼的是毛泽东右腿粗布裤膝盖处还补着一块巴掌大的补丁，他大步走在前面。

今天来谁呢？毛泽东主席都来亲自迎接，人们议论纷纷……

半个时辰远处传来嗡嗡的飞机马达声，有人喊着来啦！来啦！人们仰头张望，只见一架飞机由远而近从宝塔山方向飞来，到达机场上空后盘旋下降，飞机落地，滑翔螺旋桨扫起一阵旋风，人们不由地倒退起来，引起一阵骚动。

飞机停稳后，机舱门随即打开，从舱门首先出来的是一个中等身材白白胖胖的中年男人，这就是中共党内大名鼎鼎，在苏联中山大学自称为二十八个半布尔什维克的王明，同他一起走下飞机的有陈云、康生和曾山，以及他的夫人孟庆树女士。毛泽东微笑着走上前握着王明的手说：“王明同志，我们欢迎你回来呀！”

王明也笑着说：“毛主席，你们辛苦了！”

在场的各军政领导都一齐鼓掌。周恩来走上前拥抱了王明一下，拍了拍他的肩膀说：“欢迎你归来！”

毛泽东热情洋溢地即兴致欢迎词，他操着浓重的湖南乡音说：“中央三位领导同志驾着仙鹤，腾云驾雾从昆仑山那边飞回来了。久别重逢，家人团聚，可喜可贺！欢迎从昆仑山下来的‘神仙’，欢迎我们敬爱的国际朋友，欢迎从苏联回来的同志们，你们回到延安来是一件大喜事，这就叫作‘喜从天降’。”

毛泽东主席的致辞，引起了人们的一阵热烈鼓掌，他挥挥手表示致意！

　　简单的迎接仪式结束后，随即周恩来招呼大家上了延安唯一的由救护车改装后的轿车。汽车驶离东关机场，穿过已经结了一层薄冰的延河，进入了大东门。

　　当晚，就在凤凰山麓脚下典型的陕北四合院内，毛泽东请王明、陈云、康生吃饭，特意上了一道家乡菜红烧肉，为他们接风洗尘。

　　王明十分高兴，言谈之中王明不免流露出共产国际"钦差大臣"之得意神色。

　　随后，在陕北公学大院里又举行了一次热烈的欢迎大会。大会非常隆重，参加的人很多，有各机关干部、学生、留驻延安的军政人员数千人。并搭起了主席台，彩门用柏树枝装饰，挂着欢迎王明归来的横幅。主席台上坐的有张闻天、周恩来、朱德、陈云、康生，毛泽东和王明坐在一起。大会由张闻天主持，毛泽东做了重要讲话。他高兴地说："我们热烈欢迎从苏联回来的同志们！自抗战爆发以来，国际国内形势发生了很大的变化，苏联正面临法西斯德国咄咄逼人的严重威胁，十分担心与德国结盟的日本从东面向其进攻，为避免陷入东西两面作战的危险境地，苏联希望中国牵制和消耗日本，使之无法北进。我们共产党人绝非等闲之辈，国家危亡，抗日是大事。王明同志从苏联归来带来了共产国际的指示是非常及时的，团结一致，是我们战胜敌人的必要条件。"

　　王明听着毛泽东的讲话，脸上露出满意的微笑，他这时的感觉特别好：因为他不但是中共中央政治局委员、中共驻共产国际代表，而且是共产国际执行委员会委员、主席团成员和书记处候补书记，身份与出国时大不相同。

　　这是毛泽东与王明的第一次会面，在欢迎会上，毛泽东又重复机场的话说王明回国是"喜从天降"。此时的王明似乎有点飘飘然了，他踌躇满志，回到延安准备大显身手。

　　王明一回到延安却以共产国际"钦差大臣"自居，到处发号施令，提出了"一切服从统一战线"的右倾口号，给党内思想造成混乱。王明从过去的"左"倾错误又跳到右倾错误，主要原因就是不从实际出发，照抄照搬书本知识，教条地对待共产国际的指示。

王明的教条主义之所以在当时仍有市场，就是因为党内大部分同志理论水平不高，不能科学运用马克思主义基本原理指导实践。

同时，抗战以后又有大批小资产阶级出身的人加入共产党，他们既有革命积极性，也给党内带来许多非无产阶级的思想。因此，党内还存在思想不纯、作风不纯的问题。

特别是1941年1月，皖南事变发生，新四军损失惨重。毛泽东痛心地指出，事件发生的根本原因是："有同志没有把普遍真理的马列主义与中国革命的具体实际联系起来，没有了解中国革命的实际，没有了解经过十年反共的蒋介石"。

为了统一党内思想认识，毛泽东要求把反对教条主义的问题提到党性的高度来认识。因而，认为在党内开展整风是很有必要了。

随着时局的发展，进行整风运动的客观条件已经具备：太平洋战争爆发后，日军兵力得到分散，对中国的战略攻势减弱了，抗日战争进入相持阶段，敌后环境也相对稳定了。

延安整风运动就是在这样的背景下开展的，目的就是要通过整风学习，解决党内的思想认识问题，提高全党特别是党的高级干部运用马克思主义的水平。

于是在1942年2月，中国共产党在延安和各抗日根据地进行整顿党的作风运动。整风首先从延安开始，由准备阶段进入普遍整风阶段。其主要内容是反对主观主义以整顿学风，反对宗派主义以整顿党风，反对党八股以整顿文风，其中以反对主观主义为中心内容。方针是"惩前毖后，治病救人"。

其具体方法是：在学习文件的基础上，检查自己的工作、思想，开展批评与自我批评，找出错误产生的根源及克服错误的方法。

自此，全党范围的整风运动开始了。

日本工农学校的整风运动，就是仿照中国共产党内整风运动而展开的。工农学校也首先阅读基本文献，用自己的方法进行整风。学员们谈自己的出身，在日军的思想和行动，被俘后的变化等。同样在学员中展开批评与自我批评，自查自纠，主动说出自己的错误行为。

有一个名叫酒井的日战俘学员，受日本军国主义教育甚深，刚来到工农学校敌对情绪很深，曾以绝食来威胁学校，要求释放，公开扬言八路军的教育是"利用"。经过工农学校的一段学习，思想得到转变，整风中在批评与自我批评会上说出一件震惊学员的事！他说："我在 1940 年 11 月 3 日的'明治节'（纪念日本明治天皇诞生的节日）那天，带着五个日本俘虏学员偷偷爬到宝塔山的山顶，面对着东方，遥拜日本东京皇城，高呼'天皇陛下万岁！'……这是狭隘的民族主义啊！"①

酒井觉悟了，开始痛悔以前的行为了，他思想上的变化，在学员中引起了很大反响。特别是对工农学校潜入进来的日本奸细思想受到震撼，主动站出来自首的就有 10 多名。

日本工农学校竟然有这么多的特务，这也并不奇怪，显然是延安的中国共产党、八路军以及日本工农学校成立的反战同盟组织引起了日军部情报机构的高度关注，而渗透来的……

抗战时期，说日军谍特在中国多如牛毛并不是夸张，据有关资料显示，日本在华北设有情报机关 22 个，华中也设有 18 个情报机构。

日本在明治时代开始，情报活动被渲染为一种高尚的爱国职责，有一英国作家理查德·迪肯在《日本谍报史》中写道："从 19 世纪 60 年代末起，日本开始高度注意谍报活动，几乎在与日本人民生活有关的所有领域里搜集情报。陆军、海军、民政机构，教育、工业无所不包。在世界历史上，可能从来没有一个国家建立过如此包罗万象、有着如此广泛基础的谍报系统。他们绝不放过任何一件事情，也不容许任何草率行事的行为。他们猎取到的一切情报，都是有条不紊地循序获得的，有些来自公开的渠道，但是大部分则尽可能地避开耳目，通过秘密活动搞到的。"②

抗战初期，日本军部对陕甘宁根据地及八路军根据地情报并未放在重点，《战史丛书》中说："百团大战后，共军百团攻势给予

①【日】小林清著，《在中国的土地上》，解放军出版社，第 13 页。
②胡平著，《情报日本》，21 世纪出版社，第 30、276 页。

日本的苦痛经验，促使情报工作者愤然而起。尔后，进行了空前未有的调整，以加强对中共的情报机能。"[1]

在延安日本工农学校潜入的谍特，他们是以伪装的形式由日本军部派来的，这些人大多是从士兵中挑选的，是在日本军部的奖金、勋章、保障职业和家属生活诱惑和逼迫下被迫从事特务工作的，并非职业特务，大都是工农出身。

一个潜伏的日特名叫荒田主动自首说："我是假投降八路军的，来到延安日本工农学校，是伺机刺杀冈野进校长的，因冈野进在日军内影响很大，引起日本军部恐惧，派我来暗杀。但半年来，我在延安所看到的一切，令我放弃了自己的行径。通过学校教育，我明白了这场战争的非正义性，日本军部欺骗诱惑了我们，我愿意加入反战组织。"

另一潜入延安日本工农学校的日特兴田宪次也主动自首说："我是专门为日本军部收集情报的，可是进入此地并非我想象的那样，边区抗日根据地人民特别有觉悟，老百姓是拥护边区政府的，在这种高度警惕的氛围中搜集情报是不易的。而在国统区上海却不是这样了，如侨居上海的英国人柯林斯观察发现，日本人在中国搞情报就如春天播种，秋天总会有收成，或是像钱存进银行，到期总会有利息。获取情报的手段是：

"就像到市场采购物品那样随便和容易，发现合适的目标后，就想法接近猎物，赤裸裸地用金钱勾引。当时上海附近一带居民生活，如果用英国的标准来衡量，他们比长期失业的家庭也有不如，但是比贫困的北方农村相比，可算是天上人间。这里的商业已经进入了繁荣的阶段，金钱的魔力已经显示出作用，老派人士常常用'人心不古，世风日下'这句话批评当今许多人的行为，就像英国工业革命以后，道德、品质出现了一种普遍的沦丧和堕落。所以，日本人很容易用金钱收买他们，或者答应提供就业机会，答应提供保护，

①胡平著，《情报日本》，21世纪出版社，第30、276页。

答应向更高的一个阶层进行推荐,而他们索要的报酬却不是直接的,马上兑现的,就好像将钱存入银行,不愁在今后取出来时不附上一笔利息。"①

就是说在中国,特别是国统区,日特获取情报是比较容易的,而在陕甘宁边区及八路军根据地获取情报并非易事。

和平而温和式的批评与自我批评、自查自纠,在日本工农学校展开的整风中起到了很好的效果,能够使日特、日间谍反省,是件了不起的事。因而,敌工部部长,工农学校副校长李初梨在总结会上说:"我们通过这样的整风方法,你们能回到人民的立场,承认自己是特务,对于这样的人,我们既往不咎,作为同伴加以欢迎。"

同样在胶东根据地和胶东军区开展了整风运动。根据延安在华日本人共产主义同盟本部指示,所有共产主义者同盟盟员都要和中国共产党党员一起参加整风,日本共产主义者同盟胶东支部的盟员也参加这一整风学习,并在自己的组织内部开展了思想反省运动,达到了惩前毖后治病救人的目的。

延安时期的"整风运动"竟能在日本工农学校展开,且能使日本士兵战俘思想受到教育和改造成为反法西斯战士,这种对待我俘的方式在世界战争史上也是典范。

---

① 胡平著,《情报日本》,21世纪出版社,第179页。

第二十二章

一个日本俘虏的"凤凰涅槃"人生

延安日本工农学校，是一个教育、改造日本俘虏的地方。它既不是收容所，也不是监狱，更不是战时"集中营"，而是抗战时期中国共产党创办的一所人道主义的接受马克思主义教育的学校。

随着抗战的深入，我八路军、新四军在华北、华中以及华南各地区的抗敌战斗中，不断有被俘的日本士兵，经过教育其思想得到转变，加入了反战同盟组织。有的跋山涉水辗转到延安日本工农学校学习，小林清就是其中的一个。

小林清从一个受军国主义教育甚深思想顽固的日本士兵俘虏，转变成优秀的八路军战士，浴火重生。

日本国，从中国唐代起就模仿中国的朝廷，拥戴天皇，千年来一直维系一脉血统。在明治维新中，既还权于天皇，又实行起议会主权，这一君主立宪体制，历经数百年尚存。

《情报日本》一书中是这样说的："遥想当年，将军藩主拥兵自重，战争冲突此起彼伏，但奇怪的是，没有哪个起起武夫想到'天皇轮流做'，用暴力取而代之……超越孝道，而把对国家的忠诚置于首位……"[1]

不难看出，日本国民效忠天皇是出自骨子里的一种理念，认为服役当兵是光宗耀祖的事，小林清的家庭就是例子，其父在明治天

---

[1]胡平著，《情报日本》，21世纪出版社，第12页。

皇时期就服过兵役，当过东京皇宫警卫团的士兵，为此而一生感到自豪。

就在日本大正七年，即公元 1918 年的 4 月 30 日，日本大阪府松原市一个不到300户人家的村子——三宅村里一个小生命降临了，是个男丁，因排行老三，故而其父亲给起名为"清"，即小林清。

善良的母亲特意去了神社，将小林清名字属相供奉"神"前，以祈祷小儿长命百岁。

在小林清上小学 3 年级的时候，为了生计，全家迁往大阪市，开了个小饭馆，做起了小买卖。因母亲的勤劳能干，生意经营得还算好，虽不算怎么富裕，但他这个家也是衣食无忧了。

小林清从农村到大阪市，过上了小市民生活，于同龄人结伴上学，时常被同学取笑为土包子，但从不示弱，像个男子汉。

学校除了文化课学习外，灌输的全是"如何做一个天皇赤子"和军国主义黩武思想。

入伍

据小林清回忆，昭和十二年七月七日，即公元 1937 年 7 月 7 日日本侵华战争爆发后，大阪市大街小巷贴满了传单，日本军阀、财阀政府向国民宣传说："七月七日晚上，我皇军在卢沟桥附近进行夜间演习之际，该地中国军队突然向我方开炮。当时，我当局曾用一切办法，想把问题就地解决不使之扩大。然而，南京政府却一味自负于自己的军备，不接受我方的诚意，始终对我方采取挑战行为。迫不得已，我皇军为了保护在华侨民和东方的和平，最后不得不采取手段。自然，这种自卫的军事行动是绝对没有包含领土的野心在内。……"[1]

听到和看到这样宣传的小林清，激发了他效忠天皇的心。1938年春，正在大阪实业学校读二年级的小林清接到了"征召令"。受

---

[1]【日】小林清著，《在中国的土地上》，解放军出版社，第 8 页。

军国主义思想熏染的日本国民视参军为光荣，固然小林清全家因此而很高兴，父亲觉得十分光荣喜笑颜开，邻居和亲友们也来道贺了……

可是就在入伍的第二天，小林清复查身体出了问题，有脱肛的疾病，不适于行军作战，让他回去治疗。

懊丧的小林清回到家中，父亲一个人逍遥自在，正在自酌自饮喝着清酒，还在为儿子能从军为家争光而高兴呢！儿子突然出现在面前，疑惑地问："你怎么回来了？"

小林清说明原委后父亲怒形于色，埋怨地说："你又不是小孩子，脱肛嘛为什么不早点治好？"

容不得小林清再做任何解释的父亲恼怒地说："亲朋邻居的贺礼都收了，这样，我真丢人啊！"

听着这些话，小林清羞愧难当，出了门跑到了医院，向医生说明原委做了手术。

不久痊愈出院后，小林清直接去军队报到了。新兵训练是残酷的，教官的怒斥、打骂是常有的事，稍微不慎，就会挨耳光受处罚。这是他没有想到的，在心里烙下了阴影……

入伍5个月的魔鬼似的训练总算结束了，1938年11月新兵接到军部命令，将开赴中国战场。

所受武士道精神教育的日本士兵们，只相信唯有人的生命献给了天皇才能和樱花媲美，自认为男子汉效忠天皇是崇高的荣誉。然而新兵们除了兴奋和光荣外，心灵的深处也笼罩着死亡的阴霾。

离别家乡的那天，日本大阪港口码头广场上新兵的亲属们都为儿子举行了告别酒宴，是离别还是诀别谁能说得清呢！每个人都在想，这次离去还能再返回可爱的家乡吗？还能与家人团聚吗？人人明白，要是捐躯在战场上，就永远不能和亲人团聚了。此刻，他们激昂的情绪没有了，眼泪不禁簌簌地顺着双颊流下来，流湿了新军衣。

小林清登上军舰，同船上的士兵一样向送行的亲人相互不停地挥手告别，汽笛长鸣，军舰徐徐离开码头，越驶越远，看不见大阪港了，离开了日本。

被俘

来到中国，小林清被分配到独立混成第五旅团第 19 大队第 2 中队，驻防离烟台不远的福山县，眼前所看到的是残垣断壁，一片焦土。并非教官所讲过的："中国是一个美丽的地方，你们去中国是一次非常好的官费旅行。到中国华北没什么仗可打，中国的军队已经被我们打败了，你们只是去做些肃清残匪的工作。"[①]

在日本军队中，士兵对长官是绝对地顺从，稍不留神就会挨骂或被打一顿耳光。而"《陆军刑法》上严格规定：犯掠夺罪者处一年以上十五年以下的劳役。犯强奸或杀伤罪者处七年以上劳役，重者处死刑；犯放火者，处死刑。"[②]

其实这些都是冠冕堂皇的东西，欺骗人的，以上各种罪行，日军长官全都犯了。日军在"扫荡"作战中无恶不作，长官命令士兵把中国老百姓的东西抢光、拿光，烧光。长官强迫士兵练胆杀戮手无寸铁的老百姓。

于是小林清怀疑这是一场什么样的战争？这就是"东亚和平"和"中日亲善"吗？

由于战争的延长，日本国内经济短缺，出现粮食恐慌，供军队的给养越来越困难，长官克扣军饷时有发生，士兵伙食标准降低，经常饿肚子。

最让小林清内心伤痛的一件事是：他所在中队的二等兵长谷川战死后，唯一的遗物是一封信，信是长谷川的父亲写给队长的，信中说："我们全家陷入贫困饥饿之中，饥寒交迫，已无生路。虽然这样做对不起我那孝心的儿子，但是，还是请中队长想法让我的儿子长谷川快点战死吧，除了指望他那笔战死抚恤津贴外，再也没有别的生活出路了。"[③]

这封信，让士兵们十分难过，潸然泪下，每个人都在想，这是

①②③【日】小林清著，《在中国的土地上》，解放军出版社，第 28、32、40 页。

一场什么样的战争？随着战争期限的延长，谁也不再相信军部"三个月结束战争"的鬼话谎言，加上日本国内不断传来人民生活困难的消息，思念家乡，厌战情绪在士兵中间蔓延，那种为国荣光的激昂状态也消失了。

1939 年深秋，中国的胶东是美丽的，秋风呢喃，带着片片落叶纷飞，满眼黄叶一地碎金。银杏林将阳光剪成无数缕金丝，酝酿着层层叠叠的金色浪漫。然而，这美好的中国河山却被日本帝国军人的铁蹄所践踏，到处笼罩着战争的烟雾，受着战火的煎熬……

每个日本士兵心里都明白，来到中国逃避战场是不可能的，随时都会死亡。一天，驻文登县小林清所属小分队奉命向八路军根据地进行秋季讨伐。

小林清想：为天皇效忠，殉国的日期到了，恐怕这一劫难逃……这时候他唯一能做的是，躲在墙角默默祈祷神的保佑。

在中国民间文化里有这样一种说法：怕什么，来什么。果然在小林清身上应验了！

面对日寇的扫荡，八路军采取的是游击战术，与日军绕圈子，寻找战机袭击来犯之敌。根据地军区动员群众坚壁清野，日军找不到八路军的影子，每到一个村子就连老百姓都跑光了，东西都藏了起来，只剩下空房子，长官气急败坏地命令烧房子，所到之处一片灰烬。

日军被八路军游击战术拖得疲惫不堪，一天太阳落山之时，讨伐分队刚刚拐过一个小山峁，就陷进了八路军的埋伏圈，遇到了突如其来的袭击。刹那间，成排的手榴弹扔到日本士兵群中爆炸，石块横飞，硝烟弥漫。日军措手不及，来不及抵抗就死的死伤的伤，各自逃命，效忠天皇的那股"武士道精神"此时不知哪去了。

"抓活的！冲呀！"这是八路军的喊声……

小林清回忆："八路军一面喊着，一面向我扔石头。这时，我只有一个念头，就是快跑快跑，不要让他们抓住，别的什么都顾不上了。突然，我被一块石头击中了头部，身子一歪，晕倒在地上了。等我醒过来时，发现自己已经躺在八路军的担架上。八路军战士抬着我走在队伍的中间，前后都是八路军士兵。他们见我醒过来，一位个子高高的戴着眼镜的八路军用日语温和的口气向我打招呼。"[1]

就这样，小林清成了八路军的一名战俘。

被俘后

胶东的深秋，夜晚十分寒冷，八路军给小林清盖上了御寒的棉大衣，也不知过了多长时间，清醒后已经在八路军五支队司令部驻地了，他被安排在一个干净的房子里。

第二天，一个高个子戴眼镜的八路军来到房子，自我介绍说："我叫张昆，政治部敌工科的。"

他说的一口流利的日本东京话，小林清十分惊讶——八路军里竟有这样的人！后来才知道他是留学日本帝国大学毕业的。以后的日子里他俩成了好朋友。

张昆说："小林，我们了解你们日本军队的情形。你们这些士兵，在日本军队中受士官们的虐待，我们八路军是很同情的。日本法西斯野蛮地把你们赶上前线当炮灰，你们的牺牲对于你们在日本国内的父母和兄弟姐妹有什么好处呢？"[2]

小林清想：尽管你说的有道理，但我是军人，一定要效忠天皇，想法逃跑。

一次夜间八路军转移，夜色黑沉沉的，小林清见机会来了，离开队伍偷跑了。夜路难走，伸手不见五指，往哪里去呢？对日本士兵来说，异国他乡地形不熟，只能凭借模糊的记忆，向县城方向逃奔。也不知道过了多长时间，东方发白，远远看到有个村庄，走进发现这个村子没有被日军烧、掠过，估计这里不是日战区，可能还没逃出八路军根据地。

这时候小林清饥肠辘辘，环顾四周没人，心想总算逃出来了，不管怎么样先找点吃的再说，又怕被人发现，低头看看自己的衣着，

---

[1][2]【日】小林清著，《在中国的土地上》，解放军出版社，第47、52页。

庆幸正好穿着八路军衣服。于是仗着胆子进了村子，蹑手蹑脚地摸进一个院落，房子里空空的，哪有锅盆碗灶，到处挂满了蜘蛛网，好像长时间没有人住了，也翻不到什么能吃的东西。

小林清悻悻走出，不巧刚出院子碰到了一个早起的老头，他喊道："你是干什么的？"

小林清不会说中国话，不敢发声，说话就暴露了，用手比画着，意思是找点吃的。老头觉得这个身穿八路军服装的陌生人可疑，就喊：来人哪！有奸细！小林清见势不妙拔腿就跑，但没跑出几步就被几个壮年汉子抓住了。他们没有虐待小林清，还给他吃了饱饭，又送回五支队司令部。

小林清想：可能死罪难逃了，轻者动刑，重者枪毙。

这时候，张昆来了，他和蔼地说："小林，如果你愿意回去，我们是可以送你回去的。不过我很了解你们日本军队的情况，你在八路军里这些天了，即使回去，恐怕日本军队也不敢收留你，要把你送到宪兵队去。你还会受到军事法庭的审判，有可能还会被判死刑的。如果我们送你回去，对你的生命也许是一种葬送。希望你能认真考虑自己的出路。"

张昆是用日语说的，小林清听得明白，且打动了他的心：八路军非但不惩罚，不枪毙，对待俘虏不侮辱人格，更不虐待，还优待他，反而像兄弟一样对待，同日本军队是不一样的。

想到这里，他感激地对张昆说："你们对我的帮助和生活上的关心，我以军人的情谊对你表示感谢。我愿意和你交朋友。我感受到了你和你们八路军都是很诚恳的，今后我不再逃跑了……"①

觉醒

在八路军的这段日子里，小林清所看到的一切，使他觉得八路军是一支仁义之师，不但有严明的纪律，而且是真正是为老百姓谋

---

① 【日】小林清著，《在中国的土地上》，解放军出版社，第55页。

利益的。他们的抗日是为了使自己的国家和民族不受欺辱，不再生灵涂炭，不受法西斯帝国主义的蹂躏。

半年后，驻文登县的日军又开始了报复性的扫荡，胶东五支队八路军面对来势汹汹的日军，进行反扫荡，不和敌人正面交锋，采取敌进我退的迂回战术，先把敌人拖垮，再伏击歼灭之。果然敌人又吃了败仗，又俘虏了一些日军士兵，其中有一个是小林清的上司濑古，被送到了五支队司令部敌工科。

这段时间小林清一直配合政治部敌工科张昆的工作，见到疲惫不堪灰头灰脑的上司濑古，吃了一惊：他怎么被俘虏了！

在小林清的印象中濑古是不会被俘虏的，但事实就在眼前。此时的濑古也十分诧异，看着小林清半天才说出话来："你还活着？我们以为你战死了。战死者尸体用火烧化，骨灰装于木匣子送回国内家里了，并发了'战死通知书'。"

小林清被濑古说的话惊呆了：怎么能这样呢？不验证尸体就胡乱焚烧，这简直是对战死者的不尊和亵渎！

对于日军的所为，小林清既气又恨，以后的日子里，他读了张昆提供的书籍小林多喜二《蟹工船》《泥沼村》《战争》等，从此开始思考问题："我看完了这些书，知道日中两国劳动人民是不愿意战争的，是日本军部挑起这次战争的。可是我还不明白，既然大家都不愿意战争，那么你们八路军为什么又要打我们呢？"[1]

张昆的解释是："因为日本军队还没有从中国领土上撤回去，我们要抵抗，抵抗到把日本军队打败为止。"

他还说："只有中国人民彻底把日本侵略军打败之后，战争才能结束。"

小林清开始觉悟了，同八路军同吃同住，觉得眼前这样的军队日本没有，世界上哪里都不会有，只有中国共产党领导下的八路军才是这样的，他在日记中写道："他们给我留下了深刻的印象。从他们的身上，我看到了一股不可战胜的力量。他们意志坚强，胸怀开阔，态度和蔼，感情真挚。他们的言行深深地打动、温暖了我的

---

① 【日】小林清著，《在中国的土地上》，解放军出版社，第62页。

心。我开始认识到他们的行动是正义的，我应该同情和支持他们的斗争。"①

"我感到自己对于天皇、对于日本人民往何处去，战争为何而起，有了比较明确的认识，认识到这场战争绝对不是像军部宣传的那样，是为了东方和平的正义战争，却是日本帝国主义的掠夺战争。"②

涅槃重生

1940 年 8 月，小林清、石田雄和吉尾次郎从胶东出发来到鲁中山东纵队政治部。因反战工作的需要，八路军政治部决定送他们去延安。

小林清在胶东八路军政治部的时候就时常听说这个地方，中共中央、八路军总政治部就在这里，且想有机会到这里看看，没想到这一愿望却成事实！

9 月末，他们在警卫队的护送下向延安进发了。小林清记得，一路上不管行军怎么艰苦，炊事员们始终为他们做饭，烧洗脚水，八路军小勤务兵帮他们打扫住处，让他们能好好休息，这一切使他们内心很感动。

行军不仅仅是劳累，途中要经过日占区，危险随时存在，护送队长告诉大家："提高警惕，不要掉队！"

紧张而惊险的是，在越过最后的山峦后，要穿过同蒲铁路封锁线……

进入冬天，广漠的平原，寒风刺骨，朔风卷着沙土打在身上使人冷得直打哆嗦，甚至站立不住。远处还能隐隐约约地看见日军据点的碉堡，稍不留神被发现，后果可想而知，因而经过敌占区得格外小心。

得到的命令是，夜幕降临必须越过铁路线。走近铁路看到，两

---

①②【日】小林清著，《在中国的土地上》，解放军出版社，第 63、69 页。

侧站着全副武装的八路军战士和民兵向导等在那里，不断地催着说："快！快过！"

几分钟后到了安全地带，大家都长出了一口气，内心绷紧的弦才松弛下来。

历经千辛万苦，终于到达晋西北黄河岸边，向西眺望就是陕甘宁边区了，往日跋山涉水的疲劳似乎一下子减了许多。

过了黄河，踏上陕北黄土高原，一身安全感，像到家一样，再也不用担心有遇到日军的危险了。

就这样历时数月，行程千华里，1941年3月初到达延安。

当顺着延河川道向西行进不久，转过了几个大湾，就远远看到嘉岭山上的宝塔了，那是延安标志性建筑，警卫队八路军战士高兴地喊起来："宝塔山！宝塔山！到家了！"

从八路军战士兴奋的劲儿，小林清、石田雄和吉尾次郎意识到目的地到了，也露出高兴的笑脸。

"是到家了"，说的没错。这个宋代起曾叫肤施的古老山城就坐落在宝塔山、凤凰山和清凉山之间。走进老城，狭窄的街道人来人往，店铺林立，好是热闹，一派繁荣景象。显然，这里的人们过着太平的日子，没有一点战争硝烟的味道。

来到八路军总政治部敌工部，八路军工作人员热情地接待了"来客"，一个干部模样的年轻人用流利日语自我介绍说："我叫王文学，欢迎你们来到延安。路途辛苦了，好好休息一下，明天送你们到日本工农学校。"

翌日，敌工部的八路军同志送小林清、石田雄和吉尾次郎到宝塔山半山窝里的日本工农学校里，受到先期全体学员的热烈欢迎。在远离家乡的异国土地见到自己的日本同胞，喜悦和激动的心情难以用语言来表达。大家亲热地坐在一起，问这问那。有的是北海道的，有的是广岛的，有的是东京的，有的是秋田县的，有的是大阪的，天南地北地说笑着，犹如一个大家庭一样……

在延安日本工农学校的日子里，小林清开始了接受新思想的教育。刚开始，对革命理论、政治常识学习，他以为这是一种宣传说教，没有引起他的深思，后来身边同胞的思想进步却教育了他。

小林清在回忆录中记述了一个名叫佐藤同胞的事例：

他"过去由于受到日本军部长期狂妄鼓吹的民族自尊心的毒害，污蔑八路军是'野蛮的共产军'，以为做了八路军的俘虏是'最大耻辱'。攻击八路军是'用下等武器作战''靠掠夺人民的小米过日子的乞丐军队'。现在，人们再也见不到他穿那身日本黄呢子军服了，而他穿的那套八路军军装，也总是洗得干干净净的。他还被选为学校的文化娱乐干事，经常指挥着我们高唱《八路军进行曲》。'俘虏'这个曾使我们几乎毁灭的意念，在共产党、八路军的国际主义的教育下，已在我们的心中完全被清除了。现在我们每个学员所考虑的，不是将来有无前途，而是怎样争取这光明前途的早日到来。对于现在的生活，我们感到越来越有意义了。用现在的生活和过去

小林清和三位盟员在胶东整风运动反省（图片来自网络）

的生活的对比，使我们更加感到过去生活的黑暗⋯⋯"①

最让他灵魂深处受到震撼的是一封在工农学校广为传阅的信件，影响了他人生的转折。

这是一位日本共产党员，在日本关东军中的普通汽车兵，叫伊田助男，奉命为日军运送弹药，却在运输途中冒着生命危险，将满满一车枪支弹药送到了抗日联军驻地不远的树林里，破坏汽车自杀牺牲，留下日文信：②

亲爱的中国游击队同志：

我看到你们撒在山沟里的宣传品，知道你们是共产党游击队，你们是爱国主义者，也是国际主义者。我很想和你们见面，同去打倒共同的敌人；但我被法西斯恶兽们包围着，走投无路。我决心自杀了。我把自己运来的十万发子弹赠送给贵军，它藏在北面的松林里，请你们瞄准日本法西斯者射击。我虽身死，但革命精神长存。祝神圣的共产主义事业早日成功！

> 关东军间岛日本辎重队
> 日本共产党员
> 伊田助男
> 一九三三年三月三十日

小林清被伊田助男的国际主义英雄事迹所感动，他在"自述"里是这样说的：

"伊田助男同志那种无比高尚的共产主义情操、无产阶级觉悟和伟大国际主义精神，在外面每个学员的脑海中留下了极其深刻的印象。我们都为他的英雄事迹和高尚精神深深感动了，他不愧是我们日本人民优秀的儿子。我们都下决心要学习他，为打倒日本法西斯，

---

①② 【口】小林清著，《在中国的土地上》，解放军出版社，第 97~98 页。

为争取中国、日本及亚洲各国被压迫民族和人民的解放事业而贡献自己的一切力量。"①

1941 年 10 月下旬,日本工农学校一下子热闹和忙碌起来了。打扫卫生,搭建舞台,有文艺特长的学员们也在忙着排练节目,锣鼓喧天,一片节日的欢乐气氛。在这里将要召开"东方各民族反法西斯大会"。有来自朝鲜、越南、印度尼西亚、印度、泰国等国家的代表和各国爱好和平、反法西斯侵略战争的知名人士参加大会。

26 日大会在热烈的掌声中隆重召开。在会上,日本代表团首席代表松井敏夫做了激动人心的发言,他说:

"日本帝国主义发动的这场野蛮的侵华战争,是不符合日本人民利益的。我们在华日人反战同盟站在大和民族的立场上,对大和民族的直接敌人——日本军阀,要给以痛击,直至彻底打败他们。这就是日本人民的根本意志,日本人民正确的革命道路。我们全体反战同盟的同志都是忠诚的爱国主义者,我们热爱自己的国家——日本。热爱我们的大和民族,热爱我们的父母同胞,正是为了我们所爱的祖国和人民,我们不得不憎恨好战的日本法西斯军阀。我们要和东方各兄弟民族紧密团结起来,打倒我们共同的敌人——日本法西斯蒂!"②

会上其他代表也发了言,发言激动人心……

大会最后一天,是小林清最难以忘怀的日子。八路军总政治部代表公布了一个振奋人心的好消息——批准小林清等 34 名日本工农学校的学员参加八路军,成为名副其实的八路军战士。

会场上一下子沸腾了。他在自己的自述里写道:"我听到这消息,直愣愣地站了一会儿,才想起和大家一起鼓掌、欢呼。激动和兴奋的心情无论如何也不能平静下来,因为几天来,我一直盼望着这一时刻早日到来,一连几个晚上都没有安稳地睡好。我由两年前的一名侵华日军士兵,转变成为一名抗击日本侵略战争的八路军战士,这是我一生中思想和立场多么重要而深刻的变化呀!我暗暗鼓励自

①② 【日】小林清著,《在中国的土地上》,解放军出版社,第 99、100 页。

己说：'要做一名坚定的无产阶级国际主义战士，现在要为中国人民的解放事业而努力奋斗，将来还要为日本人民以及全世界无产者的解放事业而献出自己的一生。'"①

回到工农学校，小林清高兴地爬到宝塔山上，面对东方高声喊道："母亲！我是八路军战士了，你们听到了吗？我还活着，那神社里的牌位是日本军部欺骗你们的，等着吧！这场非正义战争一结束，儿子回来孝敬你们二老。"

是的，这是小林清发自内心的呐喊！

不久小林清结束了延安日本工农学校为期一年的学习，就要离开延安了。然而，这里的校长冈野进、赵安博，以及朝夕相处的学员和中国同志们，甚至这里的一草一木都觉得可亲，还真有点难舍难分。

小林清在自己的自述里写道：

"在临行前的日子里，我一遍又一遍地仰望着巍峨的宝塔山；一口又一口地喝下了香甜的延河水。越是临近出发的时候，我那难舍难分的依恋心情，就越不能平静。是延安的学习生活使我的思想和立场发生了根本转变，使我深深地相信，这场战争的最终结局是日本军国主义法西斯必败；中国人民和日本人民以及全世界爱好和平的人民的正义事业必胜。我是多么急切地盼望着这一天能早日到来呀！生我养我的故乡啊，我日日夜夜都在深深地怀念着你！我相信，投入你那温暖怀抱里的日子不会太远了！因为，延安赋予我新的信仰和希望，给了我无穷的勇气和力量。"②

是的，小林清由一个日本战俘成为八路军战士，涅槃重生了。遵照工农学校的安排，因工作需要他要回到山东根据地。

①②【日】小林清著，《在中国的土地上》，解放军出版社，第101、111、112、122页。

1942 年 5 月底，小林清踏上了重返胶东的归途……

日战俘自我反省

回到了胶东，小林清就马不停蹄地积极投入到反战工作中。首先准备建立反战同盟胶东支部，在他的努力感召下，1942 年 9 月在胶东五支队司令部召开了"在华日本人民反战同盟胶东支部"成立大会。

司令部仲曦东主任做了激动人心的讲话，他说："我们共产党、八路军对于日本人民和日本军阀是有区别的，我们坚决地反对和抗击日本法西斯侵略战争，就是要打击日本帝国主义。但是我们对日本人民是没有仇恨的，仍然坚持并希望发展与日本人民的友好关系，因为日本士兵是无辜的，他们也身受日本军阀的欺辱与压迫，被日本军部强征入伍而来到中国的。我们相信广大日本士兵一定会觉醒，他们一旦认识到这场侵略战争的本质，就一定会站在正义立场上来，必将会与全世界一切爱好和平的人民一道，共同反对这场企图永远奴役中日两国人民的法西斯战争。"①

大会推选出小林清为胶东反战同盟支部书记，他高兴地代表全体盟员庄严宣誓说：

"我们过去都是日本军队的士兵，曾经在战场上和你们作过战，但是当我们被八路军俘虏的时候，你们对我们不侮辱、不责骂，发扬了伟大的国际主义友爱精神，把我们当作朋友对待，并使我们从蒙昧中得到真正的觉醒。在中国共产党和八路军的教育下，我们的立场和世界观发生了根本的转变。我在这就任新职之际，以庄严、激动的心情向中日两国人民宣誓：我们将和共产党、八路军并肩战斗，反对日本帝国主义侵略战争，为中日两国人民的解放事业，坚持斗争到最后胜利，在任何残酷斗争面前，绝不屈服，决心为此贡献自己的一切，甚至生命。"②

---

①② 【日】小林清著，《在中国的土地上》，解放军出版社，第 132 页。

反战同盟胶东支部成立后，又接纳了很多思想醒悟了的日战俘为新盟员，于是胶东抗日根据地反战活动活跃起来，他们通过向日军据点散发日文宣传品，发慰问袋，喊话等方式，展开反战活动。有的盟员以自己的亲身经历给他认识的士兵或熟悉的军官写信说：你那年老的父母已经是风烛残年，他们盼望你回去呢，你怎能忍心离开他们死在异国他乡呢？或说你那年轻的妻子和幼小的儿子，日日夜夜想念你呢！盼望你早日回去和亲人团聚等等，以勾起日军官兵的思乡情感和厌战情绪。

胶东反战同盟支部的反战活动发挥了特殊的作用，给日军以致命的打击……

转眼到了 1943 年元旦佳节，胶东反战同盟支部高兴地收到了来自延安八路军朱德总司令、彭德怀副总司令、总政治部主任罗瑞卿、副主任陆定一的新年贺电：

华北各地日本反战同盟全体同志们：

一九四三年的新年来临了，我们以国际友人之谊向你们和一年来参加到你们队伍中的日本新同志们恭贺新年。过去一年，由于你们的努力，华北日本士兵反战力量统一结成了一支坚强的战斗队伍。反战同盟在日本士兵中获得了广泛的同情与影响。一九四三年是中国抗日战争争取胜利的很重要的一年，现在正是中日人民获得解放，也是日本士兵获得自由的时候了啊！最后胜利之取得，尚有赖于国际反对日本法西斯统一战线之更加扩大与巩固，其中日本人民，士兵反战反法西斯运动之兴起实有重大意义。值此新年，祝你们的队伍日益壮大，成为发动千百万日本士兵投入反战运动的杠杆。祝明年此时，中日人民共获解放，日本士兵亦获自由与家人团聚共饮。[1]

这封热情洋溢的贺函鼓舞人心，全体盟员们感动万分，心里暖

---

[1]【日】小林清著，《在中国的土地上》，解放军出版社，第 133、164 页。

融融的。新年之日虽在异国他乡，但犹如在家一样踏实。

1943 年年底，根据延安在华日人共产主义者同盟本部的指示，胶东反战同盟支部也像中国共产党在延安的整风一样，在自己的同盟组织内部开展了思想反省运动。

这是因为，在被俘的士兵中有部分是下级军官，这些人的思想中军队内部的等级制度观念甚深，而被俘后原有的军阀习气未改，虽然参加了反战同盟组织，但在工作中军官与士兵关系紧张，随意打骂下级时有发生。个别盟员还没有把反战工作同中国人民的抗日战争当作自己的责任和义务，却当作八路军的雇佣士兵来看待自己。故而，在生活环境、工作条件问题上表示出不满意，经常发牢骚。

针对这种情况，在盟员中展开了批评与自我批评，自查自纠，以进行自我思想反省为主的整风活动。反战同盟支部部长渡边首先自我检查说："我是日军中一个下级军官，在工作中经常表现出旧军官的威严态势，听不进别人的意见，有事不和大家商量，作风官僚，总是训斥下级，今天向大家认错，一定改正。"

他的自我批评，犹如一石激起千层浪，于是大家你一言我一语，积极地展开自我批评……

小林清的自我批评更为深刻，敢于自我揭短，披露自己的错误：对自己的上司濑古逃跑一事，没有向八路军敌工科反映汇报。

他在自我批评的整风会上赤诚地将这件事说了出来，自我坦白地说：

当时，我之所以眼睁睁地看着濑古跑掉，而不去报告的根本想法是：

一、我和濑古都是日本人，何必帮助中国人去整治自己的同胞呢！

濑古能跑回去，在日本军队上司面前，说上我几句好话，说我没有做出对不起日本军队的事情来。我想：一来对我国内亲属不至于陷害；二来万一将来要是被日本军队捉住时也不会杀掉我。在这段时间里，我对濑古以及对其他被俘的日本士兵，都没有尽自己最大的努力去做争取，教育他们的工作。今天反省起来，胶东反战同

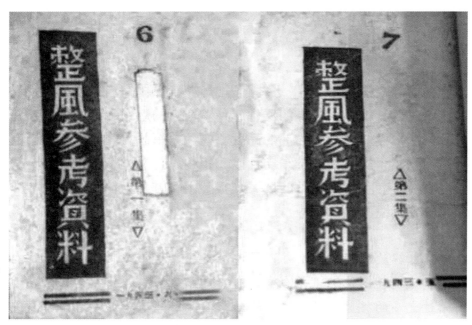

1943 年中共胶东区委翻印的《整风参考资料》

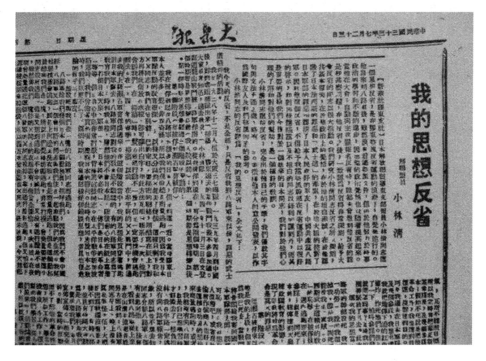

新华社胶东支社《大众报》

盟的工作，那时候没有更广泛深入地开展起来，组织也没有及时发展壮大，与我上述的错误思想对工作的影响分不开。[①]

小林清做反省发言后，丢掉了思想包袱和顾虑，自感如释重负。他的行为对其他日本盟员的反省起到了很大的启发和帮助作用，并受到胶东军区党委和政治部的高度表扬，在军区召开的反省大会上做了典型发言。新华社胶东支社以《我的思想反省》为标题，全文刊登在 1944 年 7 月 23 日的《大众报》上，并为此文发表长达 400 多字的评论说：

日本解放联盟胶东支部盟员小林清同志这一个思想反省，是在胶东整风运动的浪潮下，自觉来进行的。他自来八路军后，虽然没有看过太多的整风文件，但由于他努力于时事政治的学习和不断进步，因而他的政治觉悟也随着提高起来。当他在大会上自动向主席团报名反省时，谁都未曾想到他反省的能是些什么问题。在他反省之后，一致认为反省得非常深刻，给予大会反省的同志以极大的推动。我们研究小林清同志反省所以深刻，其基本原因在于他政治上的觉悟；在于他的坦白赤诚；在于他认识了日本法西斯的罪恶和“武士道”的毒素；在于他大胆地控诉了日本军部的罪恶和认清了日本人民最好的朋友——中国共产党、八路军。

因为他这个反省，不但给予我党整风干部在反省运动中以很好的启示，和对那些对党隐瞒以及不坦白的同志以锋利的讽刺外，而且最重要的是我们今后对于一个新来的日本同志，我们对于他的思想的了解和对他的帮助，是一个极好的教训。

小林清同志的这个反省，完全出于他自己的手笔，我们仅就其字句与文法不通之外，略有修正，并征求他本人同意公开发表，以作为国际友人及我们整风同志的参考。[②]

---

①② 【日】小林清著，《在中国的土地上》，解放军出版社，第 208、210 页。

小林清的反省案例，使胶东反战同盟盟员政治思想觉悟和工作热情大大提高，反战工作的信心更加足了，反战同盟胶东支部的精神面貌也焕然一新。

中国大娘智救小林清

1944 年，人们已经看到抗战胜利的曙光了，胶东在华日本反战同盟成员们也在天天盼望着战争的早日结束。然而就在这时候发生了一件让小林清终生难忘的事：

那是这年初春，小林清接到上级任务，为了配合八路军部队作战，他带领反战盟员吉尾、石田雄等组成一支宣传小分队对日军开展心理作战。

胶东初春的夜晚十分寒冷，小分队出发了，借着微弱的月光来到一个敌占区，悄悄地摸到日军据点。这里是个不大的镇子，附近的老百姓早已睡熟了，只见城墙门洞日军炮楼高高矗立在那里，被铁丝网围着，阴森森的。周围寂静地似乎能听到夜猫觅食的脚步声。小林清他们选择好有利地势，隐蔽在离炮楼不远的地方，举起铁皮喇叭对着炮楼用日语喊话："日本士兵弟兄们，你们好吗？我们是反战同盟胶东支部的日本人。"

这时候炮楼内的灯突然亮了，从炮楼枪眼传出乱哄哄的声音来，有的说"是八路军来了"，有的说"是日本人。"

在混乱中有一士兵向外开了一枪。日军少尉官骂道："混蛋！惊慌什么？又是他们扰乱军心做宣传。"

稍静下来，小林清接着喊说："现在世界反法西斯斗争形势大好，今年打败希特勒，明年打败日本军阀，日军已经日落西山，气息奄奄，挣扎不了多久啦！我们作为日本兄弟，希望你们识时务，早点放下武器，战后咱们一起回国与亲人团圆。"[1]

炮楼里再没有向外打枪，静悄悄的，看来日军官兵们在听着，

①杨文彬、殷占堂编著，《在华日人反战运动纪实》，解放军出版社，第183页。

过了一会儿，炮楼里传出声音来："你说的是真的吗？我们都上有老母下有妻儿，多么想回家呀！"

就这样开始对话了，相互问长问短，起到了双方联络感情的目的，并听到炮楼里有士兵哭了起来。

喊话深夜结束了，宣传小分队返回的途中路过一个村子，这个村子处于敌占区与根据地交界地带，虽没有远离敌占区，但这个村子是"堡垒村"，"维持会长"扮演着"两面"角色，明里看起来为日军办事，其实，暗里帮助八路军，保护老百姓利益。

小林清他们疲劳极了，就休息在这里……

小林清住在村妇救会会长赵大娘家里，一躺下就入睡了，是那么甜蜜。

然而，意外的事发生了。凌晨时分，一小队日伪军突然闯进村子，搞得鸡飞狗跳，胡乱搜查。小林清蒙眬中被惊醒，跳下土炕，匆忙往外冲，被大门洞望风的赵大娘拦了回来："来不及了，快躲起来！"她急中生智，拉着小林清进屋，三揪两抓脱掉小林清军装，赶忙藏了起来，让小林清躺在被窝里别动。她沉着冷静地坐在炕沿边，平静地一只手用半新不旧毛巾压在小林清的额头上。两个伪军冲进来指着炕上被窝躺着的人问道："你是什么人？还不起床？是八路？"

说着上前就要掀起被子，赵大娘从容地说："老总，什么八路九路的，他是我儿子得了传染的牛痘病，发高烧卧床好几天了，你不信摸摸。"

伪军一听传染病，本能地倒退了几步。这时外面响起了集合哨，两个伪军跑出了门。

小林清就这样躲过了一劫。临别时，他跪着向大娘道别："大娘你是我再生母亲，我就是你的儿子！"

赵大娘说："孩子起来吧！这是俺应该做的，等到赶走了日本鬼子，我还得谢谢你们这些日本八路呢。"

小林清被中国大娘所救一事，被根据地传开了，一下子成了胶东八路军根据地广为传播的佳话……

第二十三章
抗战胜利消息传到延安

胜利的前夜

1944 年，反法西斯战争的节节获胜使中国抗战形势好转了。

5 月 21 日中共中央扩大的六届七中全会在延安召开，在距"七大"召开的 11 个月期间，先后召开了 8 次全体会议。在 5 月 21 日的第一次会议上，选出了由毛泽东、朱德、刘少奇、任弼时、周恩来 5 人组成的主席团，毛泽东为主席；并决定，在会议期间，由主席团处理日常工作，书记处及政治局停止行使职权。会议还通过了党的历史问题决议准备委员会及人员组织。从此时开始，中共中央在延安正紧锣密鼓地筹备着召开"七大"。

也就在这时候，国际反法西斯局势的扭转，欧洲战场不断有好消息传来，苏联军队横扫东欧、逼近德国，而美英盟军刚刚粉碎了德军在阿登地区的战略反扑，面对两面夹击的盟军，纳粹德国已经无力还手了。

太平洋战场也不断传来好消息，美军已攻占了马里亚纳群岛和莱特岛，为轰炸日本本土提供了有利的基地。日本法西斯灭亡的日子也不远了……

转眼就是 1945 年的元旦节，中国人不注重过阳历年，陕北更是如此，所以元旦节只是"公家人"庆贺一下罢了。

这一年 2 月 14 日就是农历鸡年春节，冈野进在这里要过第五个新年了。在距新年除夕前十来天，陕北人就开始张罗过年了。远近几十里地的老百姓，都早早来到延安老城置办年货，特别是市场沟农贸市场更是人山人海。在国民党经济封锁的边区，这里竟然十分红火，一派和平环境景象，没有一点硝烟迹象，来进行交易的商家络绎不绝，甚至吸引了不少周边国统区的商家。赶来交易的群众多达万人以上，担筐挑担，驴驮车拉，把各种农产品运来交易，农贸市场上摆摊设点比比皆是，各种生活日用品琳琅满目，让人眼花缭乱。这一切无疑显示出了陕甘宁边区人民生活丰衣足食。

在风和日丽的一天，叶剑英总参谋长叫上李初梨，特约冈野进去逛农贸市场。3 位从杨家岭出发，过了延河出了南门，向市场沟走去。从南门坡到市场沟口不足两华里的道路挤得满满的，他们 3 人步入人流。

人群中大部分是周边村庄的老百姓来办年货的，因为这天是星期天，也有不少的机关公职人员和抗大、自然科学院、女子大学等各学校的师生。这里的老乡都称谓他们是洋学生。还有那些专来赶集的小媳妇、大姑娘，穿红挂绿，显得格外耀眼。那些身穿新衣，头包羊肚子手巾，腰扎红布腰带的小伙子们，更显得英俊强悍。

叶剑英总参谋长、李初梨和冈野进他们参观了各个交易市场。农贸市场是一块很大的平地，临时搭建的地摊上，瓜果、蔬菜、粮食、鸡鸭、猪羊肉、兽皮、药材等各种农产品及土产山货堆积出售。家畜交易市场在宝塔山下的河滩上，数千头驴骡、牛马站了一河滩，那些当地人叫"牙合子"的中介人跑来跑去，交易十分红火热闹。

李初梨操着家乡话说："这比哦（我）小时候跟着父亲赶集的场面还要热闹呢！"

冈野进拿着照相机不停地拍照，兴奋地说："叶总参，我到延安近 5 年了，这几年真没想到边区军民过上了丰衣足食的生活。"

叶剑英说："我们不仅没有困死，而且还达到节余和储备。你多拍几个照片，将来带回日本，得让中外记者看看，在抗战时期我们延安边区的经济发展。"

3 人说着走到了新市场沟口。这里是延安的商贸中心，也是延安当时最繁华的地方。市场沟是两山之间的一道峡谷，有一条窄窄的随地势起伏的小街道穿行于谷底，全长也只有两华里多，几十米宽的小街道两旁都是各种杂货店铺。虽是小山沟，但商贾云集，是延安和外地商品交流的集散地。江南的丝绸，塞外的皮毛，西安的棉布，天津的日用百货，当地的农副产品应有尽有。

临近腊月，市场沟里人头攒动摩肩接踵，形成拥挤的人流。叶剑英、李初梨和冈野进也随着如潮的人群，挤来挤去进了市场沟。叶剑英指着前面一家挂着羊杂碎系列招牌的饭馆说："我请二位去品尝羊杂碎怎么样？"

李初梨笑着说："你把我们带到这里，原来是请我们吃羊杂碎啊！"

三人笑着走了进了饭馆。

冈野进想，抗战胜利在望，今天叶剑英总参谋长请他吃饭，也算是提前庆贺吧。全体日本在华反战同盟成员生活在延安的5年里，在中国共产党、八路军的大力援助下，将在华日人的反战运动，发展到打倒日本军部、即将结束战争、建设民主自由新日本的新阶段。冈野进梦寐以求的返回祖国，建设民主日本的时机就要到来了。

是的，形势发展得很快，离抗战胜利的日子不远了，德日法西斯末日就要来临，冈野进也已经考虑上抗战胜利后，他自己的打算……

除夕，延安沉浸在浓烈过年气氛中，家家户户烟囱冒着浓烟，在忙着做年夜饭，院子里散发着肉香，老远就能闻得到。最高兴的要数那些孩子们，男孩们聚在一起燃炮仗，比谁的最响亮，看谁的胆儿最大。那些女孩子们早早穿上母亲缝制的小花棉袄，头上的小辫扎着红头绳，提着彩色纸做的小灯笼，蹦蹦跳跳的好开心。

外面传来阵阵鞭炮声，这是迎新春的喜乐。这时候家家户户开始挂灯笼了，到处充溢着欢度春节的气氛。

柔和的夜色降临，冈野进走出窑洞，站在垴畔上望着延安过大年的夜景：家家户户的灯笼挂起来了，一盏盏、一簇簇、一排排、一行行，一下子在两面山圪上的窑洞窗户前、院落里，亮起了千万盏红灯笼。此时的延安城繁星点点，成了灯的世界。那闪烁着熠熠光彩的红灯，把延安装扮得瑰丽无比。随着灯笼的点燃挂起，爆竹声声，焰火飞腾，把古城的天空照得五颜六色，特别好看，延安沉浸在过大年的欢乐和爆竹声之中……

春节过后不久，"七大"的召开也就近在咫尺了。中共中央通知冈野进说：我党第七次代表大会准备在4月份召开，特邀你作为外国共产党的代表参加会议，并做有关为题的发言。

冈野进能参加"七大"会议，真是高兴得不得了……

1945年4月份，在抗日战争即将取得胜利的前夜，延安一片春意盎然的景象。满山遍野的桃花、杏花竞相争艳，河湾路旁杨柳青青，充满无限生机。在杨家岭山岭下一座不久前圆满竣工，中西结合的中央礼堂静静地矗立在翠绿的松柏绿茵之间，一条小溪从旁边潺潺流过，显得十分幽静且巍然美丽，这是延安唯一漂亮的建筑物，引来了不少的过路看客。中共"七大"就要在这里召开了，为了这次会议的召开，中共中央曾选址安塞、枣园后沟等多处，但最终落址于此。

就在中国共产党紧锣密鼓地准备召开"七大"前10天之际，美国总统罗斯福病逝的消息传到延安。

4月14日《解放日报》以《哀悼罗斯福总统》为题发表了长篇社论。社论说："罗斯福总统的逝世，对于美国人民，对于全世界反法西斯战争，无疑都是一件很大的损失。他的逝世，使我们中国人民深深感到哀悼……罗斯福总统忠实地继承了华盛顿、林肯、杰斐逊以来的最优秀的民主传统……他的呼吸是停止了，可是他的光辉战斗生涯，他的为人民为人类的精神，他和他的协力者共同决定了的四大自由，《大西洋宪章》《德黑兰宪章》《克里米亚宣言》是会成为全人类的共同理想，成为今后世界和平机构巩固的基石，而永远铭记在人类的记忆里的。"

就在罗斯福总统逝世的前一个月，太平洋战场节节胜利，日本法西斯侵略者气数已尽，美军攻克硫磺岛，占领了马尼拉市。这就意味着美军空战于日本本土，无须再考虑把中国华中、华南作为轰炸日本本土的基地了。美国的对华政策将会改变，事态的发展正是这样……

4月23日，这天春光明媚风和日丽。中共"七大"在延安召开了。来开会的代表手持代表证陆续进入中央礼堂。在礼堂的主席台上，悬挂着毛泽东和朱德的巨幅画像，鲜艳的党旗挂在两边。会场后面的墙上，挂着"同心同德"4个大字。两侧墙上张贴着"坚持真理""修正错误"等标语，靠墙边插着24面红旗，象征着中国共产党24年奋斗的历程。插红旗的"V"字形木座是革命胜利的标志。在主席台的正上方，悬挂着一条引人注目的横幅：在毛泽东思想旗帜下胜利前进！

当毛泽东、朱德、刘少奇、周恩来、任弼时等人出现在主席台上的时候，全体代表起立，热烈鼓掌。在庄严的《国际歌》声中，大会秘书长任弼时宣布中国共产党第七次全国代表大会开幕。毛泽东致《两个中国之命运》的开幕词。他说："在中国人民面前摆着两条道路，光明的路和黑暗的路。有两种中国之命运，光明的中国之命运和黑暗的中国之命运。……我们的任务不是别的，就是放手发动群众，壮大人民力量，团结全国一切可能团结的力量，在我们党领导之下，为着打败日本侵略者，建设一个光明的新中国，建设一个独立的、自由的、民主的、统一的、富强的新中国而奋斗。我们应当用全力去争取光明的前途和光明的命运。"

毛泽东的讲话振奋人心，引来雷鸣般的掌声。坐在台下第一排边上的冈野进看到如此热烈的场面，心情也是很激动的。这样的会议，这种中国模式的会议风格，他是有生以来第一次参加，使他终生难忘。

毛泽东向大会提交了《论联合政府》的书面政治报告，并就报告中的一些问题以及其他问题做了长篇口头报告。报告也给人民军队立了规矩："更加明确地指出：'紧紧地和中国人民站在一起，全心全意地为人民服务，就是这个军队的唯一宗旨。'坚持这个宗旨，人民军队就有力量，就能一往无前；就有很好的内部和外部的团结，正确的争取敌军长官和处理俘虏的政策；就能形成人民战争所必需的一系列的战略、战术和政治工作；就能在游击战争条件下，利用战斗和训练间隙，从事粮食和日用必需品的生产，达到军队自给、半自给或部分自给之目的，而改善军队生活和减轻人民负担，坚持革命战争。"①

朱德总司令在《论解放区战场》报告中高度评价了八路军、日本人民解放联盟（前身为日本反战同盟）改造日本俘虏的工作。他说："尽管日本俘虏很顽固，可是我们在这方面的工作做得很好。我们特别感谢日本共产党人冈野进同志领导的日本人民解放联盟。"②

刘少奇做了《关于修改党章的报告》和关于讨论组织问题的结论，周恩来做了《论统一战线》的重要讲话。

冈野进作为日本共产党代表，也是唯一兄弟党代表，做了题为《建设民主的日本》演讲。

冈野进在以《建设民主的日本》为题的演讲中说："我代表日本共产党，向中国共产党第七次代表大会，致以热烈的同志的敬礼！半个世纪以来，侵略朝鲜、中国和其他东方各个国家，杀害其人民的日本帝国主义，在日本国内，致使我们的人民遭受饥饿，哀泣于军部铁蹄之下饱受苦难，现在这些残暴的统治者灭亡的日子已经临近了。中国、日本和其他东方各个国家，从日本法西斯军部魔爪中解放出来，建立新的民主国家的时机也已经成熟，在这时候，中国共产党第七次代表大会的召开，是有非常重大意义的。"③

冈野进的演讲引来与会者的阵阵掌声。他热情洋溢地赞扬说："中国共产党这次大会对于东方各民族的解放有着重要意义。现在，中国共产党已经给了日本、朝鲜、南洋各地的解放运动不少的帮助。我们向中国共产党表示诚挚的谢意！同时，希望将来得到更多帮助。

这次大会，不仅中国人民，而且东方的人民、全世界的人民都注视着。大会通过的决议，将引起全世界人民的强烈反响。我相信这个大会，一定符合世界人民的愿望。"④

冈野进的演讲在雷鸣般的掌声中结束。所有的参会代表兴高采

---

①②《百年潮》2022 年 8 月曹春荣《毛泽东为人民军队立规矩》一文。
③④杨文彬、殷占堂编著，《在华日人反战运动纪实》，解放军出版社，第46 页、47 页。

烈地走出会场，将喜迎不久来临的抗战胜利之日。

胜利的狂欢

转眼就到了 8 月 15 日，暑期的延安非常酷热，傍晚人们都在院子里的树荫下乘凉谈天说地。这时候冈野进从收音机里得知，日本宣布投降了，他第一个把这一消息告诉了叶剑英总参谋长。

居住在黄土高原延安窑洞里的中共领袖们得到这一消息心情非常高兴，这也是他们意料中的事。

不到 1 个小时，抗战胜利的消息就传遍延安古城，山城延安沸腾了，军民们自发组织起来尽情狂欢，震天的锣鼓声与狂呼声震颤着古城。

街上张灯结彩旗帜飞卷，街道两面的墙壁上刷满了标语，黑板上都用大字报报道消息。不分男女老幼，人们统统汇聚街头和集会场所，欢呼声、口号声、鼓锣声、唢呐声交织在一起。人们眼眶里涌出的泪水把一切洗得鲜明透亮，把阳光、空气、蓝天、土地洗得格外爽洁。

这个晚上，延安是火把的世界，市内和城外的几条山沟里火龙

延安军民集会庆祝抗战胜利

抗战胜利时古城延安一片欢乐的海洋,灯火彻夜通明(油画)

彻夜不息,无数火把照亮了宝塔山和延河畔。"中华民族解放万岁!""苏联红军胜利万岁!""动员起来,支援前线!"的口号声、锣鼓声、歌声、叫声排山倒海,震动山谷。实验工厂、联政宣传队、大众剧院、延安大学、完全小学等10余支秧歌队,在新市场的十字街口会合,组成雄壮的火炬游行队伍,簇拥着斯大林元帅、毛泽东主席和朱德总司令的巨幅画像齐步向前。

市民们点燃用树枝木棍扎起的火炬,汇入了火焰与光明的河流。郊外的篝火也彻夜燃烧。几千名在延安学习的干部点燃了可找到的引火之物。很多人从窑洞里把睡觉的草垫子、报纸、烂衣服等抱到山上放火烧起来。女同志将平时又擦又刷很珍爱的一架架纺车也扔进了火堆,大家围着火堆情不自禁地互相拥抱,纵情歌唱:打回老家去……

在这些游行的队伍中,有一支很特殊,那就是兴高采烈的日本工农学校的学员。这一夜工农学校全体学员都没有睡觉,互相谈论战争结束了,如何返回日本。

这一切的情景,不但留在了工农学员他们的相机中,而且也留在了他们的人生记忆中。

抗战胜利了,中国人民度过8年苦难的岁月,欢腾鼓舞地庆幸民族解放的伟大胜利,迫切渴望着和平安乐的生活。战后胜利的喜悦洋溢在每个中国人的脸上,也洋溢在日本朋友的脸上。

日本无条件投降,举国高兴,可是国民党政府却向在华日军发

布了只准向国民党军队投降的通告，妄图抢走八路军、新四军应获
的胜利果实。为此，日本人民解放联盟及时发出通电，督促日军部
队向八路军、新四军投降。电文①如下：

　　亲爱的日本士兵们：

　　日本政府接受了 7 月 26 日波茨坦公告、解除日军武装、国外的
日本士兵得以安全返回日本国内，日本内地将由盟军管制，严惩发
动并进行战争的日本军人、官吏、政治家、财阀，在日本国内实行
言论、宗教、思想自由的民主政治。现在日本政府接受了上述条件。
因此，一直统治日本的军部及其余孽已被打倒，将实施人民民主的
政治，这对日本人民是极大的幸福，前线的士兵能够回到故乡过和
平的生活了。我们日本人民解放联盟始终为了反对这一可诅咒的战
争、打倒军阀而奋斗，今天此目的即将实现。我们大部分盟员都和
你们是一样的日本士兵，在战斗中被俘虏，但八路军、新四军并没
有虐待我们，而看作是可同情的朋友。在物质上亦尽量地给我们优
待，为了教育我们，在延安、山东、华中等地成立了日本工农学校。
这些事实，想来你们一定从八路军释放回去的日本士兵及日侨那里
听到了。我们解放联盟所以能在华北、华中等地成立支部，并为建
立新日本而战斗，这也完全是因为八路军、新四军的帮助。八路军、
新四军是日本人民的亲密朋友，将来各位回日本后，同样也会给你
们一切援助的。

　　亲爱的日本士兵们，可恶的战争结束了！日本政府命令你们停
止战争投降盟军。在你们面前的八路军、新四军会以曾经接待我们
的同样心情，亲切地期待着你们的到来。别管你们的指挥官发出怎
样的命令，停止徒劳的抵抗，立刻带着武器到八路军和解放联盟来
吧！

　　八路军内除了我们日本人以外，还有许多会说日本话的中国人，
你们绝不会感到不方便。你们如果带了武器过来，你们的生命将得

---

　　①【日】野坂参三著，《为和平而战》，解放军出版社，第 135—137 页。

到保障、人权将受到尊重，我们尽量优待你们。等到交通恢复、情况安定时，立即将你们送回自己的家乡。请你们和战友们商量，马上一起到我们这边来，如果你们拒绝，你们将会遭受不幸。

我们以极大的热忱等待你们过来！

紧接着，在延安的冈野进也发了通电[1]通告日军说：

日军指挥官及士兵诸君：

天皇向盟国无条件投降，日本人民所渴望的和平已来到。作为盟国军队之一——八路军、新四军内的我们日本同胞，希望指挥官及士兵诸君携带武器，率领部队（包括皇协军）来投我方。如诸君所熟悉的，华北和华中的大部分今日处于八路军、新四军统辖下，将来亦复如此。又对于过去俘虏的日兵和日侨，八路军、新四军绝不加以杀害和侮辱，而且予以适当之招待。八路军、新四军并为了我们日本人民建立了日本工农学校，援助日本人民解放联盟的发展。对于欲在战后留在中国继续经商之日侨，八路军、新四军也是允许的。八路军、新四军成为日本人民之良友，将来也愿与民主的日本人缔结亲密的友好关系。

我以同胞的身份，奉劝指挥官及士兵诸君，携带武器率领全体部队（包括皇协军）来投八路军、新四军。我们绝对保证诸君的生命安全，尊重诸君人格，待形势安定和交通恢复后，我们将送指挥官和士兵诸君返回祖国——日本。

你们指挥官之决断何去何从，今日如有失算，不仅将使诸君本身，且将使数万、数十万的日本人陷于不幸，蒙受屈辱，诸君应采择的唯一道路，是到我日本人民解放联盟和八路军、新四军来。

日本人民解放联盟代表冈野进

也就在这个时候，国共两党在受降问题上展开斗争。国民党军

---

① 【日】小林清著，《在中国的土地上》，解放军出版社，第279页。

队主力部署于中国西南、西北一带，为抢占抗战胜利成果，蒋介石命令国民党军队迅速占领日伪军控制的各大中城市和战略要地。

国民政府将中国战区划分为 15 个受降区，任命国民党将领为各区受降长官，将八路军和新四军排斥在外，并要求共产党领导的抗日武装原地驻防待命，不得"擅自行动"。国民政府此举得到美国支持。针对国民党当局欲独吞抗日胜利成果的企图，中国共产党进行了坚决的斗争。1945 年 8 月 10 日至 11 日，延安八路军总部连续发布 7 道命令，命令华中、华北、华南的八路军、新四军和抗日游击队，配合苏军作战，迅速前进，收缴日伪武装，接收沦陷区行政主权。13 日，毛泽东在延安干部会上做了《抗日战争胜利后的时局和我们的方针》的报告，指出："从整个形势看，抗日战争的阶段过去了，新的情况和任务是国内斗争"，蒋介石对于人民的方针是"寸权必争，寸利必得"，我们的方针应当是"针锋相对，寸土必争"，以军事自卫对付蒋介石的军事进攻。15 日，朱德总司令照会美、英、苏三国政府，指出：在受降问题上，国民党当局不能代表解放区和沦陷区的人民抗日武装；中国解放区和沦陷区的一切抗日人民武装，有权在延安总部指挥下接受日伪军的投降。同时，朱德命令侵华日军总司令冈村宁次，要求其率部停止一切军事行动，在指定地区分别向八路军、新四军和华南抗日纵队投降。①

日本人民解放联盟与冈野进的两封通电，在这关键时刻也起到了很好的作用，不少日军部队向八路军、新四军缴械投降。日本投降后两个月内，共产党领导的抗日武装共接收城市 199 座，解放国土 31.5 万平方公里、人口 1871 万人。

抗日战争结束了，对于中国人民来说，抗日战争是一部浴血奋战的血泪史，为了将侵略者赶出中国领土，中国人民不畏牺牲，勇敢抗敌，付出了沉重代价。对于日本来说，日本军国主义发动的侵略战争，不仅给被侵略的各国人民带来灾难，同时也给自己带来了巨大的恶果。

---

① 中共党史出版社和党建读物出版社提供内容。

然而，在这场战争中，被八路军、新四军俘虏的成百上千的日军士兵，经过延安日本工农学校和八路军的教育，他们认清了日军侵华的本质，成了反法西斯战士，与中国人民并肩抗日，留下了可歌可泣的英雄诗篇。

日本人民解放同盟成员和延安日本工农学校全体学员就要离开延安了，他们仰望着宝塔山，喝着延河水，真有点难舍难分的感觉。

据香川孝志（梅田照文）回忆，周恩来在百忙中抽出时间最后一次来到工农学校送别全体学员们，亲切地说："当各位即将回国时，请原谅我们没有什么贵重礼品送上，我们送去的是为建设新日本而发挥作用的日本青年。我想这是最珍贵的礼品。"①

周恩来的话语，让全体学员激动得热泪盈眶。

毛泽东、朱德、周恩来、任弼时也在冈野进等回国临行前为他们饯行欢送。朱德说："冈野进同志，抗战胜利了，你要回国了，日本共产党需要你，我们就不留你了。你在延安的5年，在华日本反战同盟在你的领导下工作是有突出成绩的，我们中国共产党、八路军感谢你！"

冈野进说："应该感谢的是你们，中国共产党强大的力量，保证了中国的解放事业的顺利发展，必将给东方各民族的解放以重大帮助。我学到了你们很多丰富的对敌斗争经验。"

周恩来端着酒杯站起来笑着说："冈野进先生，你随我从莫斯科来到延安，我们愉快地'共事'5年，你要回国了，我也将要陪同毛主席赴重庆谈判，喝了这杯酒，祝我们一路顺利！"

于是大家纷纷站起端着酒杯互相祝福！

1945年8月30日，延安王家坪军委大礼堂举行欢送大会，送行即将离开延安奔赴东北的"日本同志们"。八路军叶剑英总参谋长、李初梨敌工部部长以及美国友人出席了大会，并致辞说："我们过去把诸君作为友人来欢迎，今天我们又把你们作为好朋友来欢送。将来我们也仍然是好朋友。同志们！我们务必要进一步发展中日两

---

①【日】香川孝志、前田光繁著，《八路军内日本兵》，解放军出版社，第99页。

国人民之间这一珍贵的友谊。"①

冈野进以日本共产党的身份在讲话中说，感谢中国共产党、八路军及中国人民的援助，痛斥日本法西斯主义者的罪行。并表明要为日本人民的解放事业奋斗到底，创建一个民主新日本。

为了感谢中国共产党、八路军，日本工农学校、日本人民解放联盟、日本共产主义者同盟联名给毛泽东主席、朱德总司令发了致敬电。电文②：

毛主席、朱总司令：

我们日本工农学校学生、日本人民解放联盟盟员、日本共产主义者同盟盟员即将自延安出发，为了到前线进行工作，更为了重新建设祖国——日本。在此，我们仅向中国共产党、八路军、新四军致以深厚的谢意。我们今天所以能够知道日本军国主义的罪恶，决心为建设民主的新日本而奋斗，解放联盟和工农学校之所以有今天这样的发展，这完全是你们正确的领导和恳切援助的果实。如果没有你们的援助，我们今天将处于怎样的境地？毫无疑问地，当随着日本军国主义的崩溃，我们也会悲观失望，自暴自弃。但是，现在我们却能够向着光明的目标，抱着新的希望，向祖国前进了。

我们报答你们好意的办法，唯一的便是记取你们的教诲，加紧锻炼，力求进步，在前线则教育新来的日本兄弟，回日本后，则克服一切困难，为建设进步的民主的日本而努力奋斗，这是当我们离别延安时，对你们的立誓。

中国和日本的关系将进入崭新的阶段，不是过去的被侵略和侵略的关系，将创造出友好和互助的关系。但是，实际上这种关系是否出现，将决定于日本人民是否能创造和平与民主的日本，也就是决定于日本人民的努力如何，要建立这样一个日本，路上有许多困难，但我们坚信必能克服任何困难，以赢得胜利。日本的将来是属于人

①【日】香川孝志、前田光繁著，《八路军内日本兵》，解放军出版社，第97页。
②【日】小林清著，《在中国的土地上》，解放军出版社，200页。

民的。

中日人民团结万岁!

10 天后，也就是 1945 年 9 月 10 日，一架美国 C-45 飞机降落在延安机场，日本野坂参三（冈野进）、吉积清、香川孝志（梅田照文）、佐藤猛夫与八路军将领聂荣臻、刘澜涛、萧劲光、罗瑞卿等同志搭乘这架飞机到达东北。

日本野坂参三、吉积清、香川孝志、佐藤猛夫 4 人到东北后，不久又到了苏联，在莫斯科与苏共领导人协商战后日本民主建设等问题。

1945 年 9 月 18 日，前田光繁带领着 200 名解放同盟盟员和日本工农学校的学员，从延安徒步出发了，他们仰望着宝塔山，嘴里喊着：再见了，宝塔山! 再见了，延安!

他们日夜兼程，用了近 1 个月的时间赶到东北，一部分人员回到日本，一部分人员由于工作需要留了下来，参加遣返日军和日侨工作。

后　记

本书写到这里该落笔了。

抗战时期，延安日本工农学校从成立之日的 1941 年 5 月 15 日起，至抗战胜利后 1945 年 9 月 18 日最后一批日本学员离开延安，也就 4 年零 4 个月时间。时间虽短，但在这里发生了很多故事鲜为人知。随着红色旅游的发展，原来仅仅留存一块石碑"日本工农学校旧址"，现在旧址得到了返修复原。

延安，中共中央在这里 13 年，其间发生了很多故事，1936 年美国记者埃德加·斯诺造访后写了《红星照耀中国》于海外发行，从此延安名扬世界。

《延安与日本》共 23 章，分卷首篇、主题篇、后记 3 部分，全书内容有机连为一体，但每章却又讲的是一个单独的故事，时间上不免有所交叉。作为文学作品，可供阅读，作为史料留给后人参阅。

抗战胜利后，这些日本八路从 1946 年至 1958 年陆续回到日本。

本书提到的冈野进、吉积清（森健）、香川孝志（梅田照文）、佐藤猛夫（山田太郎）1946 年 1 月 3 日，经朝鲜回到阔别多年的祖国——日本。有一部分人因工作需要留下来在东北参加遣返日军和日侨工作。前田光繁（杉本一夫）留在东北建立航校，直到 1958 年回到故乡。

小林宽澄战后一直留中国工作，直到 1955 年 12 月 15 日他一家随第 12 批回国团 200 多人从天津塘沽港乘坐日本兴安丸号客船回国。

　　小林清也一直留在中国工作，1979 年从内蒙古调回天津市社会科学院安排工作。

　　延安日本工农学校从成立到结束的这段历史，将永远留在中国共产党延安时期的历史记忆里了。作者于 2015 年开始出版了《延安与美国》《延安与苏联》，今终于出版了《延安与日本》可谓完美地形成了"延安时期三部曲"。

　　在撰写的过程得到陕西省图书馆、重庆市图书馆提供资料和帮助，以及陕西省党史研究室的汤彦宜处长、陕西省委统战部研究室的甘起平主任的审读和支持，也得到延安宝塔区委党史研究室的积极配合，在此一并感谢！

苏　铁

2023 年 10 月

关于对《延安与日本——发生在延安时期日本工农学校的故事》的审读意见

三秦出版社送审的书稿《延安与日本——发生在延安时期日本工农学校的故事》，与已正式出版的《延安与美国》《延安与苏联》形成了一套讲述延安时期故事的延安外事故事三部曲。

全民族抗战爆发后，挺进前线对日作战的八路军、新四军俘获了大量的日军官兵。日本战俘大多受军国主义思想毒害较深，反动顽固，改造这些日本战俘需要有一个安定的改造环境，部分日俘也希望得到重新学习的机会。如何对待日本战俘并对其开展有效的教育感化，是我们党面临的一个现实问题。1940 年日本共产党中央委员会领导人野坂参三 (化名冈野进，中文名林哲) 抵达延安后，向中共中央提议建立一所以日本战俘为主体、化敌为友的特殊学校。野坂参三与毛泽东、王稼祥协商后，认为这些日本战俘虽然是日本军国主义的忠实信徒，但普遍是工农家庭出身，因此，就把校名确定为"延安日本工农学校"，由八路军总政治部敌军工作部领导。1940 年 10 月，延安日本工农学校在延安宝塔山附近的一所原为东北地区培训干部的、空闲着的学校原址成立，野坂参三担任校长。学校制定了"和平、正义、友爱、劳动、实践"的十字校训，设置了时事与日本问题、社会发展史、政治经济学、中国问题讲座、自然科学、特别问题恳谈会、听写及练习中文 (文化课) 等课程。随着战俘思想觉悟、理论水平的提高，教育内容也逐步由浅入深，同时还开设各种座谈会、讨论会，以启发式、互动式的教学改造战俘思想。教员们也以朴实无华的生活作风、热忱细致的工作态度展示着马克思主义者的魅力，于无声中感化着日本战俘。从 1940 年到 1945 年，先后有近 500 名日军战俘在该校接受改造。抗战胜利后，延安日本工农学校停办，完成了自己的历史使命。"日本八路"加入中国人民反抗侵略战争的行列，堪称世界战争史上绝无仅有的奇观。"日本工农学校"也成为国际战俘史上的一个奇迹。书稿聚焦延安日本工农学校，讲述了发生在此的中国共产党有效教育感化日本战俘的精彩故事，政治导向和政治观点正确。

书名中的"延安"特指 1935 年至 1947 年间的"延安时期"。此书与已出版的《延安与美国》《延安与苏联》形成了一套讲述延安时期外事故事系列。书稿以史实为基础，纪实文学的表现手法，从点滴小事入手，讲活了在延安日本工农学校日常生活的人和事的故事，也通过故事可以让读者从不同侧面了解延安日本工农学校的办学历程。书稿贯彻实事求是的原则，历史线索清晰，史实准确无误。

述评与中共党史基本著作和抗日战争史权威史著的叙述基本保持一致，审读中没有发现政治错误和对抗日战争历史的歪曲解读，书稿中没有涉及历史复杂问题和民族宗教问题，也不存在"低级红""高级黑"的历史虚无主义内容。

中共陕西省委党史研究室
2024 年 5 月 10 日

关于对书稿《延安与日本——发生在延安时期日本工农学校的故事》的审读意见

你社所送书稿《延安与日本——发生在延安时期日本工农学校的故事》已经我部审读，该书稿主要介绍了中国共产党在延安时期按照抗日民族统一战线方针政策，通过创办延安日本工农学校来感召和引导日军战俘和投诚日军成为反法西斯战士，与中国抗日军民一起共同谱写反对帝国主义侵华战争和拥护世界反法西斯战争的新篇章，突出体现了中国共产党的高超统战谋略和统战艺术。

经认真审读，我部认为该书稿讲述形式新颖、表述相对客观，有一定可读性，所涉及党的统一战线方针、政策等方面内容把握较好，同意在进一步做好修改调整和核对工作后予以出版发行。

中共陕西省委统战部

2024 年 6 月 24 日

参考书目

1. 杨闻宇、朱光亚著，《丙子"双十二"》，解放军出版社。
2. 李义彬著，《西安事变史略》，解放军出版社。
3. 杨文彬、殷占堂编著，《在华日人反战运动纪实》，解放军出版社。
4. 【日】野坂参三著，殷占堂译，《为和平而战》，解放军出版社。
5. 【日】香川孝志、前田光繁著，赵安博、吴从勇译，《八路军内日本兵》，解放军出版社。
6. 【日】水野靖夫著，巩长金译，《反战士兵手记》，解放军出版社。
7. 【日】小林清著，《一个"日本八路"的自述》，解放军出版社。
8. 胡平著，《情报日本》，二十一世纪出版社。
9. 毛泽东著，《毛泽东选集（第三卷）》，人民出版社。